● 荏苒时光七十年

日月光下的思念

叶松涛 著

 团结出版社
UNITY PRESS

图书在版编目（CIP）数据

　　日月光下的思念 / 叶松涛著 . -- 北京：团结出版
社，2023.6
　　ISBN 978-7-5234-0184-2

　　Ⅰ . ①日… Ⅱ . ①叶… Ⅲ . ①长篇小说 – 中国 – 当代
Ⅳ . ① I247.5

　　中国国家版本馆 CIP 数据核字（2023）第 089236 号

出　版：团结出版社
　　　　（北京市东城区东皇城根南街 84 号　邮编：100006）
电　话：（010）65228880　65244790
网　址：http://www.tjpress.com
E-mail：zb65244790@vip.163.com
经　销：全国新华书店
印　装：三河市东方印刷有限公司

开　本：170mm×240mm　16 开
印　张：21.25
字　数：252 千字
版　次：2023 年 6 月　第 1 版
印　次：2023 年 6 月　第 1 次印刷

书　号：978-7-5234-0184-2
定　价：106.00 元

序 言

退休之后干点什么？是他思考的一个问题，也是家人、周边人、关心他的人，思考的一个问题。有几位做生意的朋友，很热情地邀请他去企业，思来想去他还是决定给自己当老板，自己想做什么就做什么，没有压力，也用不着去求别人。他是一个爱好比较广泛的人，音乐、体育、美术、科技等都感兴趣。在众多爱好中比较而言，他的最爱还是看书、写作。他书读的比较多，自然科学类的书主要是天文地理，对"生命起源、天体演变、基本粒子形成"和"反物质、暗物质、黑洞、量子、'UFO'"的探索进程特别关注，渴望有一天能发现地外文明，他觉得在这浩瀚的宇宙空间还应该有其他生命形式的存在。社会科学类的书喜欢阅读的有：古今中外的历史、世界文学名著、各国的政党制度，以及世界上 200 多个国家和地区的经济发展状况等方面的书籍。

30 多年前他曾写过一个剧本，名曰《海峡情》后来由于工作忙和家庭琐事等诸多原因而搁浅。退休有时间了，他准备重新拾起，继续续写这个故事。小时候他喜欢和小伙伴，玩兽棋、下军棋，稍微大一点儿的时候，他父亲教会了他下象棋，但到后来他觉得下象棋、玩扑克、打麻将之类的棋牌活动太浪费时间，也许这就是他的"三观"吧。每个人的"三观"的确差异很大。《钢铁是怎样炼成的》中的主人公保尔·柯察金的那段话，是他励志的座右铭："人最宝贵的是生命，它给予我们只有一次，人的一生应该这样度过，当他回首往事时，不因虚度年华而悔恨，也不因碌碌无为而羞耻，这样在他临死的时候，就能够说，我已把我整个生命和全部精力都献给最壮丽的事业——为人类解放而奋斗"。小的时候他就特别羡慕科学家，爱迪生发明了电灯，每当夜幕降临，万家灯火，是他的发明驱走了黑暗。瓦特发明了蒸汽机，极大地解放了生产力，发展了经济，它被广泛地运用到采矿，火车，轮船，纺织等诸多领域。贝尔发明了电话，给我们生活带来了极大的便利，使人与人之间的联系更加密切，信息沟通做到了及时快捷……科学家们的发明，为人类社会的发展进步做出了巨大的贡献，科学家们是流芳千古的人。他也要发明点东西，贡献于人类，不负时代，不负父母，不负韶华，不负自我！可是直到退休了，这个想法也没有实现，他说很遗憾，没有当上科学家，阴差阳错从政了，从事的是社会科学工作。1996年市委组织的青干班毕业后，组织上考虑他没有基层工作经验，下派街道办事处挂职锻炼。考虑到他是台属的原因吧，后来统战部的同志推荐他加入了民革，他的身份也适合做民革工作，后来他被选为民革市委的副主委兼秘书长，组织上安排他做专职驻会工作。从一名政协委员、常委到副秘书长，在30多年的时间里，他撰写的提案300多份，社情民意信息200多条，这些提案和信息涉及经济社会的方方面面，多件提案和信息被评为优秀提案和优秀信息，作为一名公务员和社会工作者，他履职尽责，为国家和社会贡献了自己的光和热，有一些提案和信息也引起了各级党委和政府的高度重视，反映的问题和一些建议，被政府吸纳。2000年他被市委、市政府评为建功立业（参政议政）先进个人。多次被民革中央和民革省委评为先进个人。对于涉及国家层面的建议，他委托全国人大代表或政协委员带到两会。

退休也算人生的一个折点，也一定要选择一个方向，不能天天宅在家里，否则人就废了，这样的例子很多。妻子也希望他到老干部大学参加书法班，建立一个新的朋友圈，和退休的老同志在一起，年龄差不多，没有代沟，有共同语言。于是他选择了上老干部大学书法班，经过一年多的相处，一些性格相近、年龄相仿、爱好趋同的同学偶尔还聚一聚，并成立一个微信群，他给起了个名字"久久情"。30多年前，他在教育局工作的时候，还办过全市中小学教师书法培训班，邀请了东北三省的一些知名书法家，担任教师授课。现在这个班的学员，有的已经成为有名的书法家了，在国家书法界也有一定的名气。

除此之外他还在考虑，不能碌碌无为地混日子，他们现在的生活还算安逸，孩子们生活在国外，这让他可以专心致志地做好一件事，事情有利就有弊，他们也少了一些天伦之乐。他的亲家和亲家母退休后，为了照顾孩子们的生活也去了新西兰，更让他心无牵挂。他对我讲在新西兰的时候，他们的两个孙女和一个孙子，3个孩子分别是：六岁、四岁和两岁，只要有一个孩子哭，就都跟着哭，先哭的那个孩子就像是领唱，有时让他崩溃，只好出去走一走，没有像亲家他们那样有耐心，照顾孩子是个苦差事。

回顾一路走来，60多年的生命历程，他父母和他们的经历，真是不容易，酸甜苦辣，悲欢离合，盛衰荣辱，生离死别，真可谓可歌可泣！他们家的历史，伴随共和国的历史一路走来，家史融入国史，他们的家史是共和国历史中的沧海一粟。在我们这么大的一个国家里，也许与他们家史相近的家庭还有很多，他们的家史也从一个侧面，反映了共和国发展过程中的一些轶事。于是他决定拿起笔，从1949年国民党从青岛撤退，他外公、外婆、舅舅们和他母亲在青岛分离时写起，从那时起很多悲欢离合的故事便开始上演，他们的故事：或是短篇，或是中篇，或是长篇。他要讲述的这个故事，它的主人公可分为两部分：一部分就是中华人民共和国成立前夕，从青岛去台湾的外公、外婆和舅舅们，他们在海峡的彼岸；另一部分就是留在了海峡此岸的母亲、父亲和后来的他们。也许这就是天意和命运吧，当时他母亲要是去台湾，也就没有和他父亲的姻缘了，自然也就没有他们这8个兄弟姐妹的出世，也就没有讲述这个故事的他了。"历史就是历史，我们不能改写，如能改写，我们宁愿没有我们的存在，也不愿意让这个生离死别凄惨故事发生！"这是松涛含泪对我说的几句话。让他外公痛苦思念 15 年，直到病逝也没有再见到女儿一面。他外婆与女儿阔别 39 年了，468 个月，14200 多天，海峡两岸的亲人在痛苦中彼此思念，渴望着重逢的那一天！**他书中记述的这些人命运多舛，就因为这门海外关系，它影响和改变了他们一家人的命运！**

天上太阳、月亮它们像牛郎织女，永远天各一方；地上父母、女儿隔海相望，地各一处，正是"人有悲欢离合，月有阴晴圆缺，此事古难全。但愿人长久，千里共婵娟"从宇宙空间看地球，在这个以蔚蓝色为主色调的美丽星球，上面有蓝色的水和白色的云，悬垂在宇宙空间，就是在这样一个美丽星球上，从古至今不知有多少悲欢离合的故事在上演！

荏苒时光七十年，月缺自有月圆时，身居海峡两岸的中华儿女都希望台湾能早一天回到祖国的怀抱，全天下的炎黄子孙都期盼实现中华民族的伟大复兴，早一天实现中国梦！

郭乃硕

2022 年 7 月

目　录

第一章　刻骨铭心的过往

第二章　不忘的岁月日

第一章　刻骨铭心的过往

第一节　别离在青岛

1949 年 5 月的一天，在青岛市黄台路一栋三层小别墅的路边，停着两辆车，前面是一辆军绿色美式吉普车，后面是一辆黑色的奔驰轿车，有两名身穿国民党士兵制服的人从院子里走出，将几个牛皮箱子装到了前面的吉普车里，紧接着从院里走出一位年轻的国民党军官，中等个儿，大檐儿帽下，他面色凝重，两道剑眉紧锁着，走到后面的轿车前，将手里领着一个 6 岁大男孩放到后面的座椅，紧跟在他后面的是位身着旗袍的太太，她身材婀娜，美丽

外公高拯民

的面容带着忧伤，她将一个 3 岁的男孩从另一侧也抱上了后面的座椅，然后他俩将两个孩子都抱到了自己的胸前，不约而同地回望着自己和孩子们生活过的这栋别墅。这时前面跑来一名国民党士兵，向军官敬礼！问道："长官可以出发了吗？""马上出发。"军官说道，这两辆车向青岛港疾驰而去。这个军官就是我的外公高拯民，那位身着旗袍的太太就是我的外婆高赵毓兰，那两个孩子，就是我的大舅高科和二舅高拓，而我的母亲是外公外婆的第一个孩子。她于 1934

年出生在青岛，外公外婆给她起名叫高荣淑慎，四个字的名字，我想当时与日本统治有关，到中国台湾两年后有了三舅高健，依稀记

得母亲说，在大舅之前还有一位小姨夭折了。

1949 年初整个山东全境大部分地区已经解放，只有青岛、长山列岛、

外婆与舅舅（左起：高健、高拓、高科）

即墨在美军第七舰队的护卫下，仅靠着海上交通维持着，青岛也被解放军重兵包围，形势所迫国民党别无选择，马上撤退到台湾。

国民党撤离的准备也早在谋划之中了，从 2 月起，国民党政府行政院物资供应局青岛办事处，即开始将大量物资从青岛转运台湾，并将部分人员撤离到台湾，在高雄设立办事处，接收不断撤来的人员和物资。

在 2 月 10 日制定的《青岛地区军眷物资疏运计划》中，记载道：疏运的包括三十二军、五十军、十七兵团等国民党部队和国民党青岛市政府等机关的家眷万余人；转运物资包括布匹、盐、器材、弹药等近万吨，通过海苏号、通安号、永兴号等轮船疏运到上海和福州。另外，青岛第十一绥靖区后勤防务各单位，包括补给兵站、粮库、弹药库、器材库、医院、汽车厂、被服厂、银行仓库等全部撤走。

日益紧张的局势在国民党上层引起了恐慌，当时报纸称："南行飞机、商船均已满员。登记南迁者已至 12 月"。据 2 月底的《大公报》记载："国民党军从济南、烟台败退，青岛富豪纷纷携眷南迁，

目前，已达3千名。"青岛绥靖区司令刘安琪在制订撤离计划时，本预先为国民党山东政府、青岛市政府的官员，国民党国大代表、大学校长、教务长等公职人员安排了舱位，但总有些心急如焚的官员提前离开，当时的报纸上经常可以看到某某官员已南逃的消息。

撤退的重头当然是驻守的部队。青岛是国民党第十一绥靖区驻地，刘安琪所指挥的部队有第三十二军和第十九师，及两个保安旅，一个山东警备旅改编的部队，号称10万兵力，其中多是山东子弟。其真实人数也就9万，而且这些部队在连续的战斗中也多有伤亡。于是，在撤退之前，刘安琪又不得不急忙在青岛附近强行抓丁，以补充兵员。据史料记载，青岛撤退前，新增加的兵员有3万人之多。

当年参与过青岛撤退的国民党军官叶如松回忆：船上强抓来的壮丁，听说要坐船到台湾去，都不愿意，纷纷逃跑，最惨的是有的人逃掉又被抓回来，为了杀一儆百，便抓了几个枪毙。也有不怕死的，这边在枪毙，那边仍是继续逃，没办法，只好将这些新兵的手都拴起来，一个连一个。

1949年6月1日晚，青岛港内，载满着军人、眷属、公职人员、学生、地主、商人等各类人群的大船开始启碇开行，一艘艘轮船陆续安全地驶出了胶州湾，这些人是最后一批撤离的，经过三天三夜的航行，陆续到达了台湾基隆港。

1949年6月2日中午12时青岛全境解放。青岛的解放是国民党始料未及的！

一起从山东撤出来的10万国民党军，在基隆被分散了，轮船载着他们又分别向着不同的目的地驶去。随着国民党大陆局势的急转直下，一个多月之后，海南、湛江的国民党部队，紧急北上驰援广州。接着，广州失守后，他们又统统撤到海南。

随着国民党在大陆的失败，1949 年及以后的几年中，跟随蒋介石渡海赴台的军民，大约有 150 万人，再加上"光复"以后自大陆来台湾的居民，前后就有 200 万人。

在这些因为战事和政局变动的缘故，而被历史裹挟着流散到台湾的 200 万人中，他们有政府官员、军人、学者、商贾、学生……来自江苏、浙江、山东、湖南、四川……但自从踏上台湾岛后，他们没有了太多的区别，有了一个共同的身份——"外省人"。资料记载，日军撤离时，台湾的人口大约 600 多万人，而新来的"外省人"占了岛上人口的三分之一（这其中也包括我的外公外婆和舅舅们），加起来岛上人口 800 多万人。

当年正在济南护理专科学校上学的高荣淑慎，没有随同父母弟弟赴台，这也可能就是天意吧，后来这位美丽的女孩，就成了我们 8 个孩子的母亲，她就是这个凄美故事的主人公，她不知 1949 年 5 月在青岛解放前夕与家人的分别，竟是与父亲的诀别，与母亲和弟弟 39 年的阔别！

很快这两辆车就到了青岛港，外公抱着大舅，外婆抱着二舅，通过长长的廊道，来到了事先安排好的船舱就座，这两名国民党士兵也将带来的几个箱包放到了座位底下。这时广播里传来一位女播音员的声音："各位长官士兵们，请大家安置好自己的行李物品，照顾好自己的家眷，再过 5 分钟军舰就要启航了。"随着一声低沉的喇叭声响起，军舰驶出了青岛港，这时外婆的泪水禁不住地流了下来，高科和高拓都小，只是几岁的懵懂孩子，他们不知道母亲的泪水为何而流，外公一边用手帕为外婆擦拭那不断涌出的泪水，一边安慰外婆："我会想办法让朋友马上把她带过来，你放心吧！"此时这个大男孩也感觉到了，为什么姐姐没来？"我要姐姐，我要姐姐。"他哭着喊着跟父母要起了姐姐。其实外婆心里很清楚，这是外公在安慰她，此时的外婆痛心疾首，深深的自责，"都怨我，都怨我，当时没让她从学校回到家里，谁知道形势变化的这么快，没将她带过来，姑娘啊，姑娘啊，你现在在哪里呀？你急死我了，气死我了！"夜色渐浓，两个孩子都已经睡着，军舰在苍茫的黄海上奋力南行，午夜过后船舱里只能听到海浪声和军舰的马达声，这是一个让人难以入眠的夜晚，一个让人刻骨铭心的日子！

军舰上很多人都难以入眠，他们中有的在思念自己的父母，有的在思念妻子，有的在思念丈夫，有的在思念自己的儿女，有的在思念自己的恋人……这场人间悲剧拉开了序幕！谁知道往后的日子会是怎么样？国民党官兵从青岛的撤离，对很多人来说都是无奈的选择。从此开始，我的母亲就成了外公外婆和舅舅们的牵挂，这种牵挂夜以继日，年复一年，从离别后就没有停止过！她现在在哪里啊？生活的怎么样？外公他们到台湾后，曾委托一位叫李书平的先生，赴台时将女儿带过来，这人对外公许下承诺却没有践诺。青岛的解放，让外公外婆更加纠结，他们不知道什么时候才能再见到自己的女儿，无奈无助……

第二节　坚强的女孩北上寻亲

　　动荡的形势，让淑慎和师生们深感不安，一些家住青岛的学生，他们决定回家去看一看。淑慎回到了位于青岛市黄台路家里，这是一栋欧式建筑乳白色小别墅，她轻轻地推开了院子的小门，家里一点动静都没有，紧接着她又用钥匙打开了房门，一进屋她就迫不及待地喊起来："爸爸妈妈、爸爸妈妈、大弟二弟你们都在哪里呀？"无人应答，屋子里一点动静都没有，他们都到哪儿去了？她觉得有些莫名其妙，于是她撩起了裙子，轻轻地走上了室内的旋梯，从一楼到顶层，逐个房间查看，又从二楼回到一楼，爸爸妈妈和两个弟弟他们都去哪儿了？只见屋里的东西少了一些，最后在写字台中间的抽匣里发现了父亲写给她的一封信，打开一看，寥寥几十字。

亲爱的女儿：

　　我和你妈带着你的两个弟弟，马上就要从青岛出发去台湾……，这是军令必须服从，也是我们无奈的选择！我们联系不到你，只好忍痛离开你！我们走了，希望你照顾好自己，保护好自己，我们在那个老地方，给你留了一些钱，足够你用一段时间的，有什么需要，就到那里去取，我会马上安排人来接你。

父于 1949 年 5 月 5 日

　　看完这封信后，两行泪水夺眶而出，泪水滑落到地板上，淑慎显得那样的无助无奈，她心里在想，爸爸妈妈你们可能还不知道，现在青岛已经解放了，不知道以后什么时候再见到家人，不知道什么时候才能再回到学校，继续自己的学业，她不知道今后的生活会是怎么样的，一个没有独立生活过的 16 岁的少女，心中一片茫然，她像一只断了线的风筝，不知飘向何方，她像航行在苍茫大海上的一叶小舟，迷失了方向。父亲写给她的这封信，令她没有想到的是，这竟是一封父亲写给女儿的诀别信！看完信后，她擦拭一下脸上的泪水，轻轻地推开房门，然后迅速地跑到院子门口，将大门锁上，又回到二楼自己的卧室，轻轻地拉上了窗帘，灯也没开，鞋也没脱，就躺在了床上，从未有过的孤独恐惧一起涌上心头，泪水不停地流淌，她自言自语道："爸爸妈妈，弟弟，你们不要我了，我今后可怎么办呢？"她在济南护理专科学校的时候就听说，青岛马上就要解放，驻守在青岛的国民党军官和士兵已经开始撤离了。

窗外梧桐树的枝杈在风中摇曳着，树叶婆娑着，她的心情也像在倒海翻江，这一夜雨疏风骤，她把头埋进了被子里，毕竟还是一个没经历这么大变故的少女，风声雨声伴着她迷迷糊糊中进入了梦乡，突然听到好像有人在敲窗户，把她从梦中惊醒，"喵喵"的叫声，她知道是"小喵喵"回来了，是家里养的一只波斯猫，它一身雪白的毛，一只眼睛是橙黄色的，一只眼睛是宝石蓝色的，漂亮极了，全家人都非常喜欢它，它经常是昼伏夜出，很多时候都会爬到梧桐树上，经过窗子进入室内，今天窗子关上，它只好用前爪敲击，告诉家人给它打开，她打开了窗户，将它抱了进来，一种相依为命的感觉，在她心里油然而生，她找了一条毛巾，擦了擦它被淋湿的身体，又给它找了一些吃的，今天它没有回到自己的窝里睡觉，而是依偎在女孩的身边，很乖，难道它能察觉到主人家的变故吗？"小喵喵"不一会儿就打起了呼噜。

清晨的一缕阳光从东侧的窗户上射了进来，照耀在她的脸上，她醒了用双手揉了揉惺忪的眼睛，来到卫生间，对着镜子照了照，然后开始洗漱，又化了妆，面对生活她还要坚强起来，她想起了父亲在信中对她说的话，"我会马上派人接你过来"，这时她心里似乎安慰了许多。她心里揣摩着：我是他们的大女儿，亲生的大女儿，爸爸妈妈，平时都是那么喜欢我，他们不可能丢下我不管。

青岛市解放后，广大市民欢欣鼓舞，纷纷走上街头，迎接人民解放军的到来。形势的骤然变化，让这个只有16岁的女孩淑慎必须作出新的选择，她的奶奶在东北哈尔滨，于是她做出了北上去找奶奶的决定。

她把家里从楼上到楼下简单地收拾一下，门窗都关严锁好，依依不舍地把"小喵喵"送给了一位和她关系最好的女同学，自己和父母在这里生活居住了16年的这栋别墅，这里的一砖一瓦、一草一木她都感到特别的亲切和不舍，再见了我的家。挂在大门旁的信箱有没有父亲的来信？她把手伸进去，里面果然有一封信，让她好兴奋，正是父亲寄来的，发信的地址台湾高雄县左营某海军基地，她迫不及待地拆开了信，知道父母和弟弟他们已经顺利抵达台湾高雄，也就放心了。至于父亲已委托李书平将她带去台湾的事，她知道这已经不可能了。对她来说最重要的是有了和家人通信的地址，这比什么都重要，这封信的地址她又认真地看了一遍，要把它印在脑海里，绝对不能忘记，即使信丢了也没问题。看完信后小心翼翼地把它装到了箱包里。能及时收到爸爸的这封来信，让她也感到很欣慰。

她带上爸爸留给自己的钱，拎着一个箱包，叫了一辆人力车，去了青岛火车站，到了北京，然后又换乘去哈尔滨的列车，经过近三天的时间抵达了哈尔滨，她拎着箱包走出了站台，心里在想万一找不到奶奶怎么办？这时跑过来一位人力车夫："小姐你要去哪里？""我去道里区×××胡同×××号。"这时车夫将淑慎的箱包装到了车上，扶着淑慎到座位上，说了声走了，只见他双手攥着车把，猫着腰跑了起来，约半个多小时来到了位于道里区的奶奶家，下了车看到衣衫褴褛、汗流浃背的车夫，淑慎顿生怜悯之心，付完车费，又多给了他两元钱。

"是淑慎吗？"奶奶从屋里迎了出来，"是我，奶奶"，奶奶看到自己的孙女喜出望外，她用双手紧紧地搂着孙女，好像怕她跑掉似的，这一老一小她们有着同样的苦衷！俗话说"儿行千里母担忧"这位年逾60岁的老太太，时刻惦记着3000多千米外的儿子一家，淑慎思念父母和弟弟，也不知道和他们重逢的日子在何时。以前学校放寒暑假的时候，淑慎都要回到哈尔滨去看奶奶，在这里玩上一段时间，奶奶也特别喜欢这个聪明伶俐的大孙女。进了屋奶奶放好了箱包,说:"我大孙女儿又长高了，又漂亮了，是不是又累又饿呀？"她拉着淑慎的手，慈祥的目光，又上下打量了她一番，"你先冲个澡换上衣服，在床上休息一会儿，你想吃炸酱面还是热汤面？"奶奶问淑慎，"奶奶我都要吃。"感受到骨肉亲情，淑慎跟奶奶一点也不客气。淑慎冲了澡，换上衣服躺在床上，这几天的折腾确实让她感到很疲惫，奶奶做好了炸酱面、热汤面，走到屋里看到大孙女睡得正香，又不忍心叫醒她，自言自语地小声说:"孩子太累了，让她再睡一会儿吧。""奶奶我没睡。"淑慎从床上蹦到地板上，双手抱住了奶奶的腰撒起了娇。奶奶说:"那你就赶快把炸酱面、热汤面吃了，热汤面里还有两个荷包蛋。"淑慎说:"我要奶奶陪着一起吃。"炸酱面、热汤面淑慎一样吃了半碗，奶奶做的面就是好吃。得到奶奶的呵护，淑慎觉得心里暖暖的，她再也不是形单影只的一个人了，奶奶就是她的保护神。

奶奶和孙女聊了很多，聊了很久，奶奶说昨天收到了儿子的来信，知道他们现在已经安全抵达台湾高雄，由于时间紧张，当时没有将淑慎带走，看完信后奶奶已决定去济南和青岛找孙女，孙女的突然到来让奶奶别提多高兴了，又少了一份牵挂。奶奶对淑慎说："你爸妈带你弟弟他们随部队撤离得特别急，短时间内也找不到你，也是不得已而为之，军人以服从命令为天职，我理解当时你爸爸的处境。"奶奶惦记着儿子一家，不知哭了多少回！并告诉淑慎："你爸妈和弟弟都去了台湾，今后你就不能再回青岛了。"奶奶家的环境条件虽然比不上青岛，但是也算可以，属于俄式建筑，有两个卧室，一个客厅、一个卫生间，一个厨房。比普通人家还要强很多，"你愿意和奶奶一起生活吗？"奶奶问淑慎，淑慎反问道："奶奶你猜我愿意不愿意？"奶奶也故意逗她："我猜不到。"这时淑慎几乎是一字一蹦地说："我——愿——意。"残酷的客观事实也逼迫着这一老一小必须相依为命！淑慎的爷爷常年在远洋货轮上工作，经常往家里寄钱，足够维持她们两个人的生活。奶奶给了孙女足够的温暖、体贴和安全感。"等形势再稳定稳定，再考虑一下你的将来。"奶奶说，淑慎心里在想，目前她和奶奶的这种状况只能叫作维持现状，奶奶毕竟年龄大了，自己未来的路还很长，她要到外面的世界去探索，此时她想起了屈原的那句话，"路漫漫其修远兮，吾将上下而求索"。

第三节　定居高雄

外公他们乘坐的军舰到达基隆港后，有几十名军政人员走下了军舰，他们被安排到基隆港工作，军舰在这里停泊了两个小时，补充了物资继续南下，黄昏时分，军舰抵达高雄左营海军基地，这时军舰上的广播响了起来，"官兵同志们、女士们、先生们：经过三天三夜的航行，我们现在终于安全顺利抵达本次航行的目的地台湾高雄左营海军基地！"这时船上的人都沸腾起来了，这位女播音员停顿了一会儿接着又说："请大家携带好行装和物品，依次下船。"先期抵达这里的工作人员已经做好了接应准备，只见码头上挤满了接应的人群，他们热情地向船上的人挥着手，欢迎大家的到来，船上的人也都挥着手喊叫着，回应着他们。面对这异地他乡，大家还都有几分兴奋，远处的山峦绿茵茵的，不远处的椰子树在夏风的吹拂下摇曳着，好像它们也在说："欢迎大陆同胞！"船上下来这几百人都有相关人员接应，大家都被安排到了海军基地的营房。有两个士兵接过了外公手中的皮箱，外婆右手抱着高拓，左手领着高科，这时外公抱起了高科，在士兵的引领下，来到了事先为他们准备好的营房，两个卧室，一个卫生间，很整洁，床、衣柜、桌椅简单的家私一应俱全。这是外公他们到台湾后的新家，两个孩子初到这里都很好奇，在院子里跑了起来，被外公叫回来后，外婆给他们洗了澡，换上了新衣服，晚饭过后，外婆忙着洗衣服，外公坐在桌子边，他把需要买的生活必需品列出了清单，外婆又补充了要买的东西，这时外公发现外婆一直在流泪，他知道外婆一定是在想女儿，外公何尝又不是呢？他们的大女儿是他们的心头肉，真是让他们牵肠挂肚，关键她还是一个 16 岁的孩子，还没有长大成人，缺乏生活自理能力。外公抚着外婆的肩膀安慰道："毓兰你放心，临走的时候我已经安排李书平先生，去找我们的女儿，他来的时候一定会带来的，我们与女儿见面的日子指日可待。"外婆回答道："但愿如此，希望今天就能看见她！"

这是他们撤离到台湾高雄的第一个夜晚，这里与青岛相隔 1000 多公里，气温比青岛也高了 10 多摄氏度，大家都觉得有些不太适应，直至凌晨两点多，营房才静了下来。要是在平时部队营房里的官兵们，早已都进入了梦乡，部队是有严格的作息时间规定的，这里只有外公的房间还亮着灯，他趴在桌子上在给女儿写信。

亲爱的女儿：

当我给你写这封信的时候，估计你很可能从济南护理专科学校回到了家中，看到了我留给你的那封信。

我们乘军舰经过三天三夜的航行，现在已经到了台湾高雄左营海军基地，分配给我们家一套两室一卫的房子，使用起来也很方便，但是和我们青岛的家相比，那就是天壤之别了！我们现在的家不是一个完整的家，因为这里没有你，你妈想你，这些天就没见她笑过，常常背着我们在流泪，每当你的两个弟弟想起你来，就会跟我和你妈要姐姐。我有一位叫李书平的好朋友，以前他去过咱们家，你应该对他有印象，我委托他把你带来。

我们现在住的地方在北回归线以南 100 多公里处，这里属于热带了，盛产很多热带水果，莲雾、释迦……以前我们都没见过这些水果，这些热带水果估计你一定会爱吃的，待你过来时，一定会一饱口福的。

但愿我们能早日相逢在高雄左营！家，有了你才是一个完整的家！家，有了你，才能见不到你母亲那伤心的泪花！

你回信的地址，就是信封上写的，在这我再写上一遍。

父亲

1949 年 5 月 15 日于台湾高雄左营海军基地

给女儿写完这封信，他又抄录了一遍，因为不知道女儿在学校还是在家里，为了稳妥，要分别寄往女儿的学校和家里。紧接着外公又给远在哈尔滨的父母和山东安丘的岳父母分别写了一封信，信中诉说着对这些长辈的思念之情，告诉他们要保重身体，等形势稳定之后，会马上带孩子们回去看望他们，重要的是告诉他们台湾的通信地址，免得这些亲人的惦念，后两封信的内容大同小异。

外婆哄着两个孩子都进入了梦乡，洗完了这几天一家人换下的衣服，这里的每个房间，每个物件，她又擦拭了一遍，这一夜对外公外婆来说是个不眠之夜，他们通宵达旦地忙碌着，这时外公看了看手表，快到清晨 5 点了，他对外婆说："我们都躺下睡一会儿吧，等一会儿孩子们醒了，吃过早餐，我们还要带他们去高雄的百货商店买衣服和生活必需品。"

外公外婆很快就睡着了，这两个孩子却醒了，见父母亲睡得正香，老大领着老二蹑手蹑脚地走出了房间，在营房的院子里撒起欢儿来，这陌生的新环境让他们很兴奋，他们来到了营房的大门口，正准备从大门溜出去，被站岗的卫兵拦了下来："你们是谁家的孩子？父母知道你们出来吗？赶紧回去，不要到处乱跑。"这时老大对站岗的卫兵说："叔叔你有大枪，我爸爸还有手枪呢。""高科你领弟弟赶紧回来。"远处传来了外公的声音。老大领着老二飞也似的跑了回去。昨晚洗的衣服都干了，外婆都收了起来，又帮他俩洗漱后，一家人吃过早餐，正准备出发，这时下起了小雨，外公打着伞出去了，一会儿的工夫，他开着一辆军营里的吉普车回来了，带上这一家人向高雄市区驶去，沿途观赏着风景，这里有充沛的水资源，植物长得十分丰茂，树上开着的大花娇艳欲滴。这里的植被与青岛有很大差异，毕竟是两个不同气候类型的地方，无论是大人还是孩子，穿的都是短衣短裤，带来的一些衣服现在也用不着了，在商店里大人孩子都试穿着衣服，最后每个人都买了几套，外公不肯给自己买衣服，他对外婆说："我在部队每天都需要穿制服，衣服就不要买了。"外婆说："那你也得少买两件，回到家里你还能穿制服啊？"接着又买了电风扇、芭蕉扇、凉席、遮阳帽、雨伞以及孩子们吃的小食品，东西买了一大堆，最后他们来到了一个卖水果的摊位，卖水果的老人家热情地推介着自己的水果，他问外公："长官，你们是从大陆哪里来的？"外公故意用浓重的山东话回答他："你听听我们是从哪里来的？""山东，那我们可是老乡了，我老家是高密的，也是小时候随父辈过来的。"老人家回答。在异地他乡听到乡音就足以让他们感到很亲切，老人将水果一样装了一些送给外公，说什么都不肯收钱，外公对老人的这种热情表示感谢，最后还是把钱留给了老人。今天他们可谓满载而归，还收获了一位老乡！

　　寒来暑往，高雄的冬天仍然暖意融融，一晃外公的一家来到台湾半年有余，寄给女儿和亲人们的信都如石沉大海，哪管有一封回信都会让他们感到慰藉，他们也想知道一下目前大陆的真实情况，收音机里的一些报道让他们难辨真伪。蒋介石"反攻大陆"的战略部署，如同海面上鼓起的泡沫，在撞击礁石那一瞬间全都破灭了。日夜盼望着女儿的来信，每一天都在失望中度过，就连委托带女儿来的李书平先生也杳无音信，见不到踪影。李书平是位商人，是外公他们在青岛时的邻居，每当经商遇到困难的时候，他找到外公都能帮助他打通关节，化险为夷，让他心存感激，五月初的时候李书平就开始将自己的家产物资运往台湾高雄，按道理他应该已经到了高雄，或者因为什么不可预见的因素没有离开青岛，找女儿的唯一一点希望破灭了！外公曾对一位朋友讲过，委托李书平带女儿过来的事，那个朋友在青岛外公家里也见过李书平，大个、秃顶、爱喝酒，他说星期天的时候，他在高雄的一个酒馆里见到了他，他正和几个山东老乡喝酒聊天呢，因为不太熟，他也没和他搭话。

李书平既然来到了台湾，他为什么避而不见呢？还是其他什么原因？怎么才能在高雄找到李书平？外公外婆都在考虑着，外公动用了一些当地警署的力量也未搜查到，按道理外公找李书平不容易，警署找李书平应该不是很难的事，还是警署这帮人不尽力？李书平他为什么不着面？这些问题让外公外婆费解。

转眼间，一家人到台湾已有一年多的时间了，继续生活在军营里就太不方便了，外公外婆决定在高雄市区里先租一处房子居住，外婆在市区还可以打点零工贴补家用，外公又找到那位卖水果的刘姓老人，他热情地对外公说："兄弟这事儿包在我身上，我还真有一位朋友要卖房子，我问问他出租可不可以，你明天到我这来听消息好不好？"这位老人家办事认真，他帮助联系到一处临街的二层小楼，虽然面积不大，但设施齐全，房主是一位中年男人，高雄当地人，他也姓高，虽然姓高，但个子不高，和刘姓老人也是多年的好朋友，他对外公说："听刘大哥说了，你们都是山东老乡，再说我们都姓高，房子你可以租也可以买，随你的便。"房主给出的条件很宽松，外公对他说："谢谢您高先生，那我还是先租吧，等过两年手里的钱宽裕的时候，我再把它买下来，你看可以吗？""好，就这么定！从现在开始，这房子你随时都可以搬过来住。"房主说。"那就等星期天休息的时候我们搬过来。"外公说。这房子坐北朝南，门前还有一个小院。院的前面是一条繁华的街路，两侧商家林立，生活在这里自然要比住在营房里方便许多。一个星期天的下午，外婆在一楼洗衣服时，一个熟悉的身影从院门前一晃而过，"拯民你快下楼看看刚才过去那个人是谁？我看很像李书平"。外婆指着刚才路过的那个人的背影对外公说，外公马上追了出去，大喊了一声"李书平"，这个人猛地回过头来，外公说："果然是你！"这时李书平面带窘色快步走了回来，他双手握住外公的手，抱歉地对外公说："我几次想上军营里去找你，最后决定还是不去为好。你们走的第三天我也走了，在此之前也去了很多地方，找你们的女儿，你们家、栈桥、海水浴场、小鱼山，还有几个公园，找了好多地方，未见到你们闺女的踪影，也打听了一些人，谁也不知道她的去向，真抱歉，我没找到孩子，没能把她交到你们手里，跟你们没法交差，所以就没来，真对不起你们！"外公低沉地对他说了一句："没关系，你只要尽力了没找到，那就是天意！"找李书平的事，这正是"踏破铁鞋无觅处，得来全不费功夫！"

第四节 日夜思念着女儿

蒋介石败退台湾以后，从自身安全考虑，要管理好这一块最后的栖息之地，他的嫡系爱将、时任台湾地区主席的陈诚，根据蒋介石的指示，以台湾地区"政府主席"和台湾"警备司令部"的名义，于 1949 年 5 月 19 日颁布了"戒严令"，在台湾全岛实施"戒严"，它的实施，也为在台湾的国民党官兵与大陆亲属的联系设置了屏障。

自从在街上见到李书平以后，看到他那尴尬的样子，外公估计李书平也没认真去找自己的女儿，原来仅存的一点希望彻底破灭了，这个夜晚外公外婆几乎一夜未眠，商量着寻找女儿的无数个方案，可怜天下父母心，只要一天没找到女儿，他们就不可能睡一个安稳踏实的觉。

1949 年 3 月 15 日，新华社发表题为《中国人民一定要"解放台湾"》的社论，第一次提出"解放台湾"的口号。

12 月 31 日，中国共产党中央委员会发表《告前线将士和全国同胞书》中，将"解放台湾"，全歼国民党政权的最后残余势力，作为中国人民解放军 1950 年的任务之一。

1950 年 5 月 16 日，蒋介石发表了《告台湾同胞书》，提出"一年准备，两年反攻，三年扫荡，五年成功"的规划与设想。同年，美国第七舰队进入台湾海峡，这时的外公经常乘军舰出海，十天半个月才能回家一次，家里的生活重担几乎都由外婆承担。此时大陆与台湾已经断绝了一切往来，外婆只能通过收音机获取大陆的一些信息，也不知道准确与否。她希望解放军能早一天来和平"解放台湾"，她还经常教高科背诵曹植的那首诗："煮豆燃豆萁，豆在釜中泣，本是同根生，相煎何太急？"她常跟邻居们说"都是炎黄子孙，谁也不要伤害谁，无论是解放军士兵，还是国民党士兵，他们都是娘的儿啊！"这就是一位普通的女性，一位母亲道出的心声。她希望解放军不用一枪一炮就能"解放台湾"，台湾解放了，她就能见到自己的女儿、父母和亲人，回到那生她养她的土地上，再看一看祖国大陆的秀丽河山，她盼望着这一天能早日实现。有这个想法的人又何止她一个，千万个离散的家庭都盼望着早一日团圆！世上最苦的是黄连，可比黄连还要苦的就是亲人的离散，想见而不得见！

　　一天外公海训回来，外婆问道："共产党领导的解放军能来'打台湾'吗？"外公回答："我想不能，大陆刚刚解放，百废待兴，当前解放军的主力几十万人的军队，已经集中在东北吉林，他们正准备越过鸭绿江进入朝鲜，作为志愿军抗美援朝。再说攻打台湾并不是一件容易的事，大陆和台湾中间隔着一个海峡，需要打海战，美国第七舰队的航空母舰已经驶入了台湾海峡；蒋介石发表的《告台湾同胞书》只能说是马歇尔计划，无法实现，这倒是稳定军心的一剂良药，更是一张无法兑现的空头支票，解放军要是真的打过来，蒋介石还做了率军撤退到澳大利亚的准备呢。1949 年 4 月 23 日，中国人民解放军占领了国民党反动政府的'首府'南京，毛泽东当即写下了一首七律，人民解放军占领南京，其中的两句'宜将胜勇追穷寇，不可沽名学霸王'。这句话也让蒋介石感到惴惴不安。"听完外公说的这番话，外婆长长地叹了一口气，"我们要是也跟着撤退到澳大利亚，那不是离我们的女儿越来越远了吗？这可怎么办呢？怎么才能找到我们的女儿啊？"绝望的外婆又哭了起来。外公安慰外婆道："现在的形势虽然有些紧张，但它不是一成不变的，像我们这样亲人离散的家庭还有很多，大家都在努力想办法，需要有耐心，不能总是这样的焦虑，要保证有个好身体，我相信办法总比困难多，总有一天我们能和女儿团聚。"外公的这番话还真起了作用，外婆紧锁的眉头舒展开了。每次外公回来，外婆都要做上几道菜，至少要有两道海鲜，一家人改善一下生活。

每次爸爸回来两个男孩都黏在他的左右，撒着娇，外公对老大说："高科你已经7周岁了，等学校这个暑假过后，就给你报名上小学一年级，每天就会有许多小朋友和你一起学习，一起玩耍，你愿意上学吗？""爸爸我愿意去上学，我能带着弟弟一起去上学吗？"外公回答："你和弟弟的年龄不一样，学习的内容也不一样，过几天也要送弟弟去幼稚园，那里也有许多和他同龄的小朋友，幼稚园的老师每天都会给小朋友讲故事，教小朋友学唱歌，还和小朋友一起做游戏……"

外公对两个孩子这么一说，他们都迫不及待地要去上学、去幼稚园。外公对外婆说："明天是星期天，现在距离9月1日学校开学还不到半个月的时间了，明天带他们去百货商店，把他们用的书包文具等都得买回来，再给他们买一套新衣服，还得去学校和幼稚园给他们报名。"外婆说："报名的事儿你就不用操心了，半个月前我就带着他们都报上了名，好在小学和幼稚园离我们家都不远，早晨送完他们，我还想在家里开个洗衣房。"外婆把这个想法告诉了外公，他也表示赞同。外婆为了减轻外公的生活压力，想早一天把租的这个房子买下来，只有这样，住着心里才踏实。

在以后的日子里，每天吃过早餐，外婆一手领着一个孩子，将他们送到幼稚园和学校，下午3点多再把他们接回来。门口挂着新立洗衣房的牌子，已经开始营业了，每天只能接到为数不多的活儿，营业时间上午8点至下午3点，因为两个孩子要早晨送下午接，日子久了，很多人都知道这里有一家洗衣房，生意逐渐红火了起来，使家里的生活宽裕了很多，有了一些积蓄。一天下午 2 点多，还没等外婆去接他俩，高科就去幼稚园找弟弟，园里的阿姨知道他是高拓的哥哥，就让他把弟弟带走了。外婆将刚洗完的衣服逐件搭在竹竿上，这时听到院外好像有两个孩子的玩耍声，出来一瞧，正是两个儿子回来了，还没等她问，高科对母亲说："妈妈今天学校放学早，我顺路就把弟弟接回来了，以后您就不用去接送我们了。""这不行，你们都太小了，你到二年级的时候我就不用接送了。"外婆对他们说。外婆知道幼稚园和小学校离家都很近，放学后孩子们基本都自己回家，上幼稚园的高拓由哥哥接送倒是也可以，这个老大高科聪明伶俐，办事一丝不苟，还是值得信任的。这样就可以延长营业时间，让她可以腾出更多的时间干活，多挣些钱，早一天把房子买下来，有一个属于自己的房子，让丈夫和孩子们都有一个安稳的家。

洗衣房的生意红火起来的主要原因，一个是位置好，再一个就是价格合理和上乘的服务质量，在这里洗过衣服的人，都十分满意，真是有口皆碑。一天一位在附近开茶楼的老板来取西服，他将外婆包好的西服又打开认真地看了一遍，然后说了句："我的衣服是在日本做的，你洗得很干净，熨烫的也很好，谢谢你，我叫佐藤隆。"原来这位茶楼老板是位日本人，他为了表示感谢，还多付了一些新台币，被外婆婉拒，并对他讲洗衣服的价格是一视同仁的。

没过几天佐藤隆又送来一堆要洗的衣服，外婆收过衣服后告诉他后天来取，继续忙着干活，可这位佐藤隆，主动和外婆搭讪着，他说老婆孩子都回日本探亲了，所以现在的衣服就没有人给他洗了，茶楼里的生意有店员帮着打理，并对外婆讲："我知道你先生是位军官，按道理你是位官太太又长得这么漂亮，不应该干这么辛苦的活！"外婆一边忙碌着干活，一边回答他："我不愿意每天无所事事，做点事儿，生活充实，佐藤隆先生，您快回店里忙吧。"见外婆下了逐客令，佐藤隆只好尴尬地离开。他一边走一边回忆，每次到洗衣房来，这位老板娘只是接他的衣服，都没正眼瞅过他一眼，他也是一表人才，虽然比不上她那位英俊的军官丈夫，但仪表还说得过去。低头走着走着快到自己的茶楼了，他又折了回来，又回到了洗衣房，外婆在院里正晾着洗好的衣服，"先生你还有事儿吗？"外婆对他说。

"我没事儿，一会儿等你洗完衣服，我想请你到我的茶楼里喝茶，你丈夫在我那里喝过茶，他说我们的茶好喝，希望你能赏光品尝。"外婆说："一会儿孩子们就回来了，我还得给他们做饭，没有时间呢，等以后我先生回来了，我们一同去你那里喝茶，谢谢了！""那好，期待你们的光临。"佐藤隆说完苦笑着走了。

佐藤隆走了，外婆估计这个家伙还会再来，果然没过两天，他又送来了几件要洗的衣服，来取衣服的那天，等几位送衣服取衣服的客人走了之后，付完钱他把衣服放在桌子上，说他现在没事儿，要帮外婆晾衣服，外婆知道这个家伙心怀不轨："你不会，还是我自己来吧。"外婆说道，外婆晾着刚洗的衣服，"你的身体太美了"。佐藤隆说，趁外婆不备他摸了一下外婆的臀部，外婆愤怒地喊了声："你这个混蛋，滚！"并顺手抄起了一根竹竿，佐藤隆拿着自己的衣服逃之夭夭。这事儿过后，外婆思量着这件事儿该不该对外公讲，讲了不知道外公会做出什么样的反应，会不会去茶楼找他算账？一怒之下再拔出腰间的手枪，毙了这个小日本。事情不是就闹大了？要是不说，佐藤隆会不会还来骚扰？估计不会，因为今天已经把他骂了，竹竿就是没打到他，思来想去，还是不对丈夫说吧，她想起了民间的一句俗话"家有贤妻，男人不贪横事"。

第五节　家里又添小债主

　　1951 年 1 月下旬，外婆怀孕已经 9 个多月了，他们都希望能再生个女孩，洗衣房只好临时停业一个月，外公请了一个月的假，回来照顾外婆和孩子们，离预产期还有几天，外公就将外婆送到了高雄市妇产医院，产前检查结果一切正常，是男孩还是女孩，医生护士谁也说不准。一位年轻的女护士问外婆："您平时喜欢吃酸的还是吃辣的？"外婆回答她："姑娘你是不是想说酸儿辣女，我怀孕以后还真分不清对酸辣孰轻孰重，我们家里现在已经有了一个女孩和两个男孩，希望再生一个女孩，让她能陪伴着姐姐有多好啊。"说完外婆长长地叹了一口气，这位小护士察觉到外婆可能有什么心事，就问道："阿姨好像在为什么事儿发愁啊？你怕再生的是一个男孩吗？"外婆说："生男生女这都不重要，男孩女孩我们都喜欢，顺其自然吧！"

　　这时坐在外婆床边的外公对那位护士说："你阿姨愁的是我们的大女儿呀，这一晃快 3 年没见到她了，你阿姨想念女儿，几乎每天都以泪洗面。"小护士听了之后劝慰道："蒋介石不是说要'反攻大陆'吗？到时您就能见到自己的女儿了。"这时外公说："孩子你想的太单纯了，蒋介石说的这些就是一个梦，一个无法实现的梦，找到女儿还得靠我们自己想办法！"

　　2 月 1 日上午，外婆感到腹部疼得厉害，护士将她送到了分娩室，外公在外面焦急地等着，临近中午，护士出来向外公报喜："先生，阿姨生了，是个男孩，很健康，母子平安。""健康平安就好。"外公说，接着两位护士又把母子俩送回了房间，外公抱起自己的三儿子，准备贴贴他的小脸儿，外婆提醒道："孩子刚出生，细皮嫩肉的，你的胡子别扎着他。"外公用前额贴了一下小宝贝的脸蛋儿，对外婆说："又是一个小债主讨债来了，你说不是吗？"外婆说："孩子的名字还没起呢，你想了吗？给三儿子起个什么名字呢？"外公说："我早已想过了生男孩就叫高健，生女孩就叫高岚，你看叫高健可以吗？""当然可以，希望他能够健康平安地成长。这也是我们的共同心愿。"外婆说。回到了家里，老大和老二见到小弟弟好兴奋，一晃一个月的时间过去了，外公又回到了部队，外婆又在门口贴出了告示"新立洗衣房即日起恢复营业"，两个大男孩经常跑进小弟弟房间逗他玩儿，小弟弟也目不转睛地看着两个哥哥，嘴里还发出"啊啊"的声音，偶尔还手舞足蹈，这个时候的高科已经知道帮母亲分担一些家务了，母亲在一楼洗衣，他在二楼照顾着两个弟弟，一会儿要领高拓上厕所给他擦屁股，一会儿还要下楼向母亲通报，小弟又哭了，拉了尿了……

高科每天领弟弟放学回来的第一件事，就是上楼亲亲小弟弟高健，再逗他玩一会儿。这天母亲正在楼上给小弟弟喂奶，他吸吮着母亲的奶汁，两只小眼睛一直瞅着慈祥的母亲。看到哥哥们回来了，他也不吃奶了，这时外婆对他们说："弟弟吃饱了，你们照顾他吧，我下楼去干活。"过了一会儿，老三哭闹了起来，高科分析他是拉了或者尿了，打开他盖的小被一看，果然是连拉带尿，"好臭啊！"高拓说了一声跑下了楼，高科不想打扰母亲，想为弟弟换尿布，他一手托起了弟弟的小屁股，另一手往外拽尿布，结果弄得弟弟腿上、被上、床单上、床上还有自己的两只手上哪儿都是，只好下楼求助母亲，外婆看到高科这个样子笑着对他说："弟弟拉了，你告诉我就行，这活你现在干不了。"高科站在母亲的身旁，认真地看着母亲为弟弟换尿布的全过程，在卫生间先给弟弟冲了一个温水澡，然后再用浴巾把他身体擦干，之后在小床上铺好尿布，然后再将他放在上面。这个时候外婆问高科："高拓呢？""刚才我要给小弟换尿布的时候，他说小弟拉的屎太臭了，接着就跑下了楼，我以为他去告诉您了。""半天没有听见他的动静了，刚才我在楼下也没有看见他，高拓出去了？高拓！高拓！你看好小弟弟，我出去找一找。"外婆对高科说，她刚要出门，来了一位送洗衣服的女子，"你把衣服先放这吧，我得出去找孩子，孩子不见了"。"你家孩子是不是四五岁的一个小男孩，穿着一件米色的夹克，我在来的路上看见了他，他往西走了，嘴里还哼哼着童谣。"外婆忙着回答："是他！是他！"外婆向西追了有一里路也不见高拓的踪影，累得气喘吁吁，再往回找吧，在马路旁的一条胡同里，见一位老太太正领着一个小孩，这个小男孩看起来很像高拓，"高拓！高拓！"外婆一边喊一边追了进去，老太太和孩子都站住了，她对外婆说："夫人你喊谁呀？"这个男孩也转过身来，愣眉愣眼地瞅着外婆，原来他不是高拓。外婆向老太太说了声对不起，她又赶忙往东走，路过家门时就听到了高科和高拓在说话："你刚才去哪里了？妈出去找你去了，你来看好小弟弟，我再出去找妈妈，告诉她你回来了。""我刚才去幼稚园玩了一会儿滑梯，又荡了一会儿秋千，真好玩。""不用了，我回来了，高拓呀，以后你出去玩儿告诉妈妈和家里人一声好吗？""妈妈我知道了，我错了，妈妈你还打我吗？""你知道错了，以后就得改正，妈妈就不打你了。"这时高健哇哇地哭了起来，外婆知道是饿了，应该给喂奶了，也该给大的做饭了。这时一位邻居阿姨走过来了："高拓回来了，你这孩子刚才上哪儿去了？让你妈好着急。"外婆对她说："多一个孩子就多一份牵挂，以后再也不要了，大陆的女儿每天都让我牵肠挂肚的！"这位阿姨又说："咱们都是当母亲的，每一个孩子都是我们身上掉下的一块肉，只要我们活着就得为他们操一辈子的心。"这两位母亲对生儿育女感同身受。

第六节　军政大学初识景昌

　　在奶奶家，淑慎每天除了阅读医学护理方面的书籍和一些世界名著之外，就是帮助奶奶料理家务。奶奶家有一个邻居，他们家也有一个和淑慎年龄相仿的女孩，叫妮雅，她的爸爸是苏联人，是一位电机工程师，在一家重型机械制造厂工作，她的妈妈是中国人，是一位中学俄语教师。妮雅长得很漂亮，更多的是像她爸爸，白皙的皮肤，宝石蓝的眼睛，头发没有母亲的那么黑，也不像父亲的亚麻色，颜色介于这两种颜色之有点棕栗色，一看她就是一个混血儿。

父亲叶景昌在东北抗日军政大学

前几年淑慎放假一来奶奶家，她就会过来找淑慎玩，淑慎有时候也会过去找她，后来她们每天形影不离。一天妮雅来找淑慎，淑慎把家里发生的一系列变故告诉了妮雅，并对她说自己不能再回青岛了，妮雅问淑慎"那你准备怎么办？"两个小伙伴商量着她们的未来，淑慎对妮雅说："我俩去齐齐哈尔抗日军政大学去看看，你说行吗？"两个小伙伴的想法不谋而合。这时奶奶把冲好的咖啡递到了她们的手中，她俩说的这些话奶奶都听到了，"奶奶，你看我们的这个想法行吗？"淑慎问奶奶，奶奶说："你去齐齐哈尔上学，又离奶奶几百

父亲风华正茂

公里了，我有点放心不下，你在哈尔滨考个医科大学，生活在奶奶身边多好。但我还是尊重你的意见，你们一定要去的话我也不反对。妮雅，你回家也要跟父母商量一下，这件事我们大家都再考虑考虑。"

抗日军政大学，当时那是很多进步青年都向往的地方，就如同前几年，一些进步青年奔赴延安一样。淑慎和妮雅在分别征得奶奶和父母同意后，在一个阳光明媚的早晨坐上了开往齐齐哈尔的列车，一路上她俩猜想着学校会是什么样，学校的食宿又会是怎么样，老师会是什么样，同学们又会是什么样。她俩觉得穿上军装一定很漂亮。傍晚下了火车，叫了一辆人力车，把她们送到了学校。妮雅找到了她高一年级的女同学，一位穿着中国人民解放军制服的姑娘，她是去年考上的抗日军政大学，在学校附近帮助她俩安排了食宿，告诉她们明天上午再到学校办理报考事宜。

第二天早餐后，她俩来到了抗日军政大学的学生处，一位叫叶景昌的男同学热情地接待了她们，并认真做了登记，他身着中国人民解放军制服，向她们详细介绍了学校教学、生活军训、作息时间等各方面的情况，接着又带她们去教室宿舍看了看。在操场上不同区域，有不同的训练科目，有的同学在练习匍匐前进，有的同学在练习跨越障碍，还有一些同学在操场的外围练习长跑，每个同学都大汗淋漓。这位叶景昌同学中等身材，眉清目秀，说话文质彬彬，可谓美男子，他真诚地希望两位姑娘留下报考这里。但她们当时并没有作出决定，对这位男同学说，还要回家和大人商量一下再定。了解完情况后，告别了同学，她们又踏上了返回哈尔滨的列车。其实她俩觉得学校的教学条件有些艰苦，怕适应不了，都不准备报考这所学校了，只是当时不好意思说出来。一周后，淑慎收到一封寄自齐齐哈尔抗日军政大学的来信，署名叶景昌，信中问询她们是否还来上学，希望淑慎能够回信告知。回信怎么说呢，淑慎在想，这时妮雅想出了办法，"你就说大人不同意，所以就不去了。"淑慎说："好，我就这样回答他。"淑慎给他写了回信，两个多月后，又收到了小伙子的来信。

淑慎妹你好：

　　我是东北抗日军政大学第一期在校生，不久就要毕业了，过几天我就要回北京了，准备报考清华大学，路过哈尔滨的时候，想去看看你，也不知道方便与否，希望你还要继续读书学习，特别是你的护理专业，古人云"万般皆下品，唯有读书高"。
此致

　　敬礼

　　　　　　　　　　　　　　　　　　　　　　叶景昌

　　　　　　　　　　　　　　　　　1949 年 8 月 26 日于齐市

　　看完信后，淑慎把这件事对奶奶讲了，奶奶听了觉得这个小伙子很有理想、抱负，对淑慎说："如果他路过哈尔滨来我们家，就热情地招待他。"小伙子就是和淑慎打个招呼，又过了些几天，一个风和日丽的上午，一位身着中国人民解放军制服（但没戴胸章和帽徽）的小伙子，背上背着一件行李，手里拎着一个旅行袋，向淑慎的奶奶家走来，淑慎在屋里一眼就看到了他，她忙着跑到厨房告诉奶奶"他来了"。"他是谁呀？"奶奶问。"就是给我写信的那个同学。"这时奶奶和淑慎一起走出门来，迎接这位客人，还没等淑慎介绍，小伙子就向奶奶和淑慎敬了一个军礼"奶奶好！淑慎好！"她们赶紧将小伙子让到了屋里，卸下了背上的行李，"你什么时候到哈尔滨的？"淑慎问，"我昨天晚上就到了，太晚了就没打扰你们。"这时奶奶给小伙子递过一杯水，小伙子起身双手接过了水杯"谢谢奶奶，您别忙了，快坐这休息一下，我这次来主要想问一下淑慎今后的打算，坐一会儿就走了。"小伙子说，奶奶说："小伙子，谢谢你对我孙女的关心，听淑慎说你志向远大，真是一个好青年，不着急走，一会儿我去做饭，在这吃完中午饭再走，你们多聊一会儿。"奶奶去厨房了，小伙子问起了淑慎的家庭状况，淑慎迟疑了一下，然后告诉他，"我的父亲是国民党军官，两个月前携带我母亲和两个弟弟，乘军舰撤退到台湾了，当时我在济南护理专科学校上学，没找到我就这样和他们分开了，青岛解放后就中断了联系，现在我每天都在想念我的爸妈和两个弟弟，也不知道什么时候才能再见到他们。"说到这儿淑慎情不自禁地流出了眼泪，小伙子安慰她说："全国基本解放了，台湾在不久的将来也一定能解放，你见到亲人的日子应该会很快到来的，一会儿我就要坐车去北京了，到北京后我会给你写信的，希望你能和我保持联系。""我会的哥哥"淑慎对景昌说。盛情难却，吃过饭后，奶奶洗了几个苹果，让淑慎给景昌带上，意在祝他一路平平安安。

淑慎送站回来后，奶奶对这个叫叶景昌的小伙子夸个不停"多好的孩子啊，他不但长得帅气，更重要的是有理想有抱负，心地善良，你以后多向景昌学习，以他为榜样。""我知道了，奶奶。"淑慎回答。

　　一晃一个多月过去了，淑慎和奶奶都惦记着景昌的考试结果，每天都盼着家门口早点儿出现投递员的身影。这一天上午邮递员刚在门前出现，淑慎就跑了过去，"信就别装信箱了，直接给我吧"。淑慎说，这封信是来自北京的，她迫不及待拆开。

淑慎你好：

　　奶奶她老人家好吗？我回到北京后即刻投入到紧张的复习冲刺阶段，考试结果很不理想，照录取分数差 6 分，我真的好上火。我的父母已决定从沈阳搬到北京，全力支持我复习考试，在沈阳建工大学上学的哥哥，也希望我来年再试一下，我相信功夫不负有心人。这封写给你的信，几次提起笔，左思右想最后都放下，现在我终于鼓起勇气，特向奶奶和你报告这个让你们失望的消息！我也决心再拼一次！

　　关于你的未来，我也帮你设想了一下，若你想继续学医，我建议你报考在北京的医科大学。若想工作的话，你在济南护理专科学校学过护理专业，现在北京协和医院正在招聘护士，我觉得很适合你，希望你能来北京应聘，这件事儿你再跟奶奶商量商量，然后告诉我。

　　最后，祝你和奶奶每一天都度过的健康快乐！

此致

　　敬礼

　　　　　　　　　　　　　　　　　　　　　哥哥叶景昌

　　　　　　　　　　　　　　　　　　　　　1949 年 11 月 22 日

　　淑慎看完信进屋很沮丧地说："奶奶，哥哥没有考上清华大学，照录取分数线只差了 6 分，太可惜了！"这时奶奶从厨房走过来，一边用毛巾擦着手，嘴里还说着："只差 6 分，真太可惜了，他在军大上学，哪有时间复习功课呀？再复习一年，我想他一定能考上，你给他回信，好好鼓励他，他在复习时间不充分的情况下，取得这样的成绩就很不容易啦，这孩子将来一定有出息，他还关心着你的未来，你是想继续学习，还是到协和医院去应聘护士，这个你自己决定，无论是上学还是工作，奶奶都支持你，你到哪里奶奶就陪你到哪里。""奶奶我想工作了，到协和医院应聘护士，我想肯定没问题。""如果行我们就搬到北京居住和生活，如果北京不适合就再搬回青岛，淑慎你说行吗？"奶奶说。"奶奶我一切都听您的安排。"

　　其实淑慎内心的真实想法，还是考医科大学，她有济南护理专科学校学习的基础，加上她的聪明伶俐，考上一所医科大学是没有问题的。但看着年迈的奶奶，父母和弟弟又远在台湾联系不上，面对目前不算太富裕的家境，她想早一天工作，自食其力，用自己挣到的薪水赡养奶奶，让奶奶的晚年生活过得更加幸福一些。

第七节　迁居北京

自从接到景昌来信的那天开始，淑慎和奶奶就在家里筹划迁居北京生活的事情。这一年冬天哈尔滨特别的冷，雪下得也特别的大，好在奶奶家里有暖气。一天早上吃过早饭，淑慎打算去妮雅家，把迁居北京这件事告诉她，可是房门怎么也推不开了。"奶奶门怎么推不开了？我使劲推开一点，它又把我推了回来，好像有人在外面往里推着。"奶奶走了过来，对淑慎说："是昨夜的雪下得太大了，是雪把门堵上了。"她俩奋力推开门，积雪足有一米高，奶奶又关上了门，她让淑慎回到屋里先看书，等打扫完雪，再去妮雅家。接着奶奶穿上了棉大衣，戴上了围脖，脚上穿上了毡靴，手上戴上了毛皮手套，出门扫雪。淑慎趴在窗户上看着奶奶的背影，铁锹撮起的雪向两侧扬着，偶尔还见到奶奶头部冒着的白气，以前放暑假的时候，她来过奶奶家好几次，冬天还是第一回在奶奶家度过。奶奶清理出一条半米宽的小道，快到院子的大门口，望着奶奶疲惫的身躯，淑慎从屋里跑了出来，"奶奶您进屋暖和一会儿，让我来清一会儿，我刚给您沏了一杯红茶，里面加了一点红糖，您快进来喝，一会儿就凉了。"喝着孙女给沏的红茶，奶奶心里油然而生一种满足感，孙女大了，懂事了，知道心疼人了。"哈尔滨这么冷的天气，你刚来受不了，别再冻感冒了，你千万别出去扫雪。"奶奶心疼孙女。"奶奶我都这么大了，没事的，你就放心吧。"淑慎说，穿戴上了奶奶刚脱下的大衣鞋帽和手套，出门把到大门的一段积雪清理完了。小路的两侧筑起了两道洁白的雪墙，面对院里堆积的白雪，淑慎问："奶奶怎么把雪运走啊？""我们家的仓房里有爬犁，用它把雪运到院外的空地里就行了，不着急，等雪再实沉一下。"奶奶说。淑慎刚一进屋，奶奶先是用双手给她捂捂冻得拔凉的脸蛋儿，然后又拉了拉她的两只手，"手还挺热乎的，年轻人就是火力旺，血液循环得快。"奶奶说。

奶奶年轻的时候，跟着爷爷走南闯北，后来定居青岛，在青岛帮着儿子成家之后，又辗转到哈尔滨定居，也是见过世面的人。这次携孙女到北京定居，她想一定是个正确的选择，因为北京是新中国的首都啊，它一定会越建越好。她把这个想法写信告诉了在远洋船上工作的丈夫，同时也把儿子的通信地址告诉了他，希望他在方便的时候能给儿子去一封信，告诉儿子她们都好，淑慎现在在哈尔滨和她生活在一起，把她们要去北京定居生活的这个想法也告诉儿子他们，不要惦记她们。两个多月的时间过去了，淑慎爷爷回信了，告诉她们"房子和东西能卖掉的就卖掉，能送人的就送人，能不要的就不要，我会尽快地联系儿子，有消息会马上写信告诉你们。"同时寄回了一些钱，告诉她们在北京安顿后，尽快写信把情况告诉他，以免惦记。奶奶在哈尔滨居住已经有五六年了，和邻居们关系处得都非常好，她领着淑慎到左邻右舍告了别，最后去的妮雅家，把搬家的原因告诉了妮雅和她的父母，妮雅的父母听了之后表示理解，只是两个女孩，有些难舍，几年的相处让她俩情同手足，好多不能对家里人说的话，她俩都是无话不说。

淑慎在门口贴出了卖房启示，由于价格低廉，房屋的建筑质量好，格局好，地点又在市中心，且还有赠送的家具，总有人前来看房子，面对已经很低廉的房子价格，来看房的人还在讨价还价。一些好心的邻居也劝她们：这房子你们卖的已经够便宜的了，不能再降价了，这些人都希望白给他们才好呢。俗话说"听人劝吃饱饭"，房子不能太便宜就出手，那样就亏大了，现在天气也确实太冷了，奶奶和淑慎决定，那就等到5、6月份再卖吧。

孙女走到哪里，奶奶就要陪着去哪里，奶奶对淑慎说："你爸妈不在这里，你到哪里我都放心不下，只要奶奶我有一口气，我就要陪着你！"6月初的一天，奶奶和淑慎坐上了从哈尔滨开往北京的列车，随着列车缓缓地开动，淑慎和奶奶透过车窗，看到了一个熟悉的身影——妮雅。她手拿着一个包裹追赶着列车，另一只手使劲挥动着，嘴里好像还在说着什么，淑慎也向她挥着手，奶奶一边用手帕帮孙女擦着泪水，一边安慰道："以后想她呀，我们还可以回哈尔滨来看她，或者也可以邀请妮雅到北京啊！"一路上奶奶和淑慎谋划着到北京之后的工作和生活。到了北京，她们把随身携带的物品寄存在火车站，打听到协和医院的地址后，就在西城区的一个旅馆住下，淑慎做了应聘的准备，对可能出现的考试内容，她认真复习。第二天早上，奶奶陪着她去了协和医院应聘，在一个小会议室里，坐着几位考官，按着他们的程序，向淑慎提出了医疗护理方面的问题，淑慎从容应对，对答如流，顺利通过。

考官们都夸奖淑慎，说小姑娘形象好，气质好，很文静，又学过护理专业，非常适合做护士。一位主任告诉淑慎回去准备一下，下周就可以来报到工作了。离开协和医院，奶奶和淑慎自然非常高兴，"天生我材必有用，奶奶你说是吧？"慎淑说完看着奶奶的脸，期待着奶奶的表扬，"我的孙女气质美如兰，才华馥比仙"，奶奶的回答让淑慎感到无比开心。

奶奶一边走，一边用芭蕉扇为孙女扇着风，精心呵护着这个父母不在身边的孙女，不想让她受一点点委屈。淑慎也偶尔抢过奶奶手中的扇子，使劲地为奶奶扇两下风。奶奶领着淑慎在西城区的几个胡同转了一个下午，最后在友爱巷一个四合院里找到两间正房，宽敞明亮，奶奶考虑到孙女上班方便，就租了下来。院里又来新住户了，一些邻居热情地跟她们打了招呼，接着她们就到火车站，租了一辆人力车，取回了托运的行李和寄存的物品，回到四合院奶奶和淑慎又把租住的两间房屋里外打扫干净，第二天上午她们又到商场购置了衣柜、两张单人床和桌椅，以及被褥床单、炊具和餐具等新家所需要的东西。一切都安顿好之后，奶奶提醒淑慎，给关心他的小哥哥景昌写封信，把她们来北京的情况告诉他，免得他惦记，"是的，奶奶我也想着这件事儿呢。"

　　几天以后，一个星期天的早晨，景昌来了，这让奶奶和淑慎都非常高兴。他拎着一个装着西瓜和水蜜桃的丝网，一进门就迫不及待地问起了淑慎："你们来北京怎么不早点告诉我去接站，你和奶奶这是一次搬家呀，拿了这么多东西，奶奶和你肯定很辛苦，应聘工作的事顺利吗？"景昌一口气问了很多，淑慎说："没告诉你，是因为奶奶和我，怕影响你的复习，应聘非常顺利。"景昌问起奶奶还有些什么活需要他做的，奶奶说："都安顿好了，以后你就把这里当成自己家常来看看，到那时有活再告诉你。""好！奶奶我知道了。"景昌接着说："今天天气好，我带你们到附近的公园转一转。"奶奶说："你带淑慎去吧，待会儿早点回来吃饭，我等你们。"望着他们的背影，奶奶心里别提多高兴了，院子里的邻居们当着奶奶的面夸奖这两个孩子是一对俊男靓女，是天生一对。奶奶忙着解释说，"他们就是朋友，还没有谈情说爱呢，我孙女还太小，如果他们想处朋友也得再过两年。"

下午 5 点多他们回来了，奶奶将做好的饭菜端上了桌，他俩边吃饭边向奶奶介绍去过的地方，他们在北海公园划了船，又去了景山公园，玩得非常开心，他俩开心，奶奶也高兴，接着奶奶对景昌说："你复习准备考试也快半年了，每天也挺累的，今天就算给自己放个假，轻松一下，考试的日子马上要到了，你还得绷紧考试这根弦，时间珍贵，一点不能浪费。"奶奶说的这番话，句句发自肺腑。

"谢谢奶奶和淑慎对我的关心，接下来这段时间我就不能再来了，等考完试我马上过来。"景昌对奶奶和淑慎说。淑慎又对景昌说了几句，"你现在应该做到两耳不闻窗外事，一心只读圣贤书，心无旁骛！"

一晃又几个月的时间过去了，高考结束了。考完试的第二天，景昌就来了淑慎家，他一进院奶奶和淑慎就看到了，淑慎马上迎了出来，"哥哥你考得怎么样？"淑慎迫不及待地问景昌，"别急，等进屋再向奶奶和你汇报。""景昌这几个月复习考试都累瘦了，今天在这奶奶给你做点好吃的补一补。"奶奶洗了一盘水果端了上来，淑慎将一把扇子递给了景昌，面对这一老一小亲人般的关怀和期待的目光，景昌淡定地说："我觉得考得还可以，能不能考上也不好说，只能是等通知了！"在等待考试结果的日子里，景昌每天都会过来看望淑慎和奶奶，并帮助奶奶干一些家务。一晃一个月的时间过去了，大家都天天盼着景昌的考试结果，淑慎她们四合院一个邻居的孩子，接到了北京师范大学的录取通知书，邻居们纷纷祝贺，妮雅也考上了哈尔滨工业大学，看到奶奶和淑慎焦急不安的表情，景昌不知如何来安慰她们，但他是胸有成竹。

一天奶奶和淑慎刚要吃早饭，景昌就过来了，他把一张清华大学的录取通知书递给奶奶和淑慎，嘴里说着："我被清华大学土木建筑系录取了！""景昌好样的！这一天我们盼了一年多，你没让我们失望，来一块儿吃早饭。"奶奶给景昌盛了一碗稀粥，又加了两根油条。"中午我再做上几道好菜，淑慎你出去买上几瓶青岛啤酒，我们好好庆祝一下！"

其实自从淑慎来到北京以后，景昌就向她表达了爱意，都被淑慎婉言拒绝，她对景昌说："你现在要全力以赴考大学，甚至要拿出'头悬梁、锥刺股'的精神，不要因为恋爱影响前程，我现在年龄还小，不想处朋友，如果你真的喜欢我，就等你毕业工作后再说。"淑慎的这番话着实让景昌非常感动，别看她小自己几岁，但思想睿智，既漂亮又善良，将来一定是位贤妻良母，除了奶奶，她的父母亲人不在身边，景昌暗下决心一定要好好呵护她。

岁月如白驹过隙，一晃 4 年过去了，景昌大学毕业了，被分配到铁道部专家办公室，作为专家的助理，每天和他们一起画铁路工程规划设计图等工作。他是专家工作室里最年轻的工程师，老专家们都非常喜欢这位聪明勤奋形象又好的年轻人，他对自己的工作内容和工作环境非常满意，第一个月工资就给父母、奶奶和淑慎买了礼物。送给奶奶的礼物是一个拎包，送给淑慎的礼物是一块手表，给奶奶买拎包是因为奶奶经常出去购物，好装东西；给淑慎送手表，希望她能准时上班不迟到，更深的一层含义是，看到手表想起他，这还是景昌当着奶奶的面第一次流露出对淑慎的钟爱。

接着景昌又对奶奶说："过几天我的父母要来家串个门儿，看看您和

父亲在铁道部工作时

淑慎，您看方便吗？""好啊，欢迎啊，我早就想和你的父母认识了，你父母什么时候来？你可要提前通知我，他们可是我的贵客，我得认真准备啊，好好招待他们！"

　　现在这两个年轻人背着奶奶，已经悄悄地恋爱了，他们在奶奶面前装作好像什么都没发生，其实景昌父母这一次来就是要提亲的，这一点奶奶也早已意识到了，在和奶奶谈话的过程中，景昌提出了一个问题，就是要给淑慎改名，将"高荣淑慎"改成"高丽华"。原因是原来的名字听起来像日本人，汉族很少有叫四个字的名字。"这个名字比原来的好听好记，我同意，你再问问淑慎。"奶奶说道，"淑慎也喜欢叫这个名字。"景昌对奶奶说。

　　一个周日的上午，景昌带着他的父母，拿着一些东北特产来到了丽华家，奶奶忙着沏茶，丽华洗着水果，热情地招待着景昌的父母。景昌父母感谢她们几年来对景昌的支持和鼓励，过了一会儿，景昌的爸爸直奔主题，对奶奶说："老人家，我和景昌妈妈这次来，就是想和您商量景昌和丽华的婚事，也不知道您的意见如何，我们对丽华无可挑剔，感谢你们对她的培养教育，丽华的父母远在台湾，这些事儿都得靠您老人家做主。""现在是新中国

父母结婚照

了，新事新办，那么最近我们就选一个日子给他们办喜事，我们两家的亲属都不在本地，就简单地办一下吧！孩子们的事由他们自己

做主，我对景昌也是无可挑剔，我也要感谢你们培养这么优秀的孩子，给我做孙女婿！"景昌的父母决定把他们现在租用的这两间房子买下来，作为他们的婚房。

结婚的日子定下了，景昌和丽华到大北照相馆拍了婚纱照。这一天艳阳高照，在西城区友爱巷一个小小的四合院里，喜气洋洋，他们摆下了四桌酒席，有双方单位关系密切的同志，再就是四合院的邻居，景昌代表奶奶、父母和丽华，向大家表示感谢，并和丽华逐桌敬酒，婚礼的气氛很温馨，进行得十分顺利。丽华的奶奶也代表丽华的父母，还有景昌的父母，作为家长，他们帮着这两个孩子完成了人生旅途中的一件大事。作为人生的终身大事，要是远在台湾的父母知道该有多高兴啊，晚上背着奶奶和景昌，丽华流下了难过的泪水！

一天奶奶对景昌和丽华说："你们成家了，也都有了自己心仪的工作，奶奶就放心了，我还有个想法要告诉你们，我准备回青岛去定居生活，那里的熟人亲戚多，还有一个最重要的考虑就是，若有一天丽华的父母和弟弟回来找我们，他们谁也找不到，这事儿不就很麻烦吗？来信也没人接收，或许他们还会给亲戚朋友写信寻找我们，青岛的亲戚朋友也不知道我们生活在哪里，他们也无法将信转给我们，我思前想后还是得回青岛，这样才安心。"景昌把这个事告诉了父母，他们决定邀请丽华的奶奶到家里来为她饯行。景昌和丽华带着奶奶坐公交车来到了位于海淀区紫竹院旁的景昌父母的家里，一进院他们看到景昌的父母正在包饺子，见到丽华的奶奶来了，"欢迎老人家光临寒舍！"景昌的父亲说了句，紧接着景昌的父母又忙着让座沏茶，"俗话说，上车饺子下车面，听丽华说您最爱吃三鲜馅儿饺子。"景昌母亲说，大家其乐融融地吃着饭。景昌的父亲又提议，吃过饭去大北照相馆再照一张全家福，以便在以后通信方便的日子里，把照片寄给丽华的父母，景昌父母的这些举动让丽华的奶奶十分感动。

这对新婚夫妇，过起了幸福的二人世界，景昌像大哥哥一样精心呵护着妻子，生活幸福，工作顺利，景昌和丽华成了一对令人羡慕的恩爱夫妻，他们都有自己心仪的工作，又有一个幸福温馨的小家庭，一年后他们的第一个孩子出生了，健康活泼，给他们增添了很多生活的乐趣，太祖父给他起名"凌云"。丽华对父母、弟弟的思念以及故乡情结与日俱增，更惦记着独自生活在青岛的奶奶。她也希望回到青岛工作和生活，她把这个想法对景昌说了"景昌我们能不能想办法回青岛去生活和工作，我更喜欢那里的山、那里的海、那里的亲人，在北京我心里总是觉得有些不踏实，如果有一天父母和弟弟他们回到青岛，找不到我，他们会着急的。"丽华的这个想法和她奶奶是一样的。"所以我们一定得搬回青岛，工作我们再想办法，景昌你看行吗？"丽华接着说。"丽华，你说这个问题我也想过，明天我回单位向主任说明一下情况，工作也要交代一下，先请半个月假，我们回到青岛实地勘察一下，待工作有了着落，再考虑下一步，看看是否可以调到青岛工作。"

第八节 再回青岛

丽华的婚礼过后，奶奶也觉得如释重负，孙女有了可心的爱人，又有了如意的工作，帮她又成了家，老人家一身轻松。这时他们收到了丽华爷爷的来信，再过两个月他就要从远洋货轮上退休了，还要回到青岛定居生活，让丽华的奶奶先回去看看选一处房子。景昌的父母心情也和丽华的奶奶一样，他们的两个儿子都结婚了，今后操心的大事没有了，听丽华的奶奶讲青岛如何好，他们也想到那里去居住生活，觉得青岛特别适合人居，那里冬天不算冷，夏天也不热，景色还好，青岛人又都很实在，景昌的父母果断地决定卖掉了位于海淀区紫竹院附近的房子，与丽华的奶奶一同前往青岛。

爷爷、奶奶、爸爸、妈妈、哥哥和我

在北京开往青岛的列车上，丽华的奶奶与景昌的父母面对面地坐着，她讲述着昔日生活在青岛时，丽华父母和丽华小时候的故事，那里的风土人情和陈年往事，谋划着到青岛后居住的地点，"我俩对青岛的情况略知一二，那里是人生地不熟，一切都得靠您老多帮忙了。"景昌的父亲说。"丽华家在黄台路的房子，政府还能还给你们吗？"景昌的母亲问，丽华的奶奶说："你们不用客气，在青岛我毕竟生活了 10 多年，我认为武昌路到栈桥这一带的环境比较好，我们应该在这一带买房子，做个近邻，遇到什么事儿互相有个照应。黄台路的房子作为国民党军警的财产，解放后就被政府没收了。"

不久丽华的奶奶和景昌的父母就在武昌路附近，都买到了合适的住处。武昌路是一个离海很近的地方，景色宜人。在这里我出生了，我们的邻居都是外国人，有德国人、法国人，母亲讲我小的时候长得很可爱，大大的眼睛，长长的睫毛，白白胖胖的，经常被邻居的一些外国大妈抱回家，玩上一会儿，我像是一个小宠物似的。太祖父给我

我和哥哥在青岛

起名"凌志"，小的时候我很喜欢去青岛市的中山公园，经常在那里的松林里钻来跑去，穿的两只鞋偶尔就跑掉了，每次重新穿上的时候都被我搞错了，母亲问我："刚才鞋又跑掉了？"我说："没有啊。""又说谎，鞋穿反了。"母亲抱我坐在公园的椅子上，教我把穿反的鞋重新换了回来。见我这样喜欢中山公园的松林，祖父又给我起了名字"松涛"，于是"凌志"做了我的乳名。这个时候我们家只有哥哥和我，生活质量还算是很高的，我和哥哥吃的饼干都是铁桶装的很精致，吃得很多水果，都是国外进口的。当时我们要出去玩的时候。就把很多好吃的都装在衣兜里，有些食品小伙伴们都没见过，问我们吃的是什么呀？每次我和哥哥，就将这些小食品分给小伙伴

们吃，吃没了就回家再取，奶奶觉得不对劲就问我们，刚才带出那么多东西，这么快就吃没了，我们骗奶奶说是我们吃了，妈妈说如果你们给了别的小朋友吃也可以，但你们不要说谎，于是我和哥哥就承认了，是把这些东西分给了小朋友吃了。而且我和哥哥还高兴地告诉妈妈，这些小朋友都没见过这些好吃的，更没听过这些东西的名字，吃就更谈不上了，那个时候我和哥哥在他们面前就觉得有一种优越感，觉得自己了不起，自己家了不起。

武昌路这里离栈桥也不远，环境非常优美，在这里发生的一件事，让我终生难忘。那是一个深秋的早晨，父亲带着哥哥和我在这里散步，有一位老者向他行乞，父亲不但给了他钱，看到他衣着单薄，冷得瑟瑟发抖，马上脱下了母亲刚给他织的灰色毛衣，给老者穿上，老者当即跪在地上，被父亲扶起，正是"积德无需人见，行善自有天知"。在我们成长的过程中，父亲用行动潜移默化地影响和教育着我们，他常对我们讲，做人要有爱心，成人之美的事要多做，损人利己的事一件也不要做。爷爷奶奶协助父母照顾哥哥和我，爸爸妈妈仍在北京工作，爷爷奶奶时常带我们回北京，爸爸妈妈也常回青岛看我们，一家人生活得很快乐！

第九节　眺望大陆的一家人

国民党退居台湾后，"反攻大陆"的计划成了泡影，也令那些背井离乡到台湾的人们极大的失望，为了经营好这块赖以生存的宝地，除了在岛内实行严格的"戒严"外，蒋氏父子也实行了工作重心的战略转移，从20世纪50年代末，修建东西横贯的公路，蒋经国率队历时3个月实地勘察，到1960年5月，经过3年零10个月的苦战，长达348千米的中部横贯公路，终于全线贯通并通车，台湾岛内的交通虽然畅通了许多，但与大陆的联系仍在封锁中。

1964年初外公在军舰上海训的时候，偶尔感到轻微的头痛，这种情况时隐时现，他不以为然，军医给他开了一点止疼药，建议他海训回来后，到医院好好看一看，回到家里外公对外婆说："最近我偶尔就头疼，疼痛持续一会儿就消失了，现在头又不疼了，估计没什么大事儿。""听军医的话还是早点到医院去看一看，没病最好，有病赶紧治，万一有什么病别耽误了。"外婆说。"很难得赶上一个星期天，听预报明天的天气不错，我们带3个儿子去郊游你看好吗？这些年我亏欠你和孩子们的太多了。"外公说。"你在军队努力工作不也是为了这个家吗？我和3个儿子都理解你的不容易。"外婆说，"既然当了军人，就要以服从命令为天职，撤离大陆的时候要不是服从命令，晚一点走，或许就能找到我们的女儿，把她也能带过来了。"外公说。这时外婆对外公说"我下楼准备一下明天我们郊游用的吃的，这3个儿子能吃着呢。"外婆默默地在想着自己的女儿，就是军队的这个撤退命令，让他们和女儿别离了14年，这也是无奈的选择，不知还有多少个离散家庭，骨肉分离，被分隔在两岸，日夜思念亲人的不只有她和他！这个星期天的上午，艳阳高照，秋风送来了淡淡的海的味道，一家人来到了海边的一处岩壁上，这里景色宜人，蔚蓝色的大海展现在他们面前，外公用手指向海峡西面，告诉外婆和 3 个儿子，那里就是我们祖国大陆，接着又指向青岛的大致方向，那里就是我们的家乡！是啊，那里有他们夜以继日的牵挂，有女儿、有父母、有亲人！中午了，两个弟弟在大哥的指挥下，在绿草如茵的芳草地上，支上了一个宿营用的帐篷，外婆拿出了丰盛的午餐，其中一些是外公拿回来的午餐罐头，一家人在这里度过了一个愉快的、难忘的周日。在以后的日子里，外婆经常独自到这里，向海峡的西北方向眺望，哭泣流泪，发泄着对女儿的思念之情。

10 月的一天，外公突然觉得头痛加剧，还伴随着恶心和呕吐，舰上的长官马上决定将军舰开回左营军港，将外公送到高雄市最好的医院，一位医生看诊后，对前来送诊的几位军人说："长官需要马上住院，做很多项检测，病情挺严重，你们应该马上通知家属。"医生为他开具了一剂止疼针剂，护士注射之后，外公的疼痛感马上减轻了许多，躺在病床上的外公问护士："我这得的是什么病啊？""医生说您的病明天还需要做进一步检查，现在我没法回答您，待检查结果出来和医生会诊后在告诉您。"这时外婆带着 3 位舅舅风风火火地赶到了医院，围在了外公的病床前。外婆用手摸着外公的前额问他："你现在感觉头还疼吗？身体哪儿还不舒服？""就是头疼迷糊，别的没什么。护士打完针头疼缓解多了，大夫说明天才出检查结果，估计不会有事的，你们不要担心。"外公说。

医院离家不远，傍晚外婆回家给外公和 3 个儿子做好了晚餐，晚上她就守护在外公的病榻边，天还没亮，她又回家做好了一家人的早餐，告诉孩子们不要耽误学业，医院有她和大夫、护士。为了早点知道外公得了什么病，她来到了医生办公室，问询丈夫的病情，"高太太您请坐，根据各项检测的结果，以及他的脑压，我们判断先生得了恶性脑瘤。"医生的这句话如同晴天霹雳，外婆顿时觉得天旋地转，见状站在旁边的一位护士扶了一下外婆，她关切地问道"高太太您怎么了？"外婆振作了一下精神，说："哦，没事。"她接着向医生问道："他脑部需要手术吗？这病有没有办法能治愈？"这位50多岁的医生沉稳地回答道"现在已经是晚期了，不需要手术，我们会尽力的。"医生的回答让外婆很失望，泪水止不住地流了下来，她对医生和护士说："这个结果请不要告诉我先生！"擦干了眼泪她又回到了病房，外公察觉到她好像哭过，"我没事的，你不要难过，我们这一家人现在全靠你了。"外婆帮着外公洗漱后，一块儿吃了带来的早餐。种种迹象让外公意识到，自己的病情一定很严重，将不久于人世，在病床上外公拉着外婆的手说："毓兰，到今年我们结婚已经30年了，感谢你为高家生儿育女，我们的每个孩子都这么好，培养教育他们，你付出的比我多，这些年跟着我你受苦了，特别是没将我们的大女儿带过来，你心里的苦啊，我知道，我也一样！"

躺在病榻上的外公，日夜思念着自己的女儿，渴望奇迹的出现。一天外公对外婆说："刚才我做了一个梦，梦见咱们的女儿了，她说是从中国大陆绕道日本，然后回来的，亭亭玉立，已经是个大姑娘了，她穿着一套淡蓝色的连衣裙，站在床头拉着我的手，另一只手抚摸着我的前额，只听她轻声地说了一句话'爸爸对不起'低声地哭泣了起来。"这是外公的梦幻，他渴望女儿会突然降临在他的病榻前，直到生命的最后时刻，他拉着外婆的手说："我们的女儿怎么还没回来？和她分开已经15年了，也不知道这孩子现在生活得怎么样？她究竟在哪里呀？应该成家了吧？要是成家了，也应该有自己的孩子了，我可能再也见不到咱们的女儿了，也看不到我们的女婿和外孙、外孙女了！"外公在弥留之际，对他的女儿有千万个放心不下，"毓岚，今后就是走遍千山万水，吃尽千辛万苦，你和我们的3个儿子也一定要找到我们的女儿，找不到她我死不瞑目，你辛苦了！"接着外公用有气无力的手又分别拉了拉3个儿子的手，对老大说："高科你是我们家的老大，要给两个弟弟做个榜样，明年你就大学毕业了，今后你要帮你母亲撑起我们这个家；高拓你马上就高中毕业了，服完兵役，不愿意学习，但也要掌握一门技术，要有一技之长，将来才能养家糊口；高健你是我们家里最小的孩子，也是最顽皮的一个，希望你能听妈妈的话，好好读书，学好英语，将来做一名海员，在台湾联系寻找你姐姐不容易，你到国外一些国家可能更方便些。"外公对外婆和3位舅舅交代了后事，最后他又对3个儿子说了几句："这里有你妈和护士的照顾，明天星期一了，你们都回去上学吧，不要影响学业，你们守在这里让我更着急，有病就得一点一点地养。"外公用了一个多小时说完这些话，已经累得气喘吁吁，这时外婆和3位舅舅已经泣不成声。第2天下午躺在病榻上的外公永远地睡着了！

外公的遗体火化后，外婆对他的3个儿子讲"你爸爸临走前特别跟我交代过，不要给他买墓地，要叶落归根。你爸生前很喜欢凤山的澄清湖，暂时就把他的骨灰存放在旁边的忠烈祠吧。"外公走了，家里的生活一下步入了窘境，高科在读大三，高拓上高中，高健上初中，养育3位舅舅的重担都落到了外婆的肩上，虽然苦和累，但她看到了曙光和希望，大儿子还有一年的时间就大学毕业了，他的学习成绩优异，相信他一定能找到一份好的工作。洗衣店又进了两台洗衣机，规模扩大了，收入也增加了，外婆本来想雇一个帮工，外公的突然离世，让她打消了这个想法，那就起早贪黑吧。

"艰难困苦，玉汝于成。"深谙家境的高科，母亲所做的一切看在眼里疼在心上，为了减轻她的负担，他决定勤工俭学，白天上学，晚上到停泊在高雄港的美国军舰上当起了服务生，外公在世的时候曾带他去过停泊在军港的军舰上用餐，也看过有些英语好的大学生在那里当服务生，无论是在班级还是在学校里，他的英语水准都是出类拔萃的，听说读写都是一流的水准。外婆心疼儿子，坚决阻止他去军舰上打工，怕影响他学业，反被懂事的儿子说服。他和一名同学结伴去应聘，在这里等候应聘的能有 10 多位大学生，结果他和同伴还有另外一名大学生被录用。这位考官看到高科如此流利的英语，又问了一句，"你能用英语每天记事吗？""我每天都用英语汉语两种语言写日记，也是为了锻炼自己的英语水平。"高科回答，这位考官说了声"OK"后拍了一下高科的肩膀，看出来他对这位仪表端庄且语言流畅，目光炯炯有神的大学生特别满意。

在军舰上酒吧餐厅工作从黄昏到凌晨，十分辛苦，经常还要受到一些酗酒的美国士兵的欺凌，但由于工作业绩突出，不久他就被提拔为酒吧餐厅的领班，管理 10 多名服务生，薪水自然也多了一些，挣的这些钱他一文不留全都交给了母亲，缓解了家庭生活的窘境。在军舰上负责厨房和酒吧餐厅的是个美国人，他叫约翰逊·拉凯，这个人 40 多岁，高高的个子，梳着分发头，真是一丝不苟，每天都是西服革履，衣着特别讲究。对员工的要求十分苛刻，在这里工作的员工都成了他欺负的对象，轻则骂几句，扇几个耳光，重则穿着皮鞋踢别人，大家对他是敢怒不敢言，这个家伙简直就是一个恶魔，高科也曾善意地与他沟通，建议他改进对员工的这种野蛮态度，结果反被他教训了一通："你刚当上一个小领班，还敢教训我，我让你领教一下我的厉害。"他说着还扬起了手要扇高科的耳光，高科躲了过去，这让约翰逊·拉凯更加生气，他又突然抬起右腿，猛地向高科的小腹踢去，高科迅速地向左侧躲了过去，直接转到了他的身后，用右胳膊给他来一个锁喉，约翰逊·拉凯拼命地挣扎着，结果无济于事，没想到这个年轻人的力量太大了，他从被遏制的喉咙里喊出了几句："放开我，对不起，对不起。"高科放开了他，约翰逊·拉凯站起来缓了缓，揉了揉下巴和喉咙，突然他又挥拳向高科打去，高科快速向下一蹲，约翰逊·拉凯拳头打到了隔板上，疼得他直甩手。"约翰逊·拉凯，这里不是我们决斗的地方，哪天我们休息可以找个地方，你可以先动手，我只用一只手，你看可以吗？"高科说。"你的中国功夫很厉害，以后我拜你为师。"约翰逊·拉凯说。高科对约翰逊·拉凯说："我们中国人学武术是为了强身健体和防卫，绝不是用来打架的。希望你以后不要再为难我们这些打工的学生，谁做错了可以说嘛，我们改正，如果你再敢拳脚相加哪位服务生，那我真的要让你领教一下中国的功夫。"约翰逊·拉凯本想为难高科，又被高科反制的这个场面，让一名服务生看见了，很高兴，他真希望高科再出重拳，好好教训教训这个美国佬。这件事以后，约翰逊·拉凯没有收敛，对员工的态度依然如故，谁能好好整治一下这个家伙，向约翰逊·拉凯的上级反映一下他的情况，大家寄希望于高科。高科的英语水平不得了，他每天都用英文写工作日志，后来也记录了这位约翰逊·拉凯的言行。一天高科代表大家给主管约翰逊·拉凯的一位美国军官写了一封投诉信，反映他的恶劣行径，不久他就被撤职了，临行前还找到高科辞别，说他要回到美国工作了，高科心里在想美国佬，你早点滚吧，我们没有人欢迎你！

第十节　家下放到东北

　　"文化大革命"前夕，铁道部党委的相关负责同志，多次找父亲谈话，内容都是一点，"要动员你岳父弃暗投明，早日回到祖国的怀抱，组织上相信你是一个进步的好青年，但要看你的实际表现。"父亲没有别的办法，他只能根据母亲依稀记得的地址——台湾高雄左营某海军基地，先后给外公写了四五封信，都如石沉大海。父亲这么做哪知却为后来发生的"无产阶级文化大革命运动"给自己准备了诸多的罪名，"投敌叛国""里通外国""现行反革命"。

　　接到下放的通知后，父亲母亲的心情久久不能平静，父亲把这个消息写信告诉了远在青岛的爷爷和奶奶，还有母亲的奶奶。爷爷知道这个消息后，紧锁眉头，一声没吭，"景昌和丽华这才刚过上几年好日子，这两个孩子又小，到东北生活他们可怎么办呢？"奶奶说。"嗨！人无千日好，花无百日红，没别的办法，我们跟他们一起去呗。"爷爷说了句。他们卖掉了位于青岛武昌路的房子，父母也将北京的房子卖掉，所有家具都分给了四合院的邻居，大家都说家具我们先用着，等你们回到北京时再还给你

作者（中）来东北前夕与小娟姐和六一哥在北京合影

们。邻居家的两个孩子，一个我叫小娟姐，一个叫六一哥，每天我们都在一起玩儿，临行前大人们送我们到大北照相馆照了相，要搬走的那天，很多邻居都哭了，小娟姐和六一哥哭着对大人说："我们不让小弟走！"他俩拽着我的衣服不肯松手……

我们家被下放到东北一个叫北江市的城市，在开往东北的列车一节车厢的卧铺上，坐着我们一家六口人，一天后的早晨列车驶入了东北大地，这是一个银装素裹的世界，树木和蒿草上都挂着雾凇，列车两侧都是白皑皑的雪野，一切好像都凝固了，望着这凄凉的景象，母亲落泪了："都是因为我，让我们全家老小跟着遭罪了！"这时爷爷奶奶劝慰母亲："我们愿意到东北生活，想吃啥有啥，在北京吃什么还得限量供应。"父亲对母亲说："我们这不是下放锻炼吗？将来还会回到北京的。"车厢里只有哥哥和我跑来跑去，列车这头让人赋予生命的钢铁巨兽，不知疲倦地在东北大平原上驰骋着。在沈阳站停车的时候，父母带哥哥和我下车，让我俩体验一下东北的寒冷！火车头上面大口大口地吐着白气，整个列车外面挂满了霜雪，父母问哥哥和我冷不冷，我和哥哥可能都跑热了，一点没感觉冷，玩一会儿母亲催促我俩赶紧上车！"呜"的一声长鸣，列车又有节奏地跑了起来。

我家被安置到北江市中心一个叫民生路的地方，临街的两间青砖房，父亲被安排到化公司工作，化公司在郊区设有一个研发酒精的车间，当时他带领几名清华大学和其他院校刚毕业的大学生，用磨米剩下的稻壳制酒精，获得成功。父亲待他们如同兄弟，逢年过节都要把他们请到家里聚餐，一次父亲将一盘炸好的红尾鱼放到了餐桌上，吃饭的时候发现每条鱼的尾巴都不见了，是被哥哥和我偷吃了，爸妈和叔叔们都猜到了是我俩所为。那个时候家里很热闹，这些叔叔也都很喜欢我和哥哥，经常给我们提出一些问题，有时我们的回答让他们大笑不已。记得一次清华大学毕业的吴明先叔叔问我："凌志，你长大了准备做什么工作？"我指着墙上挂着的马克思、恩格斯、列宁、斯大林和毛泽东的画像，对吴叔叔说"我要像他们几个，把我的相片也挂到墙上。""你知道他们是做什么的吗？"他追问道。"他们是革命导师。"我回答。"什么是革命导师？"吴叔叔又追问道。我晃着脑袋不知如何回答，这时一位叔叔调侃道："你一个清华毕业的高才生，问一个还没上学的孩子这些，是不是有点难为人呢？"这时在屋里的几个叔叔哄堂大笑。吴叔叔夸奖我说"这个小二了不起，将来要成伟人啊！"这个时候父亲还有一个社会兼职，那就是北江市扫盲夜校的校长。母亲被安置到市内一家银行做职员，我们家的生活基本上有了着落。不久我的大弟弟出生了，我们成了七口之家，家里一切都安顿下来之后，母亲往青岛给她奶奶写了一封信，详细介绍了家里的生活状况，又生了三儿子，以及对奶奶、父母和弟弟的思念之情。

爸爸、妈妈、哥哥、弟弟和我下放东北时的照片

第十一节 遇到运动的我家

1966 年 5 月 16 日，中共中央政治局召开了扩大会议，通过了《中国共产党中央委员会通知》，标志着全国范围的"文化大革命"开始，突如其来的这场运动，让很多人及很多家庭猝不及防地遭了殃，特别是很多高级知识分子和高级领导干部深受其害。

当时把大陆以外的地区都叫海外，在这些地区有亲属关系的，被定义为"有海外关系"，特别是在台湾有亲人的，在海外关系中数它最厉害，甚至被定义为"敌特关系"，有这种关系的绝大部分成人都被称为"潜伏在大陆的特务"。当时如果谁有这种关系，很多过去的街坊、邻居、老熟人，甚至亲属见了"有海外关系的人"就像躲瘟疫似的绕着走。

1950 年 8 月 20 日，中国农村开始划分阶级成分，分为地主、富农、中农、贫农、工人（雇农）。在这些阶级中，地主富农包括有海外关系的都被划为反动阶级，运动之初筛选的斗争对象，这一部分人自然囊括其中，概莫能外。在"文化大革命"刚刚开始的时候，对凡是地主富农、资本家出身的，有海外关系的、"历史反革命分子""坏分子""右派分子"等一律定性为"地富反坏右分子"（也称"黑五类"），他们的孩子或被定义为"黑帮子弟"，或被称为"狗崽子"。在"横扫一切牛鬼蛇神"的口号指引下，本人还要被从家里拉上街批斗，头顶戴上高帽（都是用报纸糊的），胸前挂上大牌子，牌子上写着姓名，同时还注明是什么样的分子。在那个信息通信极其闭塞的年代，开展无产阶级"文化大革命"运动，却像一阵疾风一样，迅速席卷神州大地的每一个角落，从城市到农村，机关、学校、工厂大大小小的批斗会随处可见，在运动发展的过程中，有一些原来批斗别人的人，也成了被批斗的对象，他们的罪名是"走资本主义道路的当权派"。很多不幸的人成了这场运动的斗争对象，有的人甚至被折磨至死，有的人则不堪忍受侮辱折磨选择了自尽，一些家庭家破人亡！

我们家也因为这门海外关系在劫难逃，运动之初，父亲胸前挂上了大牌子，上面写着"投敌叛国、里通外国、现行反革命分子"，让他站在解放牌大货车的上面，两边站着许多穿着黄军装，带着红卫兵袖标的青年学生，他们好像在押解犯人，趾高气扬，觉得自己很了不起，沿途也展示着自己的威风，还时不时有红卫兵向下按一下父亲的头，他受尽了凌辱，这辆载着父亲和十几名红卫兵的解放牌大货车，在北江市的主要街路缓慢地行驶着，车上一个男学生手持话筒，喊着口号，"坚决打倒投敌叛国、里通外国的现行反革命分子叶景昌，坚决打倒一切地富反坏右分子，一定将无产阶级'文化大革命'进行到底！"父亲因为上述罪名被开除公职，组织上为了给我们家一点生活出路，就安排他做一所高中的食堂管理员，不久红卫兵还抄了我们家，棚上抹的灰条被捅开了许多处，看看有没有藏着电台，水泥地面被刨开了，看看里面有没有埋着"变天账"，什么也没有搜到，这些意气风发的红卫兵小将们走了，其中一个一边走一边说："阶级敌人是狡猾的，他们藏的东西不能轻易被我们发现，哪天还得来挖地三尺，我就不信找不到他们藏的东西。"他放出了狠话，我们家也在惶惶不安中度过每一天，我们还真不知道他们哪天能来，再挖地三尺。那一天我们没有等来，等来的却是将我们全家遣送农村，当时我们全家人还是城市户口，但却成了地道的农村人，住进了茅草屋，开始到农村时，我和哥哥、弟弟还觉得很新鲜，不久我们就感受到了生活的艰苦和难过！生产队分给我家两块自留地，估计能有两亩，爷爷奶奶和父母都不会干农活，我们家的生活举步维艰，父亲让只有13岁的哥哥，坐车去北京跟原来的老邻居借钱，当时正值红卫兵大串联，哥哥到了北京，找到一些老邻居，他们知道我家的处境后，慷慨解囊，对哥哥说这钱是给我们的，不是借给我们的。记得哥哥回来时，还拿回几包饼干，他说是红卫兵接待站给的。

"文化大革命"运动初期，很多地方都出现了不同派别的群众组织，街头还出现了群众大辩论的场面，这些组织都认为自己是捍卫毛主席无产阶级革命路线的组织，甚至有很多家庭也分为两派，争论得不可开交，简直是不可思议，真可谓做"精神病家庭"这都是愚昧无知导致的。形势发展到后来，完全失控了，晋升为武斗，这个时候毛主席又发表了最新指示"要文斗，不要武斗。在工人阶级内部，没有根本的利害冲突。在无产阶级专政下的工人阶级内部，更没有理由一定要分裂成为势不两立的两大派组织。"他的这番话，对于当时这个像脱缰野马一样的"无产阶级文化大革命运动"，已经无济于事，刹车不灵了！

"破四旧、立四新"，更是当时响当当的口号，在这个疯狂口号的引领下，中华民族几千年留传下来的优秀文化遗产被毁于一旦，令我印象最深的就是，河南洛阳龙门石窟里的石塑雕像各个没头，雕塑这样一尊石像，不知石匠用了多少天，雕塑完这些雕像不知用了多少年，而毁掉它只需几秒！真让人心痛！这种情况愈演愈烈，发展到"打砸抢"，后来还冲击到公检法机关，整个社会动荡不安，国家层面是这样；被称之为"地富反坏右分子"统统被批斗，其家庭都难逃一劫，统统被抄家。

这些造反派把他们的快乐建立在别人的痛苦之上，简直都变成了恶魔。我还记得运动之初，经常有一些造反派深更半夜，破门而入进行所谓的"查夜"，看我家里是否藏着什么可疑的人，还有的人直接打开收音机，看父亲有没有偷听敌台；还有的半夜蹑手蹑脚走到窗下，听听我们家有没有往海外发报。一天吃过晚饭，哥哥叫我到房后去玩儿，他用锹在窗户底下挖了一个长约一米、宽半米、深半米的坑，然后让我帮他找一些棍棒和蒿草，搭在了坑的上面，然后覆盖上一些土，多余的土都扬开了，我不知道他要干什么，这时的天已经黑了，父亲出来找我们，哥哥说："我俩在那挖了一个小坑埋了一点胡萝卜"。进了屋母亲看到我们说："你俩又干什么去了？弄了一身土，赶紧洗漱吧，完了睡觉。"睡觉的时候我和哥哥挨着，他小声地告诉我，"半夜天天有到咱们家听声的人，今天就让他掉在坑里，教训一下这个坏蛋"。不一会儿的工夫我就睡着了，哥哥后来也睡着了，早晨起来我俩赶紧去房后看看，这里依然如故，没有什么异样，吃早饭的时候哥哥告诉家人，他在房后窗下埋了一些胡萝卜，大家不要踩那里，又过了一天早晨起来我和哥哥赶紧去看，挖的坑被踩塌了，我们非常高兴，一定是来我们家窗户下听声的那个家伙掉了进去，中了我们的招，可惜我们没有亲手抓到他，哥哥对我说："以后这招就不灵了，你去拿锹来，我俩给这里恢复原样。"吃早饭的时候，父亲笑着问我俩"你们埋的胡萝卜是不是被人偷走了？""是啊，爸爸，你是不是知道谁偷的胡萝卜？""一开始我就知道你们两个小东西在搞恶作剧，根本没有什么胡萝卜，掉坑的那个人我看到了他逃窜的背影，是鲁大头。"打那以后来我们家听声的还真没了，那时家里要是来个亲属客人，鲁大头马上就会过来查问登记，狐假虎威的，他自己心里明白，干坏事被发现了，也不好意思再来了。记得在"文化大革命"前后相当长的一段时期内，无论你做什么都要填表，其中有一项"家庭成分"又依次分为：雇农、贫农、中农（又分为下中农和上中农）、富农、地主（有的又叫恶霸地主），这是在农村；在城市，城市贫民，资本家……在这些成分当中，是越穷越光荣。

第十二节　母亲被认定为"特务"

记得那天上午我和哥哥去家北侧的河边割蒿草，割了一片又一片，我们将割下来的蒿草铺在地上（晾晒干了做柴烧），这时就听见家的方向传来锣鼓的喧嚣声，我俩马上跑回来看热闹，就听见我家隔壁的一个脸上长着麻子的中年妇女幸灾乐祸地对别人说："高丽华就应该被批斗（我母亲的名字），听说是国民党潜伏下来的女特务。"其实有谁说的没她说的，在此之前，就是她的儿子纵火烧掉了我家的仓房，我家很多贵重的东西都在里面，父亲非常喜爱的钻石牌自行车，烧得只剩个面目全非的架子，这是进口的自行车，当时很有名。就是这样也没让这家人陪我们家一分钱。我俩急着跑到前面去看，母亲已被红卫兵拉上了搭建的台子，台子上还有几个头上戴着高帽的人，胸前也挂着牌子，牌子上面写着他（她）们的名字，牌子下面写着："地主分子""富农分子""反革命分子（又分为历史和现行）""坏分子""右派分子"等。母亲也戴上了用报纸糊的高帽，胸前挂着大牌子，写着母亲的名字和"女特务"三个大字，一个叫二愣子的男青年踢了母亲一脚，这个时候母亲已有8个月的身孕了，当时的我一个10来岁的男孩欲哭无泪，亲眼看到母亲受到凌辱和伤害而无能为力！我恨自己太小了，知道打不过他们，要是我再大几岁，会用生命来呵护母亲，绝不让她受伤害！哥哥这个时候在地上捡起了一块鹅卵石子，向二愣子撇了过去，打中了他的头，只见他用手捂着后脑勺，不知谁说了一句"打出血了"，二愣子转过头来寻找着打他的人，这时哥哥已经不见了踪影。二愣子气愤地说了一句：
"小兔崽子跑了和尚还跑得了庙，你等着，让我逮住就整死你。"接
着他去了旁边的大队卫生所处置。华新中学派来几十名红卫兵声援
这里的批斗活动，一个叫徐忠文的红卫兵站在母亲面前大喊着，"高
丽华你为十（什）么留在大陆没跟父母去台湾？（他把什读成了十）
你潜伏下来的任务是十（什）么？"母亲低声地回答着他。"你大点
声让革命群众都听到。"瞅着这个对母亲又吼又叫的家伙，我也在附
近的地上寻找着东西，找到一块破碎的玻璃碴，攥在了手里，也准
备抛向他的头，发现有人盯着我，于是我装作在地上划起道来。一
连几天二愣子天天晚上到家里来，要报这个仇，但都没找到哥哥。
爷爷、爸爸、妈妈都被隔离审查，奶奶于前年去世了，家里只有哥
哥领着我们 3 个弟弟和 1 个妹妹，他每天还要给我们全家人做饭，
做熟之后还要给爷爷和妈妈送过去（爸爸在市内的一所中学被隔
离），我知道哥哥去了黑龙江省五常县光辉公社的表叔家躲了起来。
给全家人做饭的重任自然落到了我的身上，我做的第一顿饭就是贴
苞米面大饼子，大饼子没贴成，却做成了一锅苞米面儿糊涂粥，后
来邻居的一位大娘偷着跑过来教我做饭，大娘告诉我贴苞米面饼子，
要等锅烧热了才能贴，锅不热就做成了我现在的这个样子。我很快
就跟大娘学会了贴苞米面饼子和做简单的家常饭菜。一天晚上我安
顿好弟弟妹妹们睡觉，刚关掉灯，就听到有人轻轻敲了几下玻璃，
我拉开窗帘，借着月光一看是哥哥回来了。

他是放心不下我们几个弟弟妹妹，我告诉哥哥，二愣子前几天
天天来找他，他说这事儿没完，哥哥对我说："爷爷、爸爸和妈妈都
不在家，你们都小，丢下你们几个我放心不下，我总这么躲下去也
不是个事儿。"接着他在裤兜里掏出一样东西让我看，拔去刀鞘，是

一把寒光闪闪的匕首，几天后二愣子听说哥哥回来了，他来到院里双手叉着腰，嘴里还骂着："小狗崽子你出来，今天就是你的周年。"大院里在家的邻居都围过来看热闹，有几位上了年纪的大爷大妈劝说着二愣子别跟小孩一般见识，一位大妈上前劝说二愣子："这孩子撇石头把你脑袋打坏了，是他的不对，那天你要不踢他妈一脚，他能打你吗？换了你，别人欺负你妈，你能坐视不管吗？"接着这位大妈劝大哥说道："大小子听大娘的话，把你的小刀收起来。"大哥没听大娘的话跑到了一边，接着大娘又问我："小二，你拿着个镰刀干什么？"我对大娘说："二愣子要打我哥哥，我就用镰刀割下他的耳朵。"围观的人听着都笑了，我听大娘话放回了镰刀。哥哥毫不示弱，对二愣子说："你敢动我一下，我就捅死你！"看热闹的一位大爷说："这横的怕愣的，愣的怕不要命的，这个大小子还真有点钢条，像个男子汉！"二愣子看到大哥手中的匕首，又看他毫不示弱地架势，说了句"这次我就饶了你，再有一次我绝对不客气"。他给自己找了一个台阶下，走人了。我觉得是大哥手中的那把寒光闪闪的匕首，和他天不怕地不怕的性格，逼退了这个装傻充愣的家伙。这一大一小对峙了半天，仗没打起来，围观的群众都走开了，这位大娘走进了我们的家，她掀开了锅盖，锅里面什么都没有，她"哎"了一声，自言自语道："这些可怜的孩子！"大娘告诉哥哥和我："今天的晚饭你们就别做了，一会儿我给你们送来。"一会儿的工夫，大娘家的小姐姐端来了一个中盆，是大米掺着高粱米的二米饭，另一半是土豆熬茄子，给爷爷和妈妈送的饭菜不用准备了，我们 5 个孩子也饱餐了一顿，大娘做的饭菜真好吃！

在后来的批斗中，有一次母亲和弟弟一同被拉上了批斗台，当时弟弟只有 6 岁，这一幕让我刻骨铭心，参加批斗会的很多群众都看不下去了，大家异口同声地说："这么点儿的孩子懂啥？不应该让孕妇和孩子上台呀！"在多数群众的反对下，造反派们放过了母亲和弟弟，大多数群众还是有良知的，弟弟被拉上批斗台是有原因的，也不知道是谁造的谣，说弟弟曾说过，"等我姥爷从台湾回来，都把你们杀了"。其实弟弟根本就没说过这样的话，这真是欲加之罪，何患无辞。真不知道编造这个谎言的坏蛋他究竟想干什么！

"文化大革命"中二妹晓凤出生了，她来得不是时候，家里什么吃的都没有，这时我们家 6 个孩子了，可以说我们面临着生存危机！经常是有上顿没下顿，青黄不接，这是在物质生活的层面；因为有外公这门海外关系，爷爷、父亲、母亲还要经常被批斗，精神层面的折磨，让他们难以忍受，特别是母亲，一次我放学回来，没见到母亲，只听到后院的园子里有人说话，隔着黄瓜架看到邻院的郁大娘好像正和母亲拉扯着，我急忙跑了出去，听到她正在劝母亲："大妹子，你听姐的话，想开一点儿，把药给我，你要是喝农药走了，你的这些孩子怎么办？特别是这个二丫头，还这么小你就忍心丢下孩子们不管了？"接着郁大娘放低声音道："形势不能总是这样，天阴终有天晴时，真的有一天，你的父母从台湾回来找你，见不到你，他们会有多痛苦啊，我和你郁大哥不也经常挨批斗吗？为了孩子我们得活下去。"郁大娘家出身是地主，日子自然也不好过，看到我过来了，郁大娘摸着我的头对母亲说："丽华，你看你的这些孩子多好啊，长得好还聪明。"说着郁大娘把装着农药的瓶子交给了我，并说了句"别让你妈再看见！"窘迫劳累的生活，精神上的折磨，哺育子女的艰辛，对在台湾亲人的思念，这些都成了压垮母亲精神的砝码！

当时生产队组织批斗会的，是一个男青年，因为驼背，绰号"小罗锅"。他在运动开始的时候上蹿下跳,这些挨批斗的人,都是他提出的名单,她的母亲绰号叫"汩坏水",脖子脸上多处都腐烂了,往外淌着脓水,有人说她得了鼠疫,还有人说她吃了太多的灰菜,她的脸上身上都胖肿了,这母子俩没有一个是善茬儿。

在批斗会的现场,就是这个男青年,带领着大家喊着口号:"无产阶级'文化大革命'万岁,坚决捍卫毛主席的无产阶级革命路线,一定要将无产阶级'文化大革命'进行到底,打倒坏分子×××,打倒地主分子×××,打倒女特务高丽华",每次他喊完口号,都将攥紧拳头的胳膊向上一挥,显示着力量,很多老百姓都是来看热闹的,这些男女老少,不分青红皂白,也跟着喊口号,向上挥舞着攥着拳头的胳膊。他们觉得好玩好笑,不知道这种好玩好笑,是建立在被批斗人的痛苦之上,被批斗家庭的痛苦之上的。除了定点上台批斗外,这些组织批斗会的人,还要打着锣敲着鼓沿街行走批斗。晚上还要让这些人蹲牛棚进行反思,交代自己的罪行,记得有一位被冠名为"地主分子"的老人家,实在受不了这种折磨喝了农药,人都死了,这还不算,说他是"畏罪自杀!"

一位富农出身的中年妇女,在村子里算得上是个美人,中等个儿,身材婀娜,确有几分姿色,年龄不到40岁,正是"半老徐娘,风韵犹存",名字叫华芮。在这里指挥运动的正是"小罗锅",早已对她垂涎三尺,多次调戏引诱不成,这一次他终于有机会说了算,就将她揪上了台,牌子前面还多加了一串旧鞋,说她是"破鞋"(称乱搞男女关系的人),一天批斗的时候,所有被批斗的"地富反坏右分子",除了她都到齐了,"小罗锅"指责她的家人把她藏匿了起来,派人四处寻找也未见其踪影,第二天一位放牛的老人,在屯子北侧小河边的一棵歪脖树上发现她自尽了,华芮选择用死来证明自己的清白。消息传出，她的家人和一些看热闹的群众都涌向了这里，她的丈夫和几个孩子哭得死去活来！孩子们一声声的"妈呀！妈呀！"让人撕心裂肺。她的丈夫"三胖子"身强力壮，在当地他的力气是出了名的，出身贫农，他像疯了一样，手拿一把杀猪的尖刀，到"小罗锅"的家里没找到他，又在这个小屯子里翻了个遍，要杀掉这个"小罗锅"。"小罗锅"知道自己闯了大祸，早已逃之夭夭，后来在北边约30公里一个叫杨木的地方，他丈人居住在那里，村民在长有一片塔头甸子的沼泽里发现了一个深陷不能自拔的人，已经死去，平时这里人畜都很少来，公安部门查验结果，正是这个作恶多端的"小罗锅"，正应了那句话，恶有恶报，不是不报，时间未到，时间一到，马上就报！

那个时候我每天都盼着下大雨、暴雨，甚至下雹子才好，希望天早点黑下来，因为这样爷爷和父母就可以待在家里，不被批斗，批斗他们的坏人也会待在家里，我也不用去上学了，我希望雨一直下个不停，天也一直别亮，这就是一个少年的烦恼！

一次爷爷被批斗时，脖子上挂着一块用8号铁线穿着的大黑板，估计黑板很重，正直善良的老贫农陈三爷发声了，他说："共产党不时兴这个！"母亲看到后，从爷爷脖子上摘掉黑板，扔到旁边的小河里。记不清批斗爷爷的理由是什么，可能是因为他戴着老花镜，总看线装书的缘故吧。在母亲的性格里有着一种刚烈，真让我们敬佩。在此之前，爷爷听说要"破四旧"，将家里的古代线装书都烧掉了，做这些都是要避免灾难的发生，结果还是在劫难逃，爷爷挨批挨斗后，精神受到刺激后离家出走，不知道他去了哪里，我们一家人都非常着急，父亲去了很多地方找爷爷，数月后在铁路公安处得知一个不幸的消息，一位董姓的公安民警告诉父亲，前不久，在一个叫大黑山的地方，铁道边发现一具尸体，这里距市区有 50 多公里，铁路部门张贴了认领启示，我模糊地记得启示中的一点内容："头戴黑色鸭舌帽，身穿黑色中山装上衣，年龄在 60 岁左右，身高 175 厘米左右，衣兜里装着玉米粒。"启示描述的内容基本和爷爷吻合。过了一段时间看无人认领，铁路部门在附近就地掩埋了。父亲到那里去找过，谁也说不清尸体被埋葬的准确地址，他究竟是不是爷爷，如果是爷爷为什么到那里去。估计去那里是为了找大伯，"文化大革命"中大伯因为历史问题，被下放到那里的农村。

　　早年大伯在沈阳的一所大学毕业，他是学工程建筑的，抗日战争爆发后，弃笔从戎，加入了抗战的队伍。他一表人才，还有一身好武功，后来他得到了郑洞国将军的赏识，成了将军的警卫队队长，跟随将军南征北战。新中国成立后被定性为"历史反革命分子"，羁押在青岛的一所监狱，出狱后在一家建筑公司担任工程师，"文化大革命"中又因为历史问题，被下放到大黑山这个地方，"文化大革命"结束后，大伯的问题得到了彻底地平反，他又担任了北江市建筑公司的高级工程师，市内的许多知名建筑都是他亲手设计的，离休后身体一直很硬朗，当年跟随郑洞国将军抗日战斗过的地方，他都要看看这些地方今天的模样。2015 年的一天早上，大伯家的哥哥来电话，说大伯寿终正寝，享年 97 岁。说大伯昨天上午还和他们打麻将，午夜还上了一次厕所，亲朋老友都说这是他修来的福！

第十三节　在农村的窘迫生活

我们家从北京下放到北江，又从北江被遣送到北郊农村，这里距市区约 20 公里。这个屯有两个生产队，一个是汉族生产队，另一个是朝鲜族生产队，共有 50 多户人家，大多数人家都是独立的泥草房，家家都有自己的旱厕，几乎每一家都养一点鸡鸭鹅，很多户也都养着猫狗，养猫是为了捉老鼠，养狗是为了看家护院，也有的人家是把养猫养狗当成宠物，全家人逗着玩儿。我们家住在屯子的后面，这里有两个三合泥草房大院，每个院子住 10 户左右人家，晴天的时候，整个院子都是灰，雨天的时候，整个院子都是泥水，脏兮兮的，因为鸡鸭鹅狗都在院子里大小便。这个时候在院子里走路都要跷着脚走，走在泥水中凸起的地方。夏天到了，那难入的旱厕，下面蛆在粪便里曲身游泳，上面悬停着嗡嗡叫的大苍蝇，好像群魔乱舞，这样的厕所我几乎是不去的，农村天地广阔，哪里都可以解决这个问题，算是给这些野生植物施肥了，农村就是这样一个居住环境，你想屯子里的空气能好吗？整个屯子都弥漫着令人不爽的气味儿，屯子外田野间的空气倒是清新，特别是春夏之交，小草刚吐出嫩芽，释放着春的气息。刚耙完的水田地，注满了清水等着插秧，这里成了青蛙的乐园，每天早晚青蛙们不知疲倦地叫着，我特别喜欢青蛙的叫声，循着声音就能看到它们的身影，有的在池塘中游泳，准确地说是蛙泳，我想它们就是我们人类蛙泳的师傅吧！有的在池塘边鼓着腮鸣叫，它们的叫声真的很动听，还有的成双配对，忙着制造下一代。偶尔见到相貌丑陋的癞蛤蟆，它的叫声很低沉，好像男低音。其实癞蛤蟆并不赖，它们可是捉拿蚊虫的高手！在清澈的小河边，偶尔还能看到青蛙们产的卵。

那个时候，几乎家家都养猪，到了夏天，猪圈的味道特别大，我们家每年都养猪，有几次养的小猪仔被人给投毒药死了，给猪仔投毒的人我们猜到了，一定是她，她的绰号叫"老坏鬼"，邻居的一些妇女们议论着，对人有意见就找人，你投毒给这些哑巴畜生，它们又没招惹你，太歹毒了！她和这个屯每家都打过仗，蛮不讲理，简直就是个女妖怪！这个人一脸横肉，嘴角两侧还长出了一点胡须，右嘴角旁长了一颗黄豆大小的黑痣，身体很壮，一看就不是个善茬儿，她不到40岁，年轻的时候，丈夫常年患病卧床，因为奸情，还投毒药死了自己的丈夫，由于她当时正值哺乳期，监外执行。而且这个时候她已经是4个孩子的母亲了，由于恶劣的人缘，她在这个屯儿实在是住不下去了，后来带着孩子又嫁到了外地。在我们家养猪的历史上，最难忘的是有一年春天，父亲和邻居的一位叔叔约定好，早晨他来找父亲，一同去到山里的一个村屯去买小猪崽儿，结果呢这位叔叔先去了，挑了两头小猪崽儿回来，事后父亲笑着对母亲说，"原来农民也有不实在的，这叫农民的狡猾吧，这不就是小农意识吗！"后来父亲自己去了，买回了两头长着黑白毛的小猪，刚开始养的时候，它俩的差别不大，可养着养着一头头圆圆的，胖胖的不挑食，喂什么它都爱吃；另一头头长长的，瘦瘦的，什么都不爱吃。这两头猪我们给它俩起了名字"小胖""尖嘴"。在猪圈里面有一个破旧的缸底，直径大概有40厘米、高有30厘米，用木桩把它固定好，用来往里倒猪食，每次我们倒进猪食，"小胖"都高兴地，头也不抬地进食，可这个"尖嘴"，很少看见它高兴地吃食，最常见的就是它把长长的嘴巴伸进倒食的槽子里，翻着白眼儿鼓着气泡，嘴里还发出不满意地哼哼声，有好几次它用嘴巴把槽子拱翻了，这是对主人的不满，对喂给它的食物感到气愤，没办法我们只好穿着靴子，进入猪圈重新把槽子安好，有时我们觉得这个"兽"非常可恶，就找了一根棒子打它，教训它，可打了两下又下不去手了，是喂它的食物太难吃了，它才做出的反抗行为，好像人在绝食，也是个很可怜的小生灵。那个年代别说动物，就连人都吃不饱，很多时候是有上顿没下顿，吃野菜、树皮、酒糟、糖渣、豆饼、豆腐渣等也不足为奇，果腹延续生命要紧。

记得我刚上小学的时候，有一位同学带的午饭竟是一个破旧的大茶缸里面装着高粱米饭掺着榆树钱儿。我们喂猪的食物就是煮熟的野菜加上米糠，刷锅洗碗的水舍不得扔掉，倒进缸里我们叫泔水，来喂养它们。那个时候公社给每一户农户家里都免费安装了有线广播小喇叭，挂在墙上，记得有一次广播的内容是"瓜菜代"，讲这个内容的是一位朝鲜族的生产队队长，就是用瓜菜来代替粮食。不用他讲，不如瓜菜的东西，不也让人们代替了粮食吗？两个生产队都以种植水稻为主，汉族生产队种植的水稻不如朝鲜族生产队种植的水稻产量高，收入自然要比他们少，每个劳动日的工钱能达到一元钱，在当时农村收入算是高的，毕竟我们这里是郊区。当时一些偏远地区的生产队到年中分红的时候，一分钱分不到，甚至还要倒贴，干得越多赔得越多！提起这事，很多年轻的孩子都不可思议。我们这里每个朝鲜族家庭一日三餐都是大米饭，好羡慕，人家为什么天天都吃大米饭，而我们却不能？每年新大米刚下来的时候，我们还可以饱餐几顿刚做好的大米饭，香气四溢，盛到碗里的饭油汪汪的，别提多好吃了，每年我们都期盼着这一天的到来！但在以后的许多个晚上，吃的是母亲用冻白菜熬的大米粥，粥里面见不到几个大米粒儿。我记得那个时候在农村，水田地里都以施农家肥为主，但在水稻生长的中期，处于近郊的这个地方已经开始使用化肥和农药了，化肥和农药的用量我想是不超标的，还可谓"绿色食品"。可我们家由于孩子多劳动力少，生活中用钱的地方太多，生产队分的这些粮食也根本不够吃，每年生产队分到新大米的时候都是冬天，赶到周日的时候，天还没亮父亲就带着哥哥和我，把几麻袋大米装在车上，每袋200斤，这是全家人一年的口粮，拉着车去城里，一斤大米可以换二斤苞米面，每次我们起来的时候，家里的"小狼"也跟着起来，"小狼"是条狗，长得有些像狼，每次都要伴着我们走上一程，因为要走的路程太远了，我们只好把它撵回去。"小狼"是几年前我们在家里的稻草垛里发现的，当时它只有几个月大，后腿不知什么原因受伤了，趴在那里跷着后腿，正用舌头舔舐已经化脓的伤口，不知道它是从哪跑来的，我回家给它拿了一块苞米面饼子，用瓢舀了一点水，饼子吃了，水也喝了，估计它是又饿又渴。接着我用绳子把它的嘴系上了，用剪刀剪去了伤口周边的毛，用酒精棉给它擦了擦伤口，估计是疼了，它使劲扭动着身体，用纱布缠上了伤口，又给它换了几次药，伤口好了，它也不走了，我们家就把它养了起来。一年以后，它长成了一只身体健硕的大狼狗，有一件奇怪的事情发生了，那是一个春天的早晨天刚亮，我看见我家后面的稻草垛来了一只母狼，和它交配后，好像听到什么声音，母狼夹着尾巴跑掉了，这一幕也被邻居的一位大爷看到了，告诉了我们家人，我估计他当时在外面是不是发出了什么声音，母狼才被吓跑的。3个月后，我发现了这只母狼带着两只小狼崽，在我家北面的河边觅食，它见到我们就带崽子跑掉了，这两只崽子就是我家"小狼"和它的后代，我想若母狼能带它们回家，每天和"小狼"生活在一起，那该有多好啊！这两只小狼崽一定能长成彪悍的狼狗，领它们出去玩儿，那该有多好啊。不知道这个狼妈妈带着它的两个孩子去了哪里，不知道我家的"小狼"是否还会想起它的狼妻子！它可曾知道狼妻子还产下了它们的两个孩子！

黎明时分的温度都在零下 30 摄氏度左右，车轱辘碾压着冰雪路面，发出咔咔的响声，路过哪个屯子都要打破那里的宁静，唤醒了看家狗，开始的时候是一只狗在叫，一会儿的工夫就有很多狗跟着叫了起来，估计也惊醒了熟睡的主人，随着我们的远去，狗的吠叫声也逐渐停止，到了城里天也亮了，我们还要选择一个生活条件比较好的化工司职工住宅，此时我们的帽子和衣服也都挂满了由呼吸和出汗制造的霜雪，睫毛要经常揉一揉，要不然就会被挂上的冰霜给冻住，睁不开眼睛。车子在那一停，是换粗粮还是卖？几百斤大米很快就换成了比它多一倍的粗粮，回来的时候，天不那么冷了，但是我们拉的粮食却比来的时候重了一些，拉起来很吃力，只有这样才能维持更多天有粮吃，卖掉的那些大米换取了家庭生活的一些零花钱。年复一年，日复一日，几乎吃的都是苞米面做成的大饼子或窝头，很多人把苞米面做成的饼子叫"瞪眼雷"，到了嗓子咽不下去，高粱米饭吃得有时胃疼，就这样有时还接续不上，大家都盼着八九月份的到来，因为在这个时候可以吃上新鲜的苞米、土豆、地瓜。新鲜的苞米，可以烀着吃、烤着吃，我们经常在做饭的时候，把苞米穿上一根铁签子，在灶膛里烤着，烤得黑黢黢的，也觉得很好吃。记得在我们小的时候，父亲用炉子烤好的苞米都是黄褐色的，特别好吃，先分给小的，然后才给我们大的，没等父亲吃呢，我们几个大的已经吃完了，刚烤好的苞米父亲又分给了我们，我们几个大男孩就像几只小狼崽儿，吃东西狼吞虎咽的。在夏天到来的时候，我们都穿上了塑料鞋，穿一穿塑料鞋鞋带就折了，我们的还有妹妹的塑料鞋坏了，我们几个大一点的男孩都会修，把一根烧热的锯条往折了的塑料上一烙就粘上了。夏季到了，农村人都赤着脚，入乡随俗，我们也试着光脚，又怕脚被什么东西扎破，有几次光脚的体会，脚硌得厉害，走路都不敢直腰，只能猫着腰看着脚底下，一个叫年子的小伙伴告诉我，你的脚还得多练练，才能不怕硌。这个时候我们家处境惨极了，我的父母都不会干农活，这在农村可怎么活？在那困难的年代，我们家真是度日如年，多亏奶奶的一位干女儿伸出援手借给我们一些粮食，吃的才有了接续。我们叫她二姑，二姑胖胖的，人善良厚道，二姑父是生产队队长，一个字都不认识，从小是个孤儿，但提起农村的活儿，扶犁点种、赶车下田，样样精通。母亲在生产队干农活时常常是跟不上趟，一个叫凤云的姑娘，她是生产队的妇女队长，一米六十多的个儿，性格开朗，身体很健壮，长得大手大脚的，人很厚道善良，长得不算漂亮，但很有眼缘，生产队的男女老少都很喜欢她，她干起活来，很多男劳力都觉得自愧不如。就是二姑和她，在生产队干农活的时候，主动选择挨着母亲，帮助母亲干农活，当时我们家这样的背景，在农村很多人都敬而远之，可她们不怕，是她们内心的善良战胜了邪恶，她们的出身都是苦大仇深的农民，凤云的父亲是生产队的老会计，两个哥哥都参了军，凤云姑娘爱唱歌，经常唱"一条大河波浪宽"还有那我记得的歌词："小白菜，小白菜呀，地里黄啊，三岁两岁没了娘"。大家都很喜欢听她唱歌，无论干活还是休息的时候，她经常唱给大家听。在那个年代，她们对母亲无所求，能伸出援手来帮助有海外关系的母亲，多难能可贵啊，这不就是人间大爱吗！凤云还是生产队的计分员，傍晚收工后，她都要到生产队队部记下社员当天的工分，计分工作一丝不苟，几乎没有出现过差错。二姑和凤云她们就是普通的农村妇女，这不就是平凡中的伟大吗！！她们对母亲无所求，而给予母亲的是那种不求回报的帮助，每次我们家人回忆起她们都很感动。

插秧算是在农村最累的活，每年的 5 月中旬便开始插秧，当时有"不插 6 月秧"的说法。在太阳还没出来的时候，有一些朝鲜族的老头就开始牵着老牛耙地，光着脚踏入水田地，水里面还结着冰碴，可想而知水有多凉，他们一手扶着耙地的工具，一手拿着一个小鞭子吆喝着老牛，休息的时候，他们到供销合作社，都要打上一二两白酒，一只手捏着酒壶，一只手到卖盐的箱子里抓几个粒盐就着喝（盐是免费的），以驱赶寒气和疲劳，好辛苦啊！正是"锄禾日当午，汗滴禾下土，谁知盘中餐，粒粒皆辛苦"，奇怪的是他们没有人质疑过人生，究竟是为什么？！这样年复一年地劳作着，重复着昨天的故事，也许他们的心中，每天能吃上那白白的油汪汪的一碗大米饭，喝上一碗浓郁的酱汤，佐以一碟美味可口的辣白菜，也就心满意足了，或许他们也在默默地憧憬着美好的未来！这个时候耙好的田地里，每一块都放满了水，为了赶插秧的进度，早晨 5 点多钟就开始插秧，大家都是赤脚下田，每个小队都是生产队队长和另外一个人拉绳，以保证水稻的每行间距和整齐，这也便于日后的除草管理。社员们插秧，每个人根据自己的插秧速度，报可以插多少株。生产队会根据你插的多少确定工分，大家插秧的数量都差不多，每人插 30 株左右。只是在速度上有一有些差异，插秧速度快的，可以提前直直腰，母亲从小没干过农活，插秧的速度自然要慢一些，相邻的社员有时也会帮着她插几株，从早 5 点多到晚上六七点，一天下来腰疼的要断了似的，不敢直起来，几个插秧的手指有时还戳到地里的石头上，每天都是肿肿的，很疼，每个指甲里都塞满了泥。有时还有吸血鬼叮咬在小腿上，农村人叫蚂条（蚂蟥），那个时候农村的中小学校还放几天农忙假，这样我们就可以去帮着母亲插秧。

刚到农村的时候，我们这栋房北侧还有两户人家，吃水要到隔一家的成姓朝鲜族人家去抬，这是一个用手压的井，当地农村人称它为"洋井"，到他家去抬水，是我和哥哥的事，一个大水桶装满水也足有三四十斤，在水桶上面的提梁上穿了一根木棍，我俩抬着，哥哥总是要把水桶向他多靠近一些，好让我抬着轻松一些。这口水井对我们来说，用手压着还有些吃力，每次都弄得水井周边的地上全是水，成老太太60多岁，满头白发，人很消瘦，弯曲着腰，用手里拿着的拐棍，指着我们弄在水井周边的水，大声训斥着我们，她不会讲汉语，讲的朝鲜族语，我们一句也听不懂。我们回敬这位老奶奶的只有笑脸，和汉语"对不起"，也不知道老奶奶是否听懂了我们说的意思。当我们更大一些的时候，压水有了力气，这种情况就不再出现了。这口井的水特别清澈甘甜，比我们城里的自来水还要好喝还要洁净，我们一喝就是七八年，后来父亲请到一位同村的铁匠，帮助我们家也打了一口"洋井"，在厨房一根长约5米，直径大概5厘米的铁管垂直打到地下4米，地上留1米接水井的头，我们家这口井的水，没有成奶奶家的水好喝清甜，可能是新井的原因吧，从此告别了抬水的历史。

在我们家的泥草房墙根处经常会发现有老鼠洞，这里你堵上了，老鼠就会从别的地方挖洞，当时为了解决鼠害的问题，农村几乎家家都养猫。我们家也养了一只猫，我们给它准备了一个搪瓷小铁碗，一日三餐它和我们一起吃，自然我们把它也看作家庭一员，这是一只出生只有一两个月的小花狸猫，长得很好看，脑袋圆圆的，毛一块灰一块白毛茸茸的，叫声喵喵的，家里人商量，给它起了一个很好听的名字，叫"花狸"，全家人都很喜欢它，孩子们都抢着抱它。一晃几个月过去了，它变成了一只大猫，无所不能，从炕上能蹦到一米多高的箱子上，从箱子上又能跳到柜上，轻松自如，我们真佩服它的本事，冬天快来的时候，我们在外面的房门上打了一只小洞，以便它的出入，又钉上一块小门帘儿御寒。别看它是小动物，它心里也有一杆秤，知道家人谁最喜欢它，冬天的晚上，我们家的室内还是很冷的，它也怕冷，大家都躺下睡觉的时候，花狸知道谁最喜欢它，就往谁的被窝里钻，一会儿的工夫，就打出满意的呼噜声。有时它从外面叼着一只小老鼠回来，放到炕上，小老鼠吓得趴在那里一动不动，瑟瑟发抖，它却装出视而不见的样子，小老鼠以为它放松了警惕，刚跑了几步，就被它的利爪抓了回来，这样的游戏，偶尔它就能做一回，个别时候也有幸运的小老鼠跑掉。一年冬天，快过春节的时候，花狸不知道从哪里拖回了一条大黄花鱼，这条鱼的重量，足有它的体重重可真不容易。放在那里，它没有吃，估计是它给我们搞的福利，过节也算凑上一盘菜，做熟了也给它一块吃，这可是它的战利品啊，母亲去柴草垛取烧柴时，它也跟着跑过去，用两只前爪帮着往下挠，这猫神了，懂得主人的意思。后来这只猫走失了，找遍了整个村屯未见它的踪影，留给我们的是常常的思念。

我们家住的这两间房子，夏天雨季到来，外面下大雨，屋里下小雨，洗脸盆、洗脚盆，所有的盆子都摆到了炕上地下。冬天到了，由于屋里的温度低，窗户的玻璃上结出了美丽的霜花，玲珑剔透，千姿百态，真佩服大自然的神奇创造力！随着温度的不断下降，霜花越结越厚，屏蔽了外面的世界，直到开春的时候天气转暖，才能重见天日，我们住的是西厢房，每天见到日照的时间也很短。下雪的时候，雪花从那龇牙咧嘴的房门缝隙钻了进来。记得小的时候，有几场雪下的特别大，早晨起来房门都推不开，大雪下的足有 1 米多厚，把门堵得严严实实，只能是一点一点地用力才能把门晃荡开。到了三九天，水缸里的水都结了一圈冰，我们还经常在缸里揭冰碴吃，遇到天气特冷的冬天，水缸还有被冻裂的时候。晚上洗过的手巾挂在绳子上，早晨冻得像一块板似的。每个人从嘴里、鼻子里呼出来的气都是白色的，父亲母亲起来的很早，父亲在屋里生起了炉子，把我们每个孩子的棉袄棉裤烤热了，母亲再给我们穿上，在父亲母亲的呵护下，虽然生活过得很苦，但我们觉得很幸福。我们都能从那个物资极其困难的年代走过来，父母不知多辛苦。过去在野外偶尔就能见到夭折后被丢弃的儿童遗体，可怜的孩子们，刚来到人世间就被贫穷和疾病夺去了他们的生命！我们都健健康康地活着，在父母的精心呵护下，8 个孩子都长大成人，真是件不容易的事。

母亲在厨房里生火做饭，那炊烟很少部分进入炕里从烟囱冒出，大部分是从灶台口冒出，冬天做饭的时候也得开着门，我们几个大一点的孩子经常轮班帮母亲摇风车（风车是过去东北烧碎煤和稻皮的助燃工具，形状有些像老式的电动吹风机），厨房的四壁被熏得黑黑的，母亲就是在这样的厨房里，年复一年给我们一大家人做着一日三餐，在那个物资极其匮乏的年代，"巧妇难为无米之炊"，真让母亲难心了！为解决灶台冒烟的问题，村里有位陈姓的老人，我们叫他三爷，他中等个儿，微驼的背，瘦削的脸，性格刚毅，一看就是一位非常善良忠厚的老人，他和老伴儿没有生育过儿女，都说他炕搭的好。请他来到我们家修炕的时候正值冬天，他揭开炕上的土坯一看，毛病找到了，土坯下面结满了冰霜，走烟的通道几乎被冰霜给封死了，于是三爷将整个炕面都扒开了，每一块土坯下面都结着冰霜，这简直就是一铺冰炕，我们从外面找来冰冻的泥土，用开水化开，再和好，给三爷打着下手，他用抹泥板砍掉土坯上的冰霜，重新调整了炕洞里面的高度，重搭了炕面，不要小看农村的搭炕，技术含量也挺高的，三爷搭的炕特别好，炕面热得比较均匀，灶台这边生火，烟都主动往里抽，一丝烟也不往灶台这边冒了，从此以后炕也热了，母亲也结束了烟熏火燎的做饭生涯。

第十四节　迟到的约会　遇到了真爱

外公病逝后，一家人的生活重担全都落到了外婆的肩上，3个儿子都在上学，三舅上初中，二舅上高中，大舅上大学，用钱的地方太多，外婆用她柔弱的身躯坚强地支撑起这个家，她要兑现在丈夫病榻前的承诺，一定把孩子们都抚养成人。每天起早贪黑，除了洗衣还要做各种零活，努力维持着洗衣店的生意，生活虽苦虽累，3个孩子优异的学习成绩是对她最大的安慰。母亲每天忙碌的身影和日渐瘦弱的身体，这3个儿子看在眼里疼在心上。懂事的老大不顾外婆的反对，坚持勤工俭学，为困境中的家助了一臂之力。生活虽苦虽累，每天孩子们没有看到母亲的愁眉不展，因为她看到了希望，看到了曙光。

1966年的下半年，高科完成了大学毕业前实习阶段，被高雄市一所国立高中招用，担任高中二年级的语文老师。校长来听了他的第一节课满意得不得了，他建议语文组的教师们都要听听高科的课，担任语文教学二组组长的是一位即将退休的老教师，她在听完高科的课以后，觉得这个年轻人可塑性非常大，很有前途，她力荐高科当了语文教学二组组长。高科不但人品好长得又帅气，课讲得也好，学生们都愿意听他的课，学校最受同学们欢迎的老师非他莫属。一天快下班的时候，高科办公室的门被人敲了几下，他说了声"请进"，进来的是班级的语文课代表："高老师，这个假期我随父母去美国旅游了，回来之后写了一篇游记，想请您给指点一下"。"好，你把作文放这吧，我带回家去看，明天语文课的时候再还给你，你们下课了，我也下班了。"他们走出了校门，"高老师，你可能还不知道吧，我们是邻居，我家在你家的这边，要是每天我们都能碰见，一起走那有多好呀！"

第二天上语文课的时候，高科将批改完的"游记"还给了这名叫玫子的女同学。这是一篇近 5000 字的游记，在文章的扉页他写下了评语"这篇游记写得不错，有生活，文字也很流畅，但对景物的描写还不够细腻，文中两处需要修改，一是对时区日界线的变更说的不准确，这是地理方面的知识希望你再重温一下，再是谈到美国独立战争爆发的原因没写清楚，又涉及历史方面的知识，同样需要你把这个历史事实弄明白"，玫子的这一篇游记，每页都留下高科批改的笔迹。

这一天高科下班刚走出校门，就听到玫子叫他，"老师，我们一起回家，我在这等你半天了"。玫子一边走一边对高科说："谢谢老师，给我批改的那么认真，您不会对每个学生都是这样吧？对漂亮的女生您会更认真吧？""作为老师为学生传道授业解惑，这是职责所在，对于每一位学生，老师都应该做到一视同仁。"高科在讲这番话的时候，表情很严肃。玫子察觉到了，老师好像生气了，就说："跟您开玩笑呢，别生气，我从小学到中学，遇到语文课讲得最好的就是您了，我和同学们每天都盼着听您讲的语文课。"玫子是一个活泼漂亮的女孩，又十分干净，学习成绩在班里也是遥遥领先的，班里的很多男同学都想追求她，但她一概不理。一天午休的时候，玫子和一位叫翠莲的女同学，在操场的树荫下聊天，她俩从牙牙学语的时候就在一个幼稚园，无话不说。看玫子好像有什么心事，就问："玫子，你这几天怎么了？总是魂不守舍的，不会是喜欢上了哪位男同学吧？你不是也说过吗？谁想追你一个前提条件，学习成绩必须超越你，到目前为止，还没有一位男生能轻易地超越你，我用排除法，问题都不在男生。"翠莲说。"翠莲，你真聪明，说对了，你说教咱们语文课的高老师怎么样？他课讲得好，人又帅，我真的很喜欢他，但是他是咱们的老师，你说我该怎么办呢？"翠莲是一个非常率直的姑娘，"玫子你既然这么喜欢高老师，那就勇敢向他表白，不用在乎别人怎么说。"一天高科下班，在回家的路上，听到后边有人叫他，是玫子，在回家的路上他们一边走一边聊，突然玫子往高科手里塞了一张纸条，接着掉头就跑了，路上人来人往，高科把纸条塞进了衣兜里，这一幕被在巷弄里菜市场买菜的外婆看见了，她心里在想，高科一直跟我说他现阶段不想处女朋友，是不是已经和玫子处上了。回到家在自己的房间里，高科展开了纸条，在纸的中央画了一个"心"的图形，里面写了5个字"老师我爱你"，这着实让高科有些激动和不解，之后冷静下来，又觉得这不合适，玫子还是一个孩子，高中还没毕业呢，作为老师一定得好好地引领她，否则就毁了她的前程。这时外婆叫高科下楼，"你帮我把这些青菜清洗一下，高科，我问你刚才和你一块儿回来的那个女孩是不是玫子？""是玫子，她是咱们的邻居，我现在的学生，妈你怎么认识她？"高科说，"我不但认识她，还知道她的家，她的爸妈都是日本人，她还有个姐姐，他的爸爸就是开茶楼的那个老板佐腾隆"，外婆想说佐腾隆这个人不地道，又觉得不妥。"高科你跟妈说实话，我看她对你挺好的，你对她有意思吗？""妈，我跟您说实话，玫子高中还没毕业呢，年龄又差很大，老师和学生恋爱不合适。""玫子的妈妈和姐姐也都非常好，玫子长得好漂亮，你们现在可以培养一下感情吗，等她大学毕业之后你们再结婚。"外婆说。"妈，这件事我已经想好了，我要是和玫子谈恋爱，她还哪有心思学习考大学啊？她的前程不就毁在我的手里了吗？"一天早晨高科去上班，看见了玫子在前方路上等着他，"玫子你不早点到学校去上早自习，在这等着我不浪费时间吗？正好我还有事对你说，我在上大学的时候就有女朋友了，她现在在凤山的一所国立中学任教，我们的关系一直很好。老师希望你能专心致志地学习，考上一所心仪的大学，现在台湾经济和社会的发展需要各方面的人才，希望你能有所作为，祝你前程似锦!"玫子什么也没说，哭着跑开了! 这是高科编造的一个善意的谎言。

高科一直关心大陆形势的发展变化，因为那里有母亲和他们三兄弟日夜思念的姐姐和亲人。每当在报刊或杂志上发现登载大陆的新闻，回到家里他都会马上告诉母亲。新中国成立以后，先后开展了标以各种名称的政治运动，以及后来发生的"无产阶级文化大革命"运动，这场运动持续了 10 年，使得本来就十分脆弱的国民经济滑向了崩溃的边缘，这些是他们不愿意看到的，猜想姐姐在"文化大革命"中一定也受到了牵连。而这一时期的台湾，成为亚洲东部最富足的地区之一，在蒋经国的领导下，通过一系列的政策引领，实现了台湾经济的腾飞，并使其从一个农业社会转型为工业社会，其指导经济建设功不可没。后来蒋经国在接见《亚洲华尔街日报》主编罗荻亚时称，台湾经济发展成功经验最主要的有四：政府适当的政策引导，自由经济的制度，政治社会的安定与教育水准的提升，人民的勤奋与努力，后来蒋经国称这 4 条为"台湾经验"。

台湾的经济发展了，民众的生活质量也改善了，这时外婆开始对大舅催婚了，希望他能早一天处个女朋友，早一天结婚再生个宝宝，用外婆的话说："我一天无所事事，现在年富力强，还可以帮你们照顾孩子。""妈，咱们各有各的考虑，我还想利用业余时间再读两年研究所，我已经报了名，若是考上了，哪有时间再谈恋爱呢? 两年后我肯定会娶一个让您满意的儿媳妇。""要不是家里拖累你，我想现在你已经都考博士了，妈支持你。"

高科每天都忙于工作，高拓服兵役住在部队，只有老三高健放学回来能跟母亲聊聊天，一天外婆问他，"你服兵役准备做什么？"
"我准备当海军，将来再当一名海员，到那时我就可以周游全世界
了，找姐姐就更方便了。"外婆听了很欣慰。"戒严令"实施以来，
联系亲人只能通过其他地区和国家。"3个儿子我真都没白疼，你们
心里都知道我这个当妈的在想什么，现在我什么愁事都没了，只有
一件就是找你姐姐。"外婆说。"就是走遍千山万水，吃尽千辛万苦，
走到天涯海角，也要找到我的女儿，找不到她我死不瞑目啊！"这是
你爸爸临终前在病榻上对我们交代的几句话，你还记得吗？

　　1969年初，高科研究所毕业，随着新学年的开学，高科由语文
组组长晋升为学校的训导处主任，真是好事成双。一天，已经退休
的原语文组组长简老师来学校看望大家，在语文组没见到高科，大
家告诉他，高科已经是训导处主任了，大家送她到训导处，只见高
科背对着门，他面前站着两个规规矩矩的小男生，正在接受他的训
导，见他俩向门的方向张望，高科觉得是有人来了，就让他们回去
上课了。他马上请简老师坐下，给她沏了一杯茶，又关切地询问一
下简老师的近况，简老师说："高科，你当训导主任，首先我得祝贺
你，刚才那两个男同学怎么回事？你上任就认真履职，学校任命你
做训导主任这就对了，这叫人尽其才。""简老师是这样，他们俩下
课跑到厕所去抽烟被我发现了。"高科说。简老师接着问："高科呀，
听说你研究所已经毕业了，现在有时间了吧？有没有女朋友呢？"
"还没有。"高科说。"那我就给你介绍一位，我和她妈妈是大学同
学，我们情同姐妹，她们家是从南京过来的，姑娘在凤山的一所中
学任教，她也是大学中文系毕业，学历没你高，仪表端庄，身高大
概在1米60，你个子有1米70吧？我看你俩挺般配，你若同意我就
告诉她你的联系电话，她叫张嘉雯，她的联系电话我也告诉你。""谢
谢简老师对我的关心，那我就和她联系一下，现在我妈比我还急，

几乎每天都在催促我找女朋友、结婚呢，看看这个周日我和嘉雯联系一下，约个地方见个面。"送走了简老师，高科看了一下办公桌上的台历，今天才星期二，等到周日时间好长啊，高科又在想，奇怪呀，原来骗玫子的话竟然成真了。

下班回到家里，高科告诉母亲："简老师给我介绍了一位女朋友，是凤山的一位中学老师，年龄比我小两岁，我准备这个星期天与她约会。"母亲问："你和她联系了吗？""没有，她们家也有电话，那我现在就打给她。"高科说。这个时候台湾民众很少有安装住宅电话的，高科这只手拿起了电话，那只手想拨号又犹豫了一下，不知道电话拨通了，接电话的又是谁，又该怎么说。母亲见状说了声："你打吧我上楼。"这是高科有生以来第一次约见女朋友，的确有些紧张，他知道简老师已经把这件事对张嘉雯和她母亲说了，打个电话也不算唐突，电话打通了，"您好！您是哪位，找谁？"对方接电话的是个女声，"您好！我是高科，找张嘉雯老师。""高老师您好，我是嘉雯的母亲，她在卫生间洗漱呢，不知道她有没有您的电话，一会儿我让她打电话给您，或者过一会儿您再打过来。""好的阿姨。"高科说了句，"妈妈是我的电话吗？""高老师您别撂电话，嘉雯来了。"

"高老师，您好，对不起，我刚才在洗漱。""嘉雯老师好，简老师向我介绍了你的情况，她希望我们能够见面认识一下，不知道星期天是否可以，如果行，时间、地点你定。"高科对嘉雯说。"好的，那就定星期天的上午9点，地点就在爱河边上登船处的长亭旁，星期天见，晚安。"嘉雯放下了电话，这边高科与嘉雯通话后告诉了母亲。

星期天吃早餐的时候，高科对母亲和两个弟弟说："嘉雯和我约定9点在爱河边见面，现在7点多了，第一次和人家约会，我应该提前一点，我得赶紧去乘公交车。"在公交车上高科看着表，估计能提前 20 分钟到达，刚走了一半的路程，前面不知什么原因塞车，这一塞就是 40 分钟过去了，高科心急如焚，路通了行驶了一会儿公交车又坏了，下一班公交车不知要等多久，高科疾步向爱河奔去，他心里在想，难道这就是好事多磨吗？到了约定地点，没见到嘉雯，一看表 10:30，自己足足迟到了一个半小时，天不作美呀！令他很沮丧，他用手帕擦着头上的汗，既然都到这了，就在爱河边散散心吧，这时一位打着遮阳伞的姑娘走了过来，微笑着向他打招呼"您是高科老师吧？我是嘉雯。""嘉雯老师对不起，初次约会，我就迟到了这么长时间，没想到你还会在这等我！""高老师没关系，你不要自责，我想刚才肯定是有什么事情发生了，看你都急出汗了。"站在高科眼前的这位姑娘，端庄秀丽，她说的这番话，让高科觉得她更美丽了许多。"人不是因为美丽才可爱，而是因为可爱才美丽。"这不正是吗？嘉雯是一位多么善解人意的姑娘！中午到了，高科要带嘉雯去大酒店用餐，嘉雯说："我们两个人随便到西餐店吃点就好了。"进了西餐厅，他们选择了一处靠边的位置坐了下来，嘉雯点了一杯咖啡，高科点了一杯冷饮，又要了一些甜点，两个人面对面地坐着，嘉雯看向对面的高老师，眉清目秀，很沉稳，很帅气，谈吐不凡，让她一见倾心。高科自从那天电话里听到嘉雯甜美的声音，就觉得她一定是位既漂亮又文静、既聪明又善良的姑娘，他的这个判断没错。她定的约会时间和地点都是有一定寓意的，加上他这次姗姗来迟，嘉雯都能宽容和理解，言行举止又特别得体，无可挑剔。对嘉雯的满意度，像老师给学生批改作文一样，打了 100 分！高科回想了一下，自己还从来没有过给学生作文打满分的时候。在这里他们一坐就是 3 个多小时，有说不完的话，他们都有相见恨晚的感觉。听到时钟的报时声，嘉雯对高科说："时间不早了，我得回去了，晚了怕我爸妈家人惦记。"这时高科看了一下手表，已经 3 点了，"时间过得咋这么快呀？那好，我先送你到凤山的车上。"车开走了两个人还互相挥着手，直至车消失在尽头，高科才离开车站，多好的姑娘啊，今生非她不娶！

嘉雯一进家门，看见爸爸、妈妈、妹妹和弟弟围坐在餐桌前，母亲说："估计你快回来了，大家都等着听你的好消息，来先吃饭吧。"嘉雯的妹妹迫不及待地说："姐姐你就先说说未来的姐夫怎么样啊，看你高兴的样子，他一定很不错，是吗？"嘉雯的妹妹嘉怡在外国语学院读大二，她不像姐姐那样温文尔雅，性格活泼开朗。嘉雯回答她："Yes，等吃完饭再说。"嘉雯爸爸要求他们在吃饭的时候尽量少说话，因为说话会影响消化，有时还会噎住，吃饭说话是一种不健康的饮食习惯。高科回到家里，母亲和两个弟弟也在等他吃晚饭呢，没等他们问就主动说起了今天约会的全过程，母亲对高科说："我觉得嘉雯很优秀，将来一定是位贤妻良母，什么时候你邀请她到咱们家来做客？让我和你两位弟弟早点见到她。""妈，您别着急，我们刚认识，要有个过程，我想将来一定有那么一天，您和她会朝夕相处的。"高科饭还没有吃完，就起身去给嘉雯打电话了。

这个时候只要家里的电话一响，两边接电话的肯定是嘉雯或者是高科。是的，恋爱让年轻人热血沸腾，激情澎湃。很多人都认为，恋爱是人生中最幸福的时刻，它是人生中最美好的一段时光，它是人生最甜蜜的阶段，恋爱中也会有酸甜苦辣，人生也从恋爱伊始不断地走向成熟，走向远方……

第十五节　一瓢难忘的碴子粥

当我们大一点的时候，父亲就带着我们几个男孩去距家 10 多公里的大山里打烧柴。那是一个秋高气爽的早晨，临行前母亲给我们准备了午餐（玉米面饼子和几块咸菜疙瘩）装在一个母亲缝制的布袋里，哥哥把它系到了推车把上，去的时候心情很愉快，你推一会儿，我推一会儿，遇到下坡的时候，父亲让我们都坐到车上休息，他推着车掌控着速度，有时我们也让父亲坐上去，我和哥哥掌控着车的速度，很快就到了大山里，要打的烧柴都是那些因为病虫害已枯萎的老树枝杈，基本上都没有水分了，有的不用刀斧去砍，不太粗的枝杈双手用力一掰就下来了，到家就可以烧。大家都在离车不远的地方打着烧柴，我又往大山里面走了走，想发现点什么。一片荆棘挡住了我的去路，在它的前面我看见有一棵好高的树，上面缠绕着野生的葡萄藤，这里地势险峻，我绕了过去，再往上一看令我激动不已，有 10 来串葡萄还挂在上面，这树足有六七米高，我爬了上去，从上往下，一串不落都摘了下来，我吃了几粒，这葡萄真甜呢，这不就叫心想事成吗？已经打下来的烧柴分几趟扛了回来。到下午 3 点多钟，我们将打的满满一车烧柴用绳子捆绑好，这时是又饿又渴又累，想起吃午餐了，可是系在车上的那个布袋不见了，估计是哥哥没把布袋系牢。我的心情糟透了，父亲让我们再坚持一会儿，在回来的路上，他给我们讲起中国人民志愿军上甘岭的故事，鼓励我们战胜眼前这一点儿困难。路过一户农家时我们停了下来，两间低矮茅草房，院落打扫得干干净净，一看这就知道是很勤劳的一家，太渴了，我和哥哥进屋要点水喝，一位 20 多岁的阿姨正在炕上纳鞋底，爽快地说："孩子你们喝吧。"缸里的水满满的，上面还漂着一个瓢，我们一口气喝了好多，歇一会儿，又喝几口，这水太甘甜了，我们进屋谢过阿姨，只见她还将纳鞋的锥子放到头发上磨了两下，不知是为什么。我们又回到父亲的身边继续休息，金灿灿的太阳正西斜，晒得我们身上暖洋洋的。这时只见一个六七岁的男孩，光着腚，剃着光头，双手端着一瓢什么东西向我们走来，好像沉甸甸的，到跟前一看，这是一瓢金灿灿、热乎乎的苞米碴子粥，里面放了几个羹匙，还有几块咸菜疙瘩，孩子说："这是我妈给你们吃的。"这时我才发现孩子的后脑勺还留着一绺头发，记得在那个年代，留着这样头发的孩子很多，据说是为了好养活。看着这瓢苞米碴子粥，我们让父亲先吃，他说不饿，我们狼吞虎咽就把一瓢粥喝光了。碴子粥太香了，我从来没吃过这么香的碴子粥。这回拉起车来身上有了劲，看到我们拉回这满满的一车烧柴，母亲高兴了，她说这又可以烧几个月了，冬天就不愁了，我带回的那几串野葡萄分给了弟弟妹妹，他们都没吃够。这件事过去两年了，我们家还常常忆起。一天父亲母亲买了一些饼干和糖果，让我给阿姨家的小弟弟送去，我非常高兴，骑着自行车到了那里，横在我眼前的是条约有一百米长、十米高的大坝，我判断阿姨家应该是在大坝的里边，北侧的山脚下，因为建大坝，里边的几户人家也迁移了，向在这里干活的人打听，他们也不知我说的是谁家，问我阿姨姓什么我不知道，小弟弟叫什么我也不知道，带着失望和遗憾我回到了家，直到今天我们还经常追忆起那瓢碴子粥的事，想起那位善良美丽的阿姨，虽然已记不起阿姨的模样，但总觉得阿姨很漂亮；想起那个光着腚，端着一瓢碴子粥向我们走来的小弟弟，也不知他现在做什么，阿姨家现在在哪里，生活又过得怎么样。人们常说，"滴水之恩，当涌泉相报"，在那个粮食极其匮乏的年代，送我们一瓢碴子粥是多么的难能可贵呀！那位阿姨是一位朴实无华的村妇，她那颗善良的心比金子还要珍贵，那瓢碴子粥更无法用金钱来衡量！要是能找到那位阿姨和小弟弟该有多好，总想为他们做点事，付出得再多，我们也甘心情愿。但愿阿姨一家生活得幸福平安，也但愿那位小弟弟有一个美好的前程！

第十六节　期盼过年

在那个食物极其匮乏的年代，家里有什么好吃的东西，父母舍不得吃一口，都留给了我们。记得小的时候父亲公出带我到上海，去了当时国内最高建筑24层的国际饭店，出入这里的多数都是金发碧眼高鼻梁的外国人。父亲带着我乘坐电梯到了最高层，俯瞰下去，周边都是些低矮的房屋。父亲买了一盘名曰"水晶包"的午餐让我吃，他一个也没吃，我让他吃，他以前吃过，现在我想这盘包子当时的价格一定很贵，真是"可怜天下父母心"！就是这次公出，父亲还带我去了南通，在那里父亲还买了一台爆米花机器托运了回来，他想利用工作之余搞点副业，要不怎么养活这么多孩子。父亲用铁丝网做了一个长约两米，直径大概有40厘米的圆柱形笼子，爆米花直接崩到笼子里。那个时候，北江市很少见到有爆米花的，每天都是夜深人静的时候，父亲先要生好小炉子的火，然后将爆米花机器架在上面，用手不停地摇着爆米花机器，用眼睛不停地观察着压力表，大概十几分钟爆一锅，开锅时的声音很大，虽然是在自己家的厨房里，但隔壁的邻居一定深受其害，偌大一个小村庄，我觉得都有震感，父亲戴着帽子，整个脸也被熏得黑黑的，真是太辛苦了！爆了几锅苞米花，还有大米花，天还没亮，他就骑上自行车，到城里批发给小商贩，然后再去上班，太辛苦了！

现在回想起来这件事儿，父亲在不影响工作的情况下，为了养活我们这些孩子搞点副业，后来也被禁止了，还给他定了一条罪名

"投机倒把","文化大革命"开始后，这台爆米花机器也被红卫兵抄家时没收了。养育我们这些孩子真不容易，每当别人夸奖我们的时候，父亲总是笑着对人家说，我们都是他的"小债主"。小的时候孩子们都天天盼过年，虽然家家都困难，但过年了，家家也都要多做一些好吃的。这个时候正值东北的寒冬腊月，包好的饺子、黏豆包、小饽饽等，放到仓房的缸里冻起来，有时候我们在外面跑饿了，就到仓房里拿一个冻的黏豆包啃着（豆包有的是已蒸熟的），或者是冻梨或者是冻柿子，孩子们每天都特别高兴，因为有好吃的。在平时大米、白面是吃不到的，就是粗粮也吃不饱，副食鱼肉蛋根本见不到，只有过年了，生活才能得到改善，孩子们不知道为了过年，大人们有多难。因为在那个物质极端匮乏的年代，为了过年，父母要想方设法准备过年的东西。小时候过年的印象就是贴春联儿、放鞭炮、炒花生和瓜子，还能分到几块糖……父母亲还要给我们这些孩子准备一点压岁钱。每个人能分到几毛几分，我们都会把自己的压岁钱藏起来，这钱来的多么不容易呀，是父母的血汗钱！大的男孩、女孩，还可以得到一套新衣服，小的孩子没办法，只能是捡大孩子穿过的衣服，母亲再给改一改，缝缝补补。作为父母也好难心，每分钱都得算计着花。男孩每人还可以分一小联鞭炮，女孩分一点头绳之类的饰物，这些就使我们这些孩子高兴得不得了，男孩藏起自己的鞭炮，要燃放的时候，就将小鞭儿一个一个地拆下来，单个燃放，舍不得整联燃放。我们这些小孩子，经常会在地上寻找那些没有燃爆过的小鞭儿，在中间折一下，再用点燃的香头或烟头燃放，我们叫"放呲花"。

大年初一以后，父母还让我们去邻居家，给上了年纪的长辈们拜年，我们都不愿意去，无奈这是大人们的命令。过年了还可以看到大秧歌，大人们腰间系着彩带，他们的穿着特别艳丽，红红绿绿的，花枝招展，手里还拿着大扇子的一些男男女女，他们相互逗着，在唢呐锣鼓声中扭着舞着，双手拿着鼓槌儿的人用力擂着大鼓，喇叭匠鼓着腮，用力地吹着，锣鼓喧天，真的好热闹。到了晚上还有手持灯笼的，里面燃着蜡烛，我和一些小孩在秧歌队边，学着他们扭秧歌儿的样子，觉得扭秧歌很好玩！

也偶有生产队搭起台子，吊起灯，晚上来唱"二人转"的，十里八村的都过来看，"二人转"是地方戏，一男一女互为搭档，剧情大多以男女之情为主，打情骂俏，村民大家都愿意看，还有一说"宁舍一顿饭，不舍二人转"。

春节是中华民族传统的节日，一个欢天喜地的日子，也是亲人团聚的时候，可对于那些无法与亲人团聚的人来说，不正是一江春水向东流，几家欢喜几家愁吗？母亲日夜思念着自己的父母弟弟，彼此天各一方，杳无音信，她能不愁吗？背着我们母亲不知道流了多少泪，哭了多少回！这种思念之苦她又能对谁说，常言道"每逢佳节倍思亲"，母亲内心的痛苦，或许只有父亲才能感受到！我们这些不懂事的孩子，没有一个能替母亲分忧。

第十七节　给父亲送咸菜

　　父亲到市第二中学当食堂管理员，食宿在学校，后来组织上又考虑食堂重地，不能让反革命分子担任管理员，又被解雇了。父亲的表哥是聋哑学校的校长，他安排父亲到校办工厂做上了临时工，后来有人又在这对表兄弟身上做起了文章，说他们是"双保险"。即共产党执政的时候是表哥保护表弟，等国民党回来执政的时候是表弟保护表哥。后来父亲的表哥被打成了走资派，父亲的罪名是走到哪里带到哪里，"投敌叛国、里通外国、现行反革命犯"。他们都被软禁在这个学校，运动之初还停发了工资，在这个非常时期，母亲珍藏的一些金银首饰救了我们全家，在"文化大革命"开始的几年里，我们家生活几乎没有了经济来源，为了一大家人的生存，在这节骨眼上，母亲忍痛割爱，把结婚时买的一些金银首饰，先后几次让哥哥到市内的当铺卖掉，再买回一些粗粮和生活必需品，母亲的这些金银首饰，为延续我们全家人的生命，起到的作用非同小可。

　　那个时候家里只有母亲领着我们几个孩子生活，家里的房门破烂不堪，一个冬天的午夜，几个蒙面歹徒破门而入，他们手持尖刀，威胁母亲不准喊叫，将生产队刚分给家里的几百斤大米全部抢走了！当时发生的事情我们全然不知。当时我们家的生活已经是饥寒交迫，这是家人的全年口粮，算是我们的命根子，又被抢了，真是"雪上加霜"，母亲诅咒他们，他们吃了抢来的米，老天一定会让这些丧尽天良的东西变成貔狼的！

　　父亲他们在校办工厂里劳动，还时不时地被学校的造反派和一些聋哑学生批斗，让他们站在桌子上，低头认罪，个别不明事理的聋哑学生，还将桌子踹倒，造成父亲的表哥胸骨骨折。母亲也时刻惦记着父亲的安危，一天母亲为父亲炒了一些咸菜和蒸了一些苞米面窝头，让我送给父亲，我骑了一辆破旧的自行车，从北郊农村骑到市内的聋哑学校，足足骑了两个多小时，这个时候我才是一个十来岁的孩子，只能侧着身子骑自行车，也不知道吃力，等天黑的时候，才能偷偷地进入学校，我朝着校办工厂的方向骑过去，就在这时前面突然出现了两个聋哑学生，他们大概十五六岁，他俩分别用一只手抓住了我的车把，用身体拦住了我的去路，其中一个用手比画着，让我把挂在车把上的兜子打开，这十来个苞米面窝头被这个小子都掰开了，他要检查里面有没有藏着什么东西，另一个在我旁边树上折下一根树枝又截成两段，在装咸菜的饭盒里来回翻动，一不小心，饭盒掉到了地上，咸菜撒了一地，他们没搜到什么，这才放过我。找到父亲住宿的地方，看见我来了，父亲问："这么远的路，你怎么来的？"我告诉父亲是骑自行车来的，知道我会骑车了，父亲很高兴，没等父亲问，按着母亲的要求，我告诉他母亲和我们每个孩子都好，家里一切都好，要他不要牵挂，这是我第一次为父亲送吃的。第二次为父亲送咸菜的时候，家里唯一的破旧自行车也变卖了，我只好从家走到聋哑学校，近二十公里的路，我足足走了半天，等到夜幕降临后，不敢走正门，因为上次的教训，怕再碰到聋哑学生惹来麻烦，只能绕到学校后面的围墙根下，垫上几块砖头瓦块，然后把装着咸菜的饭盒先放到墙上，再用双手搭上墙的上缘，踩着垫起来的砖头瓦块，双脚使劲往下一蹬，一条腿再往墙上一搭，接着拎起饭盒往下一蹦，校办工厂是在学校的东边，在它北侧有几间房是工人宿舍，有一个房间亮着灯，我看见父亲在炉子上好像在做饭，观察了一下周边都没有人，蹑手蹑脚地走到门前，轻轻敲了两下门，"谁呀，门没锁进来吧。"父亲说，他看见是我，很惊讶，"这么晚你怎么来了？""我走来的，我妈给做了一些咸菜和大饼子，让我给您送来，白天怕他们不让进"，刚做好的高粱米饭，加上我带来的窝头和咸菜，父亲又用饭盒在炉子上烧开了水，加了一点葱花，一小羹匙荤油，放了一点盐，这一饭一汤一咸菜，就是我和父亲的晚餐，吃着特别香，是让我很难忘记的一顿晚餐。父亲说我走这么远的路，一定很累，洗漱一下，督促我赶紧上床休息，明天起早回去，我说："不行，再晚我也得回去，不回去我妈肯定着急惦记。"我看出了父亲有些担心，就对他说："爸，你放心吧，今天晚上还有月亮，我什么都不怕。"父亲让我转告母亲，这种情况不会持续时间太长了，将来我们一定会好起来的。

　　离开父亲那里，一路上月色照着我，我选择了一条捷径，路过一个小山丘，那里有很多坟墓，走着走着，一不小心，我的一条腿陷了下去，马上拔出腿，一股腐朽的气味儿蹿了出来，我屏住呼吸，估计是踩塌了无人拜祭的老坟，有人拜祭的坟，年年上坟填土，都是一个大土堆。这时我觉得腿上痒痒的，借助月光一看，爬上了许多小蚂蚁，快步跑到前面一条小道上，脱掉裤子和鞋子拍打了一下，继续前行。走下山，蹚过一条小河，河水泛着银光，虽然这个时候是夏季，但此时已经是午夜，在这里洗个澡还挺凉的，洗掉了晦气，刷刷鞋，我刚要上岸穿衣服，这时候河对岸来了一只小狼崽儿，低着头在河边喝了几口水，接着抬起头注视着我，我俯身往它的身上撩了几下水，它向岸上退了几步，抖了抖身上的水，嘴里发出低沉的呜呜声，又回来了几步，好像要与我为伴似的，我想它可能没有了父母，没有了家，可怜的小生灵，我们隔着河对视着，我招手示意它过来，它注视我一会儿，接着跑进了那杂草丛中，看不到了踪影，我遗憾身上没有食物给它吃。接着向家的方向快走起来，也不知道是几点了，我想母亲等我等得一定很着急，快到屯子的时候，有一条狗叫了起来，紧接着又有许多狗跟着叫了起来，我们住的屯子不大，几十户人家，屯里的这些人，这些狗都认识，离我最近的狗叫得最欢了，最先叫的就是它，随着我的走近，这狗的叫声逐渐变得低沉了，它好像在说："这么晚了你这个小孩不睡觉可哪乱跑啥，我还以为来坏人了呢。"它好像在对同伴说："这个小孩我认识是咱们屯的，都别叫了。"它们的叫声戛然而止，这些看家护院的狗倒是很尽责，很可爱；它们的吠叫声打破了村庄宁静的深夜，又让人觉得很可恶。看到家里昏暗的灯光，那一定是母亲还在等着我，进了门母亲看见我身上湿漉漉的，找了条毛巾给我擦身子，抚摸着我的头，责备道："傻儿子，你怎么才回来？急死我了，你爸他现在怎么样？身体好吗？"我说："妈，我爸身体挺好的，他说形势会越来越好，不要为他担心。我这不是也挺好的吗，回来啦。"这个时候我才觉得又累又饿又渴，母亲将一碗二米饭和一碗土豆炖茄子，还有几穗煮苞米端了过来，催促我赶紧吃了，吃完早点睡觉。"你这裤子和鞋怎么都湿了？"母亲问道，刚才的经过我没有对她讲，怕母亲担心，"走近道，过河时我把裤子洗了、鞋也刷了。"我敷衍了母亲的问话，估计是我没洗刷干净，母亲打上肥皂重新洗刷了一遍。

俗话说："儿不嫌母丑，狗不嫌家贫"。有父亲母亲的呵护，家再贫困我也觉得很温暖！其实家对于一个人来说，是非常重要的，我的家是个破旧的茅草屋，低矮阴暗，但在这里可以遮风避雨，有父母亲的呵护，它比哪里都安全，它比哪里都温暖，它比在哪里都踏实，它比在哪里都快乐。在这里有我的兄弟姐妹的陪伴，小的时候我们兄弟姐妹之间，也偶尔打打闹闹，背着父母，我们几个男孩还互相起绰号。父母对我们的要求很严格，很羡慕别人家的孩子，他们想做什么就做什么，无拘无束，几乎没有人管教，而我们不行，特别是父亲要求我们坐有坐相，站有站相，言行举止要得体，要有礼貌，要求我们的条条框框很多，所以我们家男孩子总愿意跑出去玩，天不黑不回家，晚上回到家里，浑身都是泥土，害得母亲每天都要帮我们洗澡、洗衣服。

第十八节　童年的趣事

　　我们的童年，那些有趣的故事很多。当时我们男孩玩的就是弹溜溜，溜溜就是用玻璃做的，直径大概不会超过两厘米的小球球，再就是弹瓶盖儿，去供销社、饭店把喝过的啤酒和汽水的瓶盖砸扁，用大拇指和食指握着往出弹，玩法和溜溜差不多。再还有"煽片机""片机"就是用废旧纸张叠成的大约五六厘米长，有方形的或三角形的纸片，在地上面用手来回煽动，你用手拿的片机，把别人的片机掀翻个个儿，你就算赢了，这个片机就属于你的了。还有就是男孩、女孩，一大帮玩捉迷藏，互相追逐，到处乱跑藏起来，让对方找。冬天到了，又换了一些玩的东西，常常是以抽冰猴（陀螺），玩爬犁为主，再就是在大院里玩"打棍"这通常是两个人的游戏，打棍就是将一根长约 20 厘米、直径 3 厘米左右的棍子，两头各削成 45 度，手里再拿一个长大概 50 厘米棒子，打这个小棍子的一端，当它从地面翘起来之后，紧接着就用手里拿着的棒子将小木棍用力打向远方，打得越远越好。然后你向对方报告，你大概打了多少米。如果对方认可，你就可以接着打，如果对方不认可，那就要用手里拿着的棒子丈量一下，你报告的米数比实际打得少，那你就输了，那就要把打棒交给他，由他接着玩。在外面玩儿的孩子们几乎都没戴手套，个个小手冻得紫红，有点像紫胡萝卜似的，有的手指还有裂口，这些孩子们似乎都不在乎，对肢体的痛感好像都麻木了。为了滑冰，就去收购站买来破旧的冰刀，将其钉上板儿，在板的周边钉上几个皮带孔，再穿上细绳，绑在鞋上，就可以滑冰了，那个时候根本买不起冰鞋，就是用这种简陋的冰鞋我学会了滑冰，这些就是男孩子运动游戏；女孩子呢，她们就是踢毽儿，跳跳绳，打个沙袋儿，拿起几个羊嘎拉哈（嘎拉哈就是一些偶蹄动物的后关节，猪羊类的动物都有，有核桃大小，有 4 个面，每个面都有名称。）在距离炕面十几厘米的地方撒手，根据每个面的多少决定输赢。偶尔我和二姑家的几个女孩也玩嘎拉哈。还有就是用粉笔在地面上画方格，用单脚或双脚在内跳跃，这个游戏叫"跳格"。那个时候虽然孩子们玩的东西少，但每天玩儿得都很开心，天不黑不回家。有一件让我很难忘的事，有一次捉迷藏，我们邻居家有一位高龄的老奶奶，他们家人为她准备了一口棺材，放在她家敞开的棚子里，棺材深紫色的底，四周画着二十四孝图，孩子们都知道这是一口空的棺材，也没有人害怕，轮到我藏的时候，我就使劲错开了棺材上面的盖子，躲了进去，这帮小伙伴说什么也找不到我，就让我叫一声，我喊了一声："我在这。"他们走到跟前听了听，又跑开了，没有人能想到我会藏到棺材里，最后还是我自己出来的，他们问我，你刚才藏到哪里了？我说棺材里，他们不信，说吓死了，你胆儿真大！那个时候不知道什么叫害怕，因为我从小受到父亲的影响，不信有鬼神之类的东西，也算是一个无神论者吧！有时村路上驶过一辆解放牌汽车，在它扬起的灰尘后面，孩子们也要追上一会儿，孩子们都觉得很奇怪，这东西没有腿又没有脚，怎么跑得这么快呢？有一个成语叫作"见多识广"，这些可怜的农村孩子，他们正相反，是少见多怪！

父亲有时称我们几个大男孩是家里的"破坏党"，我们不是弄坏家里的这样东西，就是那样东西。有一天只有我一个人在家，琢磨着玩点什么呢？"滴答、滴答"走个不停的马蹄表吸引了我的目光，我踩着板凳拿下了放在箱子上的它，搂起了胸前的小背心儿，把它兜到了里面，来到了房子的后面，在地面铺上了一张报纸，想解开马蹄表走动和发出声音之谜，表后面的螺丝被一个个地拧下，再拿下后盖，终于看到了表里的真面目，各个大小不等的齿轮，都在转动着，中间还有一卷铁片，我觉得好像它是驱动表的动力来源，我动了一下按在它旁边的螺丝，"嘭"的一声，这铁卷绷成了一根铁条，这时所有的齿轮都停止了转动，我试图把它恢复原状可办不到，表让我弄坏了，趁着家里还没回来人，我又把表放回了原处，预想着一会儿有可能会挨揍。

　　家人都陆续回来了，都看到表停了，父亲发现了其中的奥妙，就问我们几个男孩，表是谁拆的？哥哥说不是他拆的，弟弟也说不是他拆的。还没等父亲责备，我就说："爸爸，我错了，我想看看表里面有没有小人。"家人都笑了。这时父亲将表放在桌子上，我们几个都围拢了过去，他拿起那根条子告诉我们，这叫发条，是钢的，它是驱动表的动力来源，说到这父亲特意瞅了瞅我。它的性格"宁折不弯"，弹力很大，弄它时要注意别伤到眼睛。一会儿的工夫小表又恢复了生命力，"滴答、滴答"地走了起来。距此不久，父亲给我们买回了一套《十万个为什么》丛书，共10册，为我们了解大自然开辟了一条路径！家里的几个孩子中，我是最爱看书的，我还自己动手钉做了一个小木箱，里面装的都是小人书，还没上小学的时候，爸妈就教我认识了许多字，有时候我会带上一两本小人书出去，和邻居的孩子们蹲在墙根儿或坐在破旧的房子里，给他们念小人书、讲故事，小朋友个个听得津津有味。家里有一台红星牌收音机，那是父亲得的奖品，每天下午四点多的时候，收音机归我把持着，听"小朋友小喇叭现在开始广播了"！经常听到孙敬修爷爷讲的故事，还有就是听评书《平原枪声》《烈火金钢》《林海雪原》《红岩》……

那个时候农村的文化生活极端匮乏，电影放映队偶尔到农村播放免费的露天电影，什么时候来播放电影，一周前就向村民通知了，到时候附近村屯的男女老少，特别是孩子们，等到天黑的时候，都会赶过来看电影，夏天看电影要被蚊虫叮咬，冬天看电影冻手冻脚，虽然这样，大人孩子都很兴奋，有条件的就从自己家里拿个小板凳坐在前面看，大多数人都是站在那里看，被前面的人挡住了视线，就换个地方看。学校要是组织看一场电影，前十天或半个月，有个预通知，我们盼哪盼哪，盼着这一天的到来，学生看电影，每个人需要交一毛钱，影片开演前还要响两遍铃声。第一遍告诉你 5 分钟后电影就要开演了，第二遍响起后电影就正式放映了。主片前还有一会儿加演，我们叫"假演"。

我们刚到农村的时候，总觉得和别的孩子有些异样，就说穿的鞋吧，冬天我们穿的是皮棉鞋或大头鞋，夏天穿的是皮鞋或者是凉鞋。而农村的孩子们脚上穿的，是他们的母亲或长辈给做的布鞋。夏天一到，孩子们都赤着脚光着腿，大人们也都光着脚，很少有人穿鞋。看别人穿布鞋，我们就跟母亲要，难为母亲了，她也开始学着给我们做布鞋。衣服呢，我们穿的都是小夹克等儿童休闲服装。

母亲是个大家闺秀，在家的时候，是衣来伸手饭来张口，缝衣做饭这类的家务活几乎没做过，可自从有了我们这些孩子，必须得学着做，让每个孩子都过上温饱的生活。在那个物资极度匮乏的年代，要解决每个孩子的温饱，说起来容易，做起来难！忆过去，我常常一觉醒来，已是午夜，看见母亲在那昏暗的灯光下，给我们做着衣服或是缝补着什么，或是编织着衣裤，一针一线只能靠手工去完成，那个年代家家都没有缝纫机，母亲用她那双勤劳的手，记录着岁月的酸甜苦辣，也编织着我们的温暖与未来！

　　每个孩子在睡觉前，母亲都要给我们洗干净才让上炕睡觉。春天来了，我们经常和一些小伙伴到河畔边的柳条丛中，去折掉一些嫩绿的柳条，拧下它的外皮做"叫叫"（放进嘴里吹），有时还将一根柳条放进帽子里，将帽子撑起来，装作八路军或国民党军官，大家玩得都很开心。

第十九节　可恶的寄生虫

　　饲养所（生产队饲养牛马的地方），"文化大革命"时被批斗的"地富反坏右分子"被囚禁在这里，也是我们这些小孩经常光顾的地方，这里也是生产队的队部，平时干活的时候，社员们早晨都要到这里等着生产队派工，或在这里统一出发，由生产队队长带领去干同一种活。有一年冬天吃过晚饭后，生产队通知社员到这里开会，我也到这里来玩儿，队部里大炕烧得热热的，炕上地上坐满了男女老少社员，很多男社员把看过的报纸撕成一块块儿卷着烟叶子，比报纸好一点的烟纸就是孩子写过字的本子，个别几个女社员也抽烟，他们有用长杆烟袋锅的，也有手里捏着烟斗的，弄得整个屋子里乌烟瘴气。有几位上了年纪的老头，坐在热炕上，脱掉了大棉袄，裸露着上身，在棉袄缝里找起了虱子，被抓到的虱子又黑又大，然后放到嘴里，嘎嘣嘎嘣地直接吃掉，有位喂牛的老头脖子有些歪，耳朵有些聋，绰号叫"刘歪脖"，"我叫你喝我的血，我叫你喝我的血"。他大声地说着，打断了队长的讲话，有位爱开玩笑的社员对他说："这虱子喝你一点儿血得偿命啊。"逗得大家哄堂大笑，这真是不可思议，愚昧落后在这里表现得淋漓尽致，这么做能不得病吗？这使我联想到在公园里看到的一幕，猴子相互给找虱子，找到之后都放到嘴里吃掉。那个时候人长寿的能活到60多岁，记得当时流行一句话："人活70古来稀"，那个年代身上没有虱子的人很少，谁也不用笑话谁，每个人换洗的衣服也都很少，甚至没有，为了形容衣服少，还流行一句话："黄鼠狼子去赶集，里外这身皮"。在农村，除了夏季，其他季节在家里没法儿洗澡，每天睡觉前只能是简单地洗漱，一家人用一条毛巾，谁家也没有在家洗澡的条件，干净的人每天能用毛巾擦擦身子。家里学校几乎公共场所都没有卫生间，用的都是旱厕，很少有水冲式厕所。肮脏的生活环境，身上能不生虱子吗？上小学的时候，偶见有虱子从女同学的长发里钻出来，爬到脸上，它要看看外面的世界，就会遭到同学们的嘲笑。其实大家都知道，每个人的头上身上都有虱子，只不过是没钻出来，谁也不要笑话谁。

母亲对我们讲，我们家不管是住在北京、青岛或北江市区，她都从来没见过虱子，只是听人说过。第一次见到虱子的时候，是我们家下放到北江市农村，给我们几个孩子洗衣服的时候，发现了虱子，当时让她的心情好难过，久久不能平静，这一切都源自有这门"海外关系"，才让孩子们过上了这等生活，她很自责！母亲特别爱干净，经常给我们洗衣服和拆洗被褥，但我们的内衣里虱子总是处理不尽，冬天的时候，母亲就会把洗过的衣服，拿到外面去冻，结果也无济于事，衣服是干了，但还会继续生虱子，当地的一些朝鲜族人，还会把衣服放在铁锅里用开水来煮。

那个时候在东北农村，有一种寄生虫叫跳蚤，它多寄生在老鼠和狗的身上，偶尔蹦到人的身上，胡乱咬一阵，让你瘙痒难忍，解决的办法，就是找个没人的地方，将衣服裤子翻过来拍一拍驱走，在农村大家都叫其"革子"。记得有一个叫年子的青年，他年龄长我一岁，是我们家下放到农村后和我相处最好的小伙伴。有一次生产队派他看香瓜地，年子就叫上我和他一同去，这当然是好差事，香瓜可以吃个够。

回想起我们小时候去瓜地，看瓜的是一位50多岁的老人，剃着光头，上身穿着一件布扣汗衫，下身穿着一条粗布大裤衩子，手中拿着一把芭蕉扇，赤着脚。原以为他会给我们俩一个瓜吃，不但没给还撵我俩回家吃午饭。他在这边用几块石头垒起了灶台，上面放着一口小黑锅，用一些晒干的蒿草点起火，做土豆炖茄子，还自语道："土豆炖茄子，撑死老爷子。"我俩假装回家，在瓜地的北侧是一片玉米地，我俩钻了进去，瞄准了几个大一点的香瓜，摘下后用小背心兜着，跑回玉米地，就地开吃，一晃儿这已成为十多年前的往事了。看瓜的窝棚是木杆子做成的，一个简易的"人"字架，在离地一米多高的地方，搭了一个铺，上面铺了一些干草，下午为了防止蚊虫和跳蚤叮咬，年子将从家里带来的液体农药"敌敌畏"抹到了自己的大腿根儿和阴囊上，这下可坏了，烧得他受不了，赶紧用毛巾擦了擦，紧接着我骑着自行车，带着他向公社卫生院奔去。到了卫生院我向大夫说明了情况，他让一位年轻的护士给处置一下，护士让年子躺到床上，让我帮着他把外裤内裤都脱下来，这名护士拿过一个白色的托盘，里面装着一些医用小器械和纱布、药水、胶布等，对年子的大腿根处和阴囊部位进行了清洗，又敷上了纱布，很快就处置完了。原来我俩以为这位护士姑娘处置这样的病人，会感到难为情，可是人家落落大方，一丝羞涩都没有，这真是术业有专攻，让我们佩服。每当回想起这件事，我俩总结就是两个字"无知"，"敌敌畏"那是高度浓缩的农药，怎么能把它直接抹到皮肤上呢，真是愚昧至极！

　　我的表叔家在黑龙江五常县光辉公社大家归村住，一年放暑假的时候，我去表叔家玩，表婶从箱子里给我拿出一条洗干净的白色褥单，上面有些零星的褐色斑点，表婶看我用异样的眼光瞅着褥单，就告诉我这褥单是干净的，洗过，那些点点是跳蚤吸了人或动物的血，然后便出的，不能完全洗掉，临睡觉的时候，表叔拿了一把剥过麻的麻秆，点燃起来，沿着炕沿边慢慢地移动着，偶尔就听到啪啪声，表叔告诉我，那是跳蚤被烧爆的声音，白天的时候很多跳蚤都藏在炕沿的缝隙里或炕席的底下，到了晚上这些吸血鬼就都出来咬人吸血，可恶的寄生虫。我告诉表叔我带来一小瓶"敌敌畏"把它稀释后，白天喷到炕上，人不要待在屋里，这样就能消停一阵子。由于准备工作做得充分，这一夜过得还算平静。表叔是个豆腐倌，干豆腐、大豆腐做得特别好吃，在他家玩了两天也就够了，临走的那天早上，我还喝到了表叔做的新鲜豆浆。

第二十节　小时候的故事

　　1963 年夏天我上了小学，记得入学的那天下着小雨，母亲一手擎着伞，一手拉着我，到离家约两公里的一所学校，去了一间教员室，给我报名登记，有几位年轻的老师都在忙碌着，其中一位年轻的女老师让我站到她的桌子前，她瞅着母亲说了一句，"这孩子长得真俊！"然后对我进行了简单的入学考试："一只小鸡几条腿？两只小鸡几条腿？桌子几条腿？马长几条腿？……"考试顺利通过。这时她站到了母亲身边问我："你说老师和妈妈谁漂亮？"我看了看老师，又瞅了瞅妈妈，我说："老师漂亮，妈妈也漂亮。"这时教室里的几位老师都说，"这孩子真聪明！"考我的老师，是一位年轻漂亮的姑娘，脸上一面长着一个酒窝，扎着两根粗粗的短辫子，眉毛弯弯的，睫毛长长的，两只眼睛水灵灵的，牙齿整齐洁白，衣着得体，她就是我们的班主任老师梅芳。她不但人长得美，课也讲得特别好，板书整齐。

　　记得到了一年级的期中，由于学习成绩优异，老师让我当上了班长，协助她管理班级和同学，帮助老师做点事儿，我觉得还挺神气的。令我难忘的是一年级下学期的清明节，多云的一天，学校组织师生去祭扫烈士墓，我们排着队一边走一边唱着"我们是共产主义接班人"的歌曲，到了烈士陵园，我们向革命烈士敬献了花圈。少先队大队长代表师生讲话，"这些革命烈士，当年他们抛头颅、洒热血，牺牲了生命，才换来了我们今天的幸福生活……"在烈士墓前同学们还唱起了扫墓歌，"翻过小山岗，走过青草坪，烈士的墓前来了红领巾，举手行队礼，献上花圈表表心。想起当年风雨夜，山冈铁镣响叮叮，不是你们洒鲜血，哪有今天的好光景。我们是革命的接班人，哪怕山高路不平，我们要踏着烈士的脚印，永远前进向前进……"在烈士墓前还举行了少先队员入队仪式，一名高年级的少先队员给我戴上了红领巾，在少先队大队长的引导下，我们还宣读了少先队员的入队誓词，并向革命烈士表了决心。我和另外 3 名同学是班级中第一批加入中国少年先锋队的，心情非常激动，爸爸妈妈看到我戴红领巾回来了，他们也特别高兴，并告诉我，回到家里就可以摘下红领巾，上学的时候再戴上，可我不愿意摘下来，想让更多的邻居看到我是少先队员了！我们二年级的时候，梅芳老师结婚了，她的丈夫是教我们体育的老师，姓仲，个子不高，皮肤黑黑的，看上去很健康，平时总戴着米色遮阳帽，不知道哪位同学给他起了一个绰号，叫"仲球子"，当年我还很小，心里想等我长大以后，也要找个像班主任老师这样的女人做媳妇，总觉得她是全天下最美的女人。

这个班长一当就是 3 年，1966 年"文化大革命"开始后，爷爷和父母都成了批斗的对象，一天放学后梅芳老师叫我去了她的教员室，对我说："你是一名很优秀的学生和班长，感谢你三年来协助老师，管理班级和同学做的工作，由于你家庭的历史问题，今后你不能继续担任班长了，希望你能坚强。"我知道，从今以后两道杠和红领巾我都不能戴了，不知道今后该如何面对老师和同学，如何面对家人和邻居。我望着教员室的天花板，不让眼泪流下来，这时梅芳老师从椅子上站起来，双手紧紧地搂住了我，老师的脸贴到了我的脸上，她用颤抖的声音对我说："老师知道这对你不公平！"

在那个心智还未完全成熟的年龄，我的心里就有了一层挥之不去的灰暗，总觉得抬不起头来，我一直在思考一个问题，我的父母究竟做错了什么。学校班级都在让"地富反坏右分子"的子弟，与家庭划清界限，运动刚开始的时候是这样，几年以后还是这样，弟弟松青的老师对他讲，让他与家庭划清界限，松青对老师讲："我与父母划清界限，谁来养活我？"老师被弟弟问得无语！

从这个时候开始，我更愿意一个人独处，在我家附近有一个水泡子，以前放学之后，我经常和几个小伙伴去那里钓鱼，他们总是没有我钓得多。现在我更愿意一个人独自去钓鱼，更清静些，钓之前用铁锹在附近的地里挖出一点蚯蚓，把它穿在鱼钩上做鱼饵，鱼儿喜欢吃。每次鱼咬钩的时候，特别是钓到大鱼的时候，特兴奋。有一天下午放学后，我又来到水泡子，看到里面的鱼自由自在地游来游去，觉得它们比我幸福，鱼儿不会有悲伤，更没有烦恼，看着它们或是在觅食，或是在追逐嬉戏，多可爱的小生灵，但它们不知道，危险什么时候会降临到头上，会被人下的诱饵夺去生命，钓鱼这太残酷了！鱼儿平静的生活不应该受到打扰，我突然间有了这种感悟，钓鱼人的快乐，是建立在诱骗鱼儿失去生命的基础上的，真的很残忍，我当即折断了鱼竿，决定以后再也不钓鱼了。在以后的日子里，小伙伴们又约我去钓鱼，我告诉他们，从今以后我不再钓鱼了，他们问我为什么？我的回答四个字"钓鱼残忍"，其实我也听人们常说，"鱼儿鱼儿，你别怪，你是人间一道菜"，还有"鸡鸭鹅狗，猪马牛羊，你别怪，你是人间一道菜"。

也就在这一年，由于居住地的原因，我和班里的许多同学被转到另一所小学。这所小学离家更近一些，整个学校只有几间破旧的青砖大瓦房，教室的玻璃坏了很多，学校周边环境也不如原来的学校。我的书包坏了，母亲买了一块黑布，用手针给我缝制了一个书包，我总觉得很难看，从家里出发时背着，快到学校了就把书包塞进衣服里，进入教室后，马上又把书包塞进书桌里。因为别的同学还没有背这样书包的，其实，孩子也都有一种随众心理。

我们邻居中有个肖姓的大爷，我们两家的关系很好，大爷得病去世了，我们管他的老伴儿叫老肖大娘，大娘为人和善，5个孩子的养育重担都落到了她的肩上。大娘家有两个孩子和我们年龄相仿，经常在一起玩儿。一次我们几个小孩一起偷生产队的苞米，每人掰了几穗，准备到小河边的沙滩上烧烤，被朝鲜族生产队队长抓住，他绰号叫"金大个"，把我们都带回了生产队的队部，用半生不熟的汉语数落着我们："你们我都认识，老烧（肖）家的两个，下放干部家的两个（哥哥和我），老朴家的一个。"就这样我们的胜利果实被他没收了，这时哥哥趁他不注意上前猛推了他一下，拿起他掰的苞米跑掉了，金大个子无奈地说，"你这个小孩我去告诉你爸爸打你。"

和我经常一起玩的还有一位朝鲜族的男孩，他的名字叫余贵，特聪明，会很多乐器，我俩经常到河边去吹笛子。后来接触到唢呐、葫芦丝、双簧管、萨克斯，这些都属于吹奏乐器，没有人教，自己学着学着就会了，也许这就叫触类旁通吧！不知道什么时候余贵学会了手风琴，而且拉得不错。有一年的夏天，我俩去附近一座叫小碅子的山上挖山胡萝卜，它的学名不知道叫什么，是一种野生的根茎植物，根茎长大约有20厘米，直径3厘米左右，有点像人参，但外皮都长了一些疙瘩，回来之后要将它洗净，然后用棒子把它砸扁，去掉外皮，用凉水泡一夜，然后捞出，再拌上辣椒面、食盐等调料，它也是朝鲜族的一道特色菜，和一种名叫芥梗的菜差不多，但比芥梗好吃得多，我是这么认为的，朝鲜族管它叫"沙参"，也可以用油煎着吃。我们刚挖了几个,突然余贵在距我五六米的地方大喊了一声"扁"(这是朝鲜语的发音,就是蛇的意思),这个时候再看他已经爬到了一棵大树上,离地已经有一米多高了,两只手紧紧地搂着树干,脚踩着树上的枝杈,看到他这狼狈的样子,我不禁大笑了起来。这个时候我往那边一瞅,发现一条蛇正在草丛间穿行,足有一米半左右长,也不知道是不是毒蛇,感觉好惊险。余贵不想再挖了,心有余悸,我告诉他没事儿,你别走远和我在一起,再挖一些,要不就白来一趟了,后来我们又挖了一些,挖够家人吃几顿的量后才回家。

余贵早年丧父,有一个姐姐和两个妹子,他是家里唯一的男孩,母亲带着他们艰难度日。他经常会邀我去他家玩,玩到他们把饭菜都摆放到桌子上,诚意地留我在那吃饭,都被我谢绝了,看着那用朝鲜锅做出的大米饭,发着亮光,还有那朝鲜族的特色小菜,真想吃上几口。余贵的姐姐到了谈婚论嫁的年龄了,和邻队的一位大队书记的儿子谈恋爱,余贵的姐姐在生产队是妇女队长,大家都认为他们很般配。可不知道为什么,余贵的母亲却反对他姐姐的这桩婚事,后来他的姐姐还精神失常了,经常在晚上脱掉衣服,一丝不挂地坐在自己家的园子里。再后来他姐姐还怀了孕,生下了一个男婴,这个男婴被他母亲送人了。大家都认为这件事是他们邻居谢老大所为,他有不少风流史,每当村民议论这件事的时候,大家都能明显感觉到谢老大和他家人的紧张。这件事余贵家没有追究,不了了之了。这个可怜的男孩就这样来到了这个世界,他的爸爸是谁?他的妈妈是谁?可能他永远不会知道……

每当春天到来的时候,老肖大娘都会带我们几个邻居的孩子去附近的小山里、小河边挖野菜,小根蒜、婆婆丁(蒲公英)、荠菜、柳蒿芽、河芹菜等。回来后把这些野菜放在阴凉的地方，第二天早上又领着我们拎着大筐小筐，步行几公里，然后花 8 分钱，坐公交车到市内一个市场，把这些野菜摊在地上叫卖，每市斤能卖到一两毛钱，到了下午一两点的时候，基本上就都卖完了。平均每个孩子能挣几块钱，大娘的菜多，自然要比我们挣的钱多一些。卖完菜我们这几个孩子商量着，买一根麻花、一瓶汽水或再加一根冰棍儿，这对我们来说就心满意足了。挣点钱不容易，孩子们花每分钱都很慎重，回到家后，都会把钱交给母亲。有一次卖菜回来，一下公交车，我发现衣服兜里两块多钱没了，应该是被公交车上的小偷偷了。该死的小偷，我跋山涉水挖这点儿野菜，有多不容易。到了夏末秋初的时候，家里种的苞米、豆角也都成熟了，这个时候我们还去卖苞米和豆角，苞米一毛钱一穗，豆角两毛钱一斤，每次都能卖上几块钱，比挖野菜能多挣一些钱。我还认识几种野生药材，有时候到野外采回来洗净晒干，屯里的供销社代收，卖野生药材的钱可以用来买自己喜欢的东西，这让我非常开心。

第二十一节　看到希望的一家人

20 世纪 70 年代是台湾经济结构转型时期，为了配合在稳定中求发展的经济政策，蒋经国于 1973 年 12 月 25 日，在"国大"年会上宣布了一项重要决定：下定决心，以五年为限，列入管制，克服困难，加速建成南北高速公路、桃园国际机场、台中港、苏澳港、北回铁路、铁路电气化、大钢厂、大造船厂和石油化工等 9 项建设，来加强经济基础，稳定经济发展。1974 年 9 月蒋经国在"立法院"作施政报告，又加上核能发电共 10 项建设，十大建设为改善台湾社会的经济承担起了重任，也为台湾社会迈向小康生活奠定了坚实的基础。

俗话说，大河没水小河干，台湾经济社会的发展，也使民众的生活得到了改善。那个漂泊到台湾 20 余年的一家青岛人，生活也发生了很大的变化，3 个孩子走向了社会，且都有了自己如意的工作，外婆心里别提有多高兴了，过去她为 3 个儿子的付出都觉得值了，也算给早逝的丈夫一个满意的交代！

高科与嘉雯第一次约会分开后，彼此都认为对方就是自己要找的另一半，这边高科向母亲和两个弟弟介绍了嘉雯的情况，那边嘉雯向家人介绍了高科的情况，双方的家人对他们的交往大加赞许，得到了家人的认可，这一对初恋的年轻人，更加确信自己的选择没有错，彼此都有一种一日不见如隔三秋的感觉。在接下来的日子里，每个星期天他们都要见面，也拉开了爱情的序幕。

　　1970 年 9 月的一天，外婆对高科说："儿子你和嘉雯的恋爱谈了一年多了，你应该主动一点，去凤山拜访一下她的家人，同时也邀请人家到咱们家来做客，让我这个当母亲的和你的两个弟弟也认识一下她。""好的，谢谢妈妈的提醒，上次我们约会的时候还谈到了这个话题，我说要去拜访一下她的父母，嘉雯说她也想邀请我去家里做客，还说她父母也要来看望您和两个弟弟，我正要跟您说呢。"

　　"正好快到中秋节了，下个星期天你就去他们家拜访，东西我都给你准备好了。"星期天的早晨日暖风恬，是一个好天气，高科带着母亲给他准备的月饼和红酒，坐上了开往凤山的汽车，之前他打电话告诉嘉雯大概在 10 点到，却提前半个小时就到了凤山车站。刚下车不到 5 分钟，嘉雯就出现在了高科面前，两人先来了个拥抱，"高科你到多久了？""刚下车。"高科说。"走吧，我们回家，我爸妈和妹妹弟弟都在等着见你呢，紧不紧张？"嘉雯问高科。"我还真有些紧张和激动，我知道你妹叫嘉怡，小弟叫家宝对吗？""没错，高科，你的记忆力真好，记得我只跟你说过一遍他们的名字，你就记住了。""每次我们会面的时候，你不是总提起他们吗？"高科说。"但我没再提起他们的名字，习惯叫他们小妹小弟。"嘉雯说。走了约 10 分钟就到了嘉雯的家，一栋很别致的小别墅，进了屋一家人都围拢了过来，好热情，嘉雯向高科介绍了父母和妹妹弟弟，嘉雯的父亲将高科让到沙发坐下，品尝他刚泡的高山云雾茶，他们聊起了工作。嘉雯的母亲到厨房准备午餐，嘉雯也去帮厨，母亲对她说："高科无论是仪表还是谈吐都很优秀，我和你爸都非常满意，你爸要是说话遇到对的人，他就喋喋不休的，说起来没完。"

　　一桌丰盛的午餐准备好了，大闸蟹、胡椒虾等高档海鲜摆满了餐桌，嘉文的母亲是南京人，她还特意做了拿手好菜南京烤鸭……

这顿午餐嘉雯母亲足足准备了好几天，嘉雯一家人的热情让高科很感动。一会儿妹妹嘉怡给他夹菜，一会儿弟弟家宝向他敬酒，嘉雯的母亲对高科说："你母亲真不容易，她一个人把你们养大，抚育成人，特别是你在大陆的姐姐让她多思念呢，我也是当母亲的，这一点我感同身受，等过一段时间，我和嘉雯的爸爸去拜访她和你的两个弟弟。"午餐过后休息了一会儿，嘉雯和高科去了电影院，看了电影《水长流》，享受着二人世界的幸福时光。

回到家里，高科把去凤山嘉雯全家热情款待他的情况说了一遍，外婆听了十分高兴，大弟弟一会儿问这，小弟弟一会儿问那，他们对哥哥的事情都十分关心。外婆接着问高科："那你什么时候把嘉雯请来我们家？我们也看看她。"高科说："嘉雯说了，下个周日来我们家，看望您和两个弟弟。"两个弟弟听哥哥这么一说，都拍起了手。嘉雯一家对哥哥如此热情，我们也不能差，大弟高拓对外婆说："妈，嘉雯姐来我们家，买菜做饭的事都由我包了，您就陪着她唠嗑吧，要是姐姐在这边有多好。"小弟高健说："我负责打扫室内外的卫生，让每一个角落都一尘不染，把家里布置得温馨浪漫些。"

周日的上午秋高气爽，高科早早地就来到了车站等候嘉雯，10点抵达的公交车到了，高科怀着急切的心情，却等到最后才看见嘉雯从车上下来。她两手各提着一个包裹，高科高兴地迎上去，"嘉雯你怎么带了这么多东西？""这都是我爸妈给阿姨和弟弟们准备的礼物。"嘉雯说。高科带着嘉雯往家走，远远就看到母亲和两个弟弟站在门前迎候他俩，"阿姨好！高拓、高健你们好。""嘉雯好！""嘉雯姐好！"大家互相打着招呼，问着好！见到如此端庄秀丽的姑娘，让外婆赞不绝口，进了屋高科和外婆带嘉雯楼上楼下参观了一遍，之后才在客厅的沙发上坐了下来。高拓和高健在厨房里忙碌了起来，嘉雯准备去帮厨，"这你就不用管了，他的两个弟弟让我和高科陪着你就行了。"不一会儿的工夫，一桌色香味形俱佳的饭菜就做好了，大家边吃边聊，外婆问起了她最关心的一个问题，"嘉雯你和高科接触、了解已经一年多了，高科的年龄也不小了，如果你们没什么意见，我准备去你们家拜访一下你的父母，商量一下你们的婚事，你看可以吗？"嘉雯回答："阿姨，我父母的意见是，让高科和我订婚的时间和地点，再征求一下您的意见。""你父母的这个意见很好，我也同意，那你们有具体的计划了吗？""妈，嘉雯我俩商量准备在明年的 9 月 28 日上午 11 点举行婚礼，地方定在爱河边上玫瑰堂附近永爱酒楼，那天正好是教师节，我俩又都是教师，非常有纪念意义。"高科对外婆说。"你俩考虑问题周到细致，我知道你们选定的时间和地点，都是有一定寓意的，那就这么定了。"

1971 年 9 月 28 日，高科与嘉雯的婚礼如期举行，近百名亲朋好友如约而至，共同祝贺和见证这对新人的幸福时光，当天他们住进了在凤山购买的新居。

高拓高中毕业后去军队服兵役，一年后当上了班长，这期间从事的是机械水电维修，他勤奋好学又会处事，老兵也愿意教他，两年后，又被提拔为少尉排长。高拓中等身材，仪表英俊，自然吸引了很多姑娘的目光，尤其是身着军官服装的时候，更显英姿勃勃。在众多的追求者当中，他选择了中学时代的同学宛茹，一位如花似玉的姑娘。1972 年 10 月 6 日，高拓与宛茹的婚礼也在永爱酒楼举行，参加婚礼的嘉宾对这对新人都竖起了大拇指，都认为他俩是最佳组合，对他们赞不绝口，纷纷祝福他们白头偕老，未来更加美好！

1973 年末，高健结束了两年的军旅生涯，如愿以偿地在外轮上当了海员，不是去日本就是去菲律宾，甚至更远的地方。有时一走就是几个月，每当高雄刮起台风，看到海上的狂风巨浪，此时在外轮上工作的儿子怎样了？他让外婆又多了份牵挂。3 个儿子都工作了，他们执意要让辛苦半辈子的母亲，好好地休息下来，关闭洗衣店，她说服不了孝顺的孩子们，只好听命。闲下来的时候，她就用日记本记录着孩子们的生活，和对女儿的思念之情，日记上写的第一句话就是今天和女儿离别多少天了。

前几年大陆的"文化大革命"，外婆通过新闻知道有很多身在大陆的国民党官兵的亲属都受到了牵连，也不知道女儿会怎么样，想到这些她深感不安，横在大陆与台湾之间的这个海峡变成了天堑，亲人之间无法联络，但愿女儿吉祥平安。

第二十二节　不同的婚姻，别样的恋情

　　到 20 世 80 年代初期，外婆与自己的女儿已经分离 30 多年，在这些年中，外婆思念女儿的泪水一直流淌着，以逾花甲之年的她，经常对 3 个儿子提起："在我有生之年，也不知道能不能再见到你们的姐姐了。"女儿成了外婆唯一的牵挂。这个时候的高科仍在高雄国中担任训导主任，妻子嘉雯在另一所学校任教，她可谓贤妻良母，除了工作就是相夫教女，这一对幸福的夫妻，有两个可爱的女儿，她们聪明伶俐，给这个小家庭又增添了很多乐趣，正是"幸福的家庭都是相似的"。高拓从部队转业后，到位于台湾最南端的屏东县恒春镇第三核能发电厂工作，他在部队所学的专业，在这里派上了用场。建设核能发电厂属于台湾的"十大建设"之一。高拓每天往返于凤山和恒春之间，驾车行驶的里程都在百公里以上，乐此不疲，这时他已经有了两个活泼可爱的儿子，温柔贤惠的妻子宛茹，操持着全部家务，让他觉得幸福满满的，全部的精力都放到了工作上，几年后他们又喜添一女，他每天到家做的第一件事就是抱抱襁褓中的女儿，好好亲亲她。有了孙子和孙女的外婆，每天别提多高兴了。1981 年的中秋节，一大家子欢聚在一起，看到自己孙子和孙女快乐地玩耍着，触景生情，外婆又想起了身在大陆的女儿，对儿子和儿媳说："你姐姐也应该有她的一帮子女了，也不知道哪一天能见到我的女儿女婿和外孙外孙女，听他们叫我一声妈妈、喊我一声外婆！"说着说着她又泪流满面，儿子儿媳都围拢在她的身边，安慰她会有

那么一天，现在大陆已经改革开放了，形势的发展会越来越好，孙

外婆与她的孙子和孙女在高雄

子孙女这时也都跑了过来，问奶奶怎么了。这时高科告诉他们："奶奶想她的女儿了，她是我的姐姐，你们的姑姑，你们的姑姑应该也有孩子了，他们与你们不同的是，叫你们奶奶为外婆。"高科心里在想，姐姐现在身在何处，究竟是怎么个情况？谁也说不清楚，苦苦找寻了这么多年也没一个结果，这能不让母亲伤心和失望嘛。

晚餐过后，大家围坐在院子里，茶几上放着月饼和水果，孩子们拿着糖果吃着，在院子里追逐着嬉戏着。仰望着中秋明月，高科对母亲和大家说了一句："月缺自有月圆时，我们和姐姐一家聚会的那一天一定会到来，就像今天的月亮一样。"一家人都盼望着和大陆亲人的早日团聚。夜深了，高科和高拓告辞了母亲和弟弟，分别开车带着老婆和孩子回家了，外婆目送着他们轿车消失在夜色里，两个儿子有了幸福的小家，心里还是有几分安慰的。

他们走后院子里马上清静了下来，"高健你今年都 30 周岁了，你两个哥哥在你这个年龄的时候，都已经结婚生子了，你看你现在连个女朋友都没有，别人给你介绍女朋友你也不见，我就跟你操心了，难道你想单身一辈子吗？"外婆说。"妈，我不是不想处女朋友，他们给我介绍的几位女生都不适合我，她们与大嫂、二嫂相比，无论是谈吐修养还是仪表举止，相差甚远，要是我遇到合适的姑娘，一定给您领回来，我的事儿您就别操心了，不早了，我们早点休息

吧。"高健关上了院子的大门，把母亲扶进了卧室。这人世间古往今来，为人父母的，有一个孩子牵挂一个孩子，这种牵挂直到他们生命的尽头！

1986 年秋天的一个上午，高拓在街里的百货商场遇到了一位中学女同学，叫何倩，她是当年班级里众多向高拓求爱的第一位女生，当时的高拓已心有所属，对她采取的态度是不予理睬。何倩见到当年自己心中的白马王子，虽已多年不见，已到中年的高拓仍英俊依旧，且更有男子汉气魄，他们互相询问着班里同学的情况，快到中午了，她主动邀请高拓到酒楼叙旧，面对这位风采依旧的少妇，高拓想的很多，当年没有接受何倩的爱，也是对她的一种伤害，借此机会也算补偿一下，高拓爽快地答应了何倩的邀请，他对何倩说："今天的聚会是你提议，但是我买单，否则我不去了。"何倩说："难得今天遇到你，说说心里话，谁买单不重要。"在一家客家酒楼里，何倩点了一瓶 52 度的台湾大高粱，席间滔滔不绝地向高拓倾诉着自己的过往，她高中毕业后在家人的资助下办了一家百货商场，生意还可以，后来经人介绍认识了自己的前夫，这个人其貌不扬，起初他还能协助她打理商场的生意，但后来慢慢养成了游手好闲的习惯，整天花言巧语的就是跟她要钱，不是酗酒就是赌博，吃喝嫖赌样样精通。何倩是位柔中带刚的女性，她用了各种办法试图改变他，结果都是徒劳，看到这个不争气的丈夫，只好选择了与他分道扬镳！好在他们没有孩子，何倩的话就像喷涌的泉水滔滔不绝。"高拓我说完了，再说说你吧，你和宛茹一定很恩爱吧？我知道，我从哪方面都比不上宛茹，她是班花、是校花，当年你要娶了我，我会比她更爱你，让你更幸福，何必现在这么辛苦呢。"现在终于轮到高拓说话了，"我和宛茹的关系一直很好，我俩已经有了 3 个孩子，两个儿子一个女儿，她每天相夫教子，是位贤妻良母。"他们酒喝完了，此时华灯初上，高拓走到吧台准备买单，老板娘告诉他，刚才那位女士已经买了单。"时间不早了，出来快大半天的时间了，何倩谢谢你的盛情款待，走，我们回家吧。"高拓说，这时略带几分醉意的何倩，双目紧紧盯着高拓，呢喃细语说："高拓，你不是说我们回家吧，今天我就想让你和我一起回家。"何倩说完她从后面抱住了高拓，嘴在他的脖子上亲吻了几下。高拓马上挣脱："别让人看见，我今天出来没开车，是骑运动脚踏车出来的，一会儿我叫辆计程车送你回家。"

"高拓给我送到家，你再走好吗？"下了计程车，高拓扶着何倩走进她家的院子，一栋小别墅，上到二楼何倩将外衣架到衣服架上，她让高拓也脱下外衣，喝完茶再走，并告诉高拓家里只有她自己，"我得赶紧回家了，回去晚了，宛茹会惦记的。""我不想让你走。"这时何倩紧紧地拥抱住了高拓，并在高拓的脸上亲吻着。"何倩你别这样好吗？""高拓你是不是觉得我是一个贱女人？我从来没有对任何男人动过情。""对不起，我得走了。"

在回家的路上，高拓的心里很复杂，看到家里的灯还亮着，知道宛茹还在等着他，想实话实说，怕她生气，因为何倩她们都是同学，也知道她追过高拓，再引起不必要的误会。只能编一个故事，遇到战友一块喝酒了，这时宛茹递过一杯水，告诉他："小女儿都说想爸爸了，晚上坐着等着你，她就睡着了。时间不早了，洗漱完赶紧睡觉吧。"高拓看着熟睡中的3个孩子，自己虽然没做什么过格的事，但也觉得很对不起妻子和孩子。由于头天酒喝的多了些，早晨还在梦乡中的高拓被早早起来的小女儿妞妞唤醒了，"爸爸你快醒醒，上班要迟到了，昨天你不是说下午和妈妈领我们去公园吗？你又说谎了。""爸爸昨天有事儿，对不起，下个星期天爸爸和妈妈一定带你们去公园。"他穿上了妻子放在床边的换洗衣服，餐桌上放着已经做好的早餐，高拓一看墙上的时钟已经快7点了，他匆匆地洗漱完，妻子让他吃一点早餐，他说来不及了，开着车就去上班了。

宛茹帮着3个孩子洗漱完，吃过早餐，送他们去了幼稚园和学校，回到家里收拾了一下，接着洗起了大家换下来的衣服，在高拓白色上衣的后面领子上发现了一枚口唇的印记，口红是玫瑰色的，这更证明了昨晚她对高拓的怀疑是对的，肯定是和哪个女人幽会了，甚至还是她的同学，因为宛茹知道这款口红只有何倩在一直使用，她不愿意相信这是真的。泪水模糊了她的眼睛，这么多年她相夫教子，一心操持这个家，他都是3个孩子的父亲了，没想到丈夫还有婚外情，她心存侥幸地认为这是个误会，她擦了擦委屈的泪水，这件衣服不想洗了，要留着这个证据，看看高拓怎么说。又一想为了这个家，小不忍则乱大谋，在善良和贤惠的驱使下，她在领子上又多打了些肥皂，洗掉了口红的印迹，印记虽然在衣服上洗掉了，但在宛茹的心里却留下了挥之不去的伤痕！

下午宛茹和往常一样，接回孩子，做好晚饭，等着高拓回来一家人共进晚餐。高拓每天餐后要陪3个孩子玩一会儿，再给他们讲个成语故事，之后孩子们洗漱完就睡觉了。看到孩子们都睡着了，宛茹对高拓说："我们下楼到院子里去聊一聊好吗？你累不累？""好吧，我不累。"高拓说，在院子里他们坐在藤椅上，一边喝着茶一边聊着，高拓意识到宛茹可能要问他昨天的事情，就先来了一个反守为攻："宛茹你有什么话就直说吧，别绕弯子了。""那好，我觉得你昨天不是和战友喝酒了，你是不是和哪个女士幽会了，何倩你们还有联系吗？"高拓知道妻子不是那种疑鬼疑神的女人，她提到何倩，肯定是有根据的。既然妻子这么说了，高拓索性就和盘托出，也说出了自己编造故事的初衷，善解人意的宛茹相信丈夫说的都是真的，同时也提醒高拓与何倩这样的同学相处要拿捏好尺度，否则一定会带来麻烦。说宛茹善解人意，没等高拓问，就告诉她猜到何倩的缘由，是啊，夫妻之道，重要的就是坦诚相见，别在猜疑中度过，那样彼此都会很累的，这是他们结婚以来遇到的第一场感情风波，宛茹用她的宽容和大度化解了这场不大不小的情感纠葛，他们的生活依然如故。

又过了几年，核三发电厂随着自动化程度的提升，要资遣人员，高拓报了名，随着年龄的增长，每天驾车近百公里的往返行程让他有些吃不消。高拓拿着资遣的这笔钱，利用在部队和核三厂掌握的一些专业技术，准备在高雄市区内开一家机械水电修理行，他认为养家糊口肯定没问题。他对妻子、母亲和哥哥说，我在我们家居住的这一带也搞了调研，还没有机械水电修理行，开了生意一定不错，地点我都选好了。高科为了让弟弟慎重起见，就让他带着大家到选的这个地址去看一看，是否可行。高拓选的位置不错，房租也不高，他选的是主街路旁的一个弄堂里，他要在主街路旁竖起一块广告刀匾，并让哥哥给起个名字。高科稍加思索，对高拓说，就叫"胜利机械水电修理行"。在家人的共同帮助下，修理行很快就开业了，生意也日趋好了起来。

一天上午高拓一边修理着电机转子，一边听着邓丽君的歌，突然有人摁下了录音机的停止键，一个戴着墨镜的神秘女人出现在他的面前，"高拓你回来开修理行，怎么不告诉我一声？做生意总得有人庆贺一下，生意才能兴隆。"原来是何倩，高拓赶紧找了把凳子请她坐下，这时何倩摘下了墨镜装到了包里，又从包里拿出 5 万新台币放在桌上，对高拓说："这是我的一点意思，祝你生意兴隆通四海，财源茂盛达三江，这可是我的心里话。""何倩，这不行，这叫无功受禄啊，我不能接受，我在修理的这个电机，顾客一会儿就要来取，我得抓紧修，壶里有刚泡的茶你就自己倒吧，都是老同学就别客气了。"高拓说。"我今天起早到码头买了一些新鲜的海鲜，有对虾和大闸蟹都是你爱吃的，家里还有一瓶法国的红酒，我现在就回去准备，中午你一定要过去啊。"高拓说："那我就不送你了，好几样东西人家都等着用呢，中午也没时间，谢谢你的良苦用心。"何倩说："要不然中午我开车来接你，中午在哪儿你不都得吃饭吗？"何倩出了门，开着自己新买的丰田卡罗拉回家了，高拓打心底就不想与何倩再联系，他知道这事儿处理不好，首先伤害的就是自己的爱妻，同时也伤害何倩。电机修好了，高拓坐在桌子旁，喝了一杯水，看见何倩放在桌子上的 5 万新台币，这不想去也得去，他开车到了何倩家，何倩打开了别墅的大门，让高拓把车开到里面来，她说这边路窄，别让别的车把车刮蹭了，高拓照办。何倩家的房间里摆放的都是东南亚进口的高档红木家具，餐厅的桌子上已经摆好了做熟的海鲜，这时何倩打开了桌上放着的一瓶法国红酒，将酒倒进了醒酒器里边，餐桌两边已经摆好了餐具和高脚杯。高拓本意是来给何倩送钱的，要是强硬地拒绝也不好，只能顺势而为。何倩把高拓让到了餐桌旁的座椅，犹如一位家庭主妇，给高拓的高脚杯斟上了酒，他们共同举起了酒杯，何倩说："高拓你能来我家做客，让我真高兴，来吧，我们共同干一杯。"高脚杯里的红酒他们一饮而尽，喝得畅快，看着坐在自己对面的何倩，年近 40 岁的她正是半老徐娘，风韵犹存，她淡黄色的小衫儿里，包裹着两个坚挺的乳房，也许是因为没生过孩子的原因吧。这时高拓想抽支烟，他站起身来去找烟灰盒，看到她凸凹有致的身材，逐渐泛红的脸颊，此时的高拓心里还真有几分按捺不住的激动。

高拓燃起了一支长寿牌香烟，看到他若有所思的样子，"高拓你在想什么？我看见你将那 5 万新台币放到了写字台上，我希望你能拿着，就当我预存到你那里的修理费用，将来我的商场还是家里有什么需要维修的还得找你。"高拓说："何倩谢谢你的诚意，但钱我不能收，你已经请我吃了两次大餐，帮老同学做点事儿，我义不容辞，酒足饭饱我该走了，谢谢你何倩！""我不让你走，再陪我一会儿。"看到眼前这位醉美人，主动投怀送抱，再加上宛茹这几天正值生理期，离婚后的何倩也非常渴望男人，对性生活如饥似渴，高拓又点燃了一支烟，何倩拉上了卧室的窗帘……

"高拓我希望你以后能经常陪陪我，你放心，我绝对不会破坏你的家庭，伤害宛茹。"高拓最担心的也就是这件事，心里更明白，事情绝对没有像何倩说的那么简单，如果宛茹知道了这件事，问题可就严重了，他本想拒绝何倩可又办不到，好像有一根绳子在牵引他靠近何倩。又几年过去了，高拓与何倩秘密往来的消息先传到了高科和嘉雯那里，他们找到了高拓求证这个消息是否准确，并说出了一些具体的时间和地点，高拓对与何倩往来的事实供认不讳，哥哥嫂子严厉地批评了高拓的这种行为——"婚外恋"。希望他就此止步，对宛茹和孩子们负起责任，经营管理好这个 5 口之家，这件事最后知道的就是宛茹，她倒显得很平静，这天 3 个孩子都上学之后，宛茹直截了当地问起了高拓"关于你经常去何倩家的事，我早有耳闻，人都说'寡妇门前是非多'，这流言蜚语传来传去，对我们这个家你觉得好吗？还是你真想与她有个什么结果？"高拓沉默着，一支接一支地吸着烟，在事实面前他不想再狡辩了，从嗓子眼里蹦出了几个字："真的很对不起你！"她的性格他是了解的，今天妻子跟他说这些可能是最后通牒，晚饭后宛茹给高拓和孩子们准备了最近的换洗衣服，告诉孩子们她准备去台北外婆家住几天，这件事他们都不想让孩子们知道，高拓担心她把这件事告诉娘家人，就直接问起了宛茹："你想把这件事告诉你家里人吗？""高拓你想那可能吗？我不想让年迈的父母知道，跟着操心，只想一个人出去散散心，冷静一下，好在孩子们都大些了，这几天你照顾好他们。"第二天早餐后孩子们都上学去了，"你上哪儿？我送你去。"高拓问宛茹，"你上班吧，不用管我，放心吧没事的。"

宛茹乘车来到了位于高雄东北大树乡的佛光山，这里是中外闻名的佛教圣地，1967年，由当代高僧星云法师率领弟子所建，是台湾最大的佛教道场，建筑宏伟，并设有佛教大学，还有佛教文物陈列馆……佛光山最突出的标志是金身接引大佛，佛像全身贴金，与朝阳晚霞相映，迸发光芒万丈，这里僧尼众多，她们当中有一些看上去还很年轻，各个面容如沐春风，宛茹心想，她们脱离了滚滚红尘喧嚣的世界，内心一定很清静，没有烦恼，在这里宛茹从上午转到了日暮西山，觉得这里就好像是一个世外桃源，找了一家民宿她住了下来，简单吃了一点斋食，这里的夜晚格外肃静，偶尔能听见几声蝉鸣。宛茹望着窗外皎洁的月光，如果时光能回到15年前，她也可能和这些削发为尼的姑娘一样，走进佛光寺，就不会有今天这些烦恼和忧伤，如今她已为人妻、为人母，她还想尽到一位母亲的责任。两个儿子都上初中了，就让爸爸带着他们生活，女儿妞妞已上小学四年级，放心不下，就由她带着，她心里在默默地规划着下一步的生活。高拓既然移情别恋，那就成全了他们吧。释然了，突然间觉得心情轻松了许多，再过几年女儿上了大学，佛光山就是她的最终归宿，作为中学时代的校花，绝没想到自己的命运会是这样，也许这就是人们常说的红颜薄命吧！她在想人生，每个人从一出生，蜷曲着身体，攥着两个小拳头哭啊，有些人说孩子哭，是因为降临了苦海，嘴里在喊着"苦哇！"孩子虽哭了，父母和家人们却都笑了，从此在生命的旅途中，品尝着酸甜苦辣、盛衰荣辱、悲欢离合、生离死别的滋味，奔向不同的站点，青丝染成了白发！生命从无到有，之后又消失在大自然，走的人四肢舒展，这就叫"撒手人寰"吧，就连额头上的皱纹也都展开了，笑着走了，孩子和亲人们却哭了。想着想着她睡着了，这一夜她睡得很香甜，佛光山的晨钟响起了，告诉她这里又迎来了一个新的黎明。

外婆无论怎样向高健催婚，结果都无济于事，民间有句话叫"老儿子娶媳妇大事完毕"，这成了外婆的一桩心事。高健服完兵役，如愿以偿地当上了远洋海员，薪水还算丰厚，亲属、朋友、同学也没少给他介绍女朋友，结果都是他挑出女方的各种毛病，令大家疑惑不解，究竟是为什么？不但母亲着急，就连大哥大嫂也为他操起了心。一位和高科关系不错的同事毕老师告诉他，发现高健经常去他们的一位邻居家，主人是高健中学的英文老师，叫依春娇，几年前丈夫在海上罹难，现在儿女们都成了家，像羽翼丰满的小鸟离开了巢穴，离开了她。从这个时候起邻居们注意到，只要是高健远航回来，她都要请高健来家做客，看她和高健的那种亲密关系，不只是师生关系，虽然他们年龄相差十五六岁，而是像恋人一样。高健自从当了海员以后，有了一些积蓄，也买了一处公寓式的房子，他想象两个哥哥一样，成家之后从母亲家搬出来，他虽然还没有成家，但也做好了成家的准备。高科听说这件事以后，深感不安，弟弟怎么会这样呢？他只能和爱妻嘉雯商量对策，他们分析高健之所以没有对家里人说，是不想让家里人知道这件事，如果直接问他，他一定会矢口否认。这事儿还不能告诉母亲，怕她承受不了，再气出病来。

高健经常远航到日本静冈县清水市的一家株式会社送货取货，有时在那里停留的时间长达一两个月。他根据母亲提供的地址，先后往青岛发了几封信寻找姐姐，没有任何回音，他多么希望能早一天联系上在大陆的姐姐，把一个最大的好消息告诉母亲。他甚至还想从日本直接去大陆找姐姐，他的这个想法向一位关系不错的海员兄弟说了，这个人对高健说："这肯定不行，你手里持的是'台湾'护照，弄不好大陆会把你当台湾特务羁押起来。"

高健是个很孝顺的儿子，每次远航回来，他都要给母亲买好多喜欢吃的用的，同时也要去拜访一下哥哥嫂子。可最近一段时期有点一反常态，高科和嘉雯听说高健回来了，这次他们一定要抓住这个难得的机会，解开发生在高健身上的谜团。一个星期天的傍晚，高科家客厅里的电话响了起来，是毕老师打来的，他说："最近很长的一段时间没有看见高健再去依春娇家，刚才看见她好像精心打扮后走了，他们是不是害怕这种师生恋情被人发现？转移了幽会地点，高健是不是远航回来了？"放下电话高科和嘉雯开着车来到了高健家楼下，往楼上一瞧高健家还真亮着灯，如果依春娇在这里怎么办？高科和嘉雯商量着，嘉雯对高科说："我们是不速之客，这么做是不是有些不妥？""高健是我们的弟弟，我们这么做都是为了他好。"高科说。"当、当、当"，高科敲了几下门，无人应答，过了一会儿门开了，看到哥哥和嫂子的突然到访，高健的神情显得有些紧张："哥哥嫂子，你们怎么来了？"高健说，"关心你呗，回来了不去看看母亲和我们，我们来看看你总可以吧。"高科说。门旁的鞋架上还放着几双女鞋，里面卧室的门还关着，"这么热的天，门怎么还关着，开着通通风。"还没等嘉雯去开门，这时伊春娇面带窘色从里面走了出来，这时高健忙着打圆场，"这是我的依老师，这是我的大哥大嫂。"此时高健家客厅里的气氛异常尴尬，这时高科严厉地对依春娇说："依老师，你和我弟弟在一起的事，我们早就听说了，你比他年龄长了十五六岁，且我们又都是为人师表的老师，我弟弟还没结婚，心智还未成熟，求求你放过他！"这时嘉雯气愤地说了句："你怎么能玷污老师这个称呼，简直是道德沦丧！"接着拉开了高健的衣柜，里面果然还挂着依春娇的几件衣裳，看样子他们已经交往了很长时间。面对这种突发情况，高健呆若木鸡地站在一旁，不知如何是好，"对不起，对不起。"依春娇说了两句，把自己的衣服和用品装到了包里，穿上了外衣蹬上鞋，从房间里溜了出去，还说了声再见！这时作为大嫂的嘉雯对高健说："母亲和我们大家都希望你找个年龄相仿的姑娘，恋爱结婚生子，没想到你会和一个年龄比你大那么多的老师在一起，给你介绍过的那几位姑娘，哪位不比她强，不比她年轻漂亮？""老师真的对我很好，现在我穿的用的都是老师给我买的，我戴的劳力士手表都是她送给我的。"高健对哥哥嫂子说道，这时坐在桌子旁的高科用力地拍了两下桌子："高健你没工作的时候，家里少了你穿的还是用的？你现在工作了，难道还需要她养活你，岂有此理！赶紧和她断了关系。"说完高科拉着嘉雯的手走了，这个结果也是高健预料之中的，早晚都会发生，可没想到来得这么快。

高科和嘉雯回到家里继续商量着高健的事情，他们不能不管，否则高健就会毁在这个依春娇的手里，他们决心继续干预，一定让他俩彻底分开，并决定下个周日早晨去。周日的早晨，天刚亮，高科和嘉雯就来到了高健家，门敲了半天无人应答，细心的高科听到了里面有微弱的声音，他小声对嘉雯说依春娇肯定在，接着继续敲门，高健在里边问："谁呀，来得这么早!"语气中流露出几分反感，"高健开门。"其实高健已经料到了，肯定又是大哥大嫂，进了屋看到卧室的门也都开着，除了高健没有别人，高科对高健说："不对吧，家里应该还有别人吧？"嘉雯要去拉衣柜的门，被高科拽了回来，接着高科大声地说："依老师你出来吧，别跟我们捉迷藏了。"这时衣柜的门开了，穿着睡衣的依春娇走了出来，她神色慌张，不知所措，马上跑到了卧室关上了门，敞开的衣柜门，里面挂的都是她的衣裳，嘉雯摘掉这些衣服，打开了窗户扔到了楼下，高科严厉地教训起了弟弟高健来，依春娇感到了问题的严峻，突然她从卧室冲了出来，拿起藏在衣柜底下的鞋跑出了房间，戴上墨镜，下楼驾车离开了这里。高健站在窗户前向下张望着，对大哥大嫂说："大哥大嫂我已经不是小孩子了，我的事今后你们不要管了，我知道应该怎么做。"高科说："母亲年龄大了，不想让她再为你操心，你的事儿我们非管不可，而且要一管到底。"

在回家的路上，高科一边开着车一边与嘉雯商量着应对这事的对策，嘉雯说："刚才依春娇走后，看高健的样子确实很痛苦，也许他们的情感我们不懂，这个狐狸精用了什么法术，让高健鬼迷心窍。"高科说："不识庐山真面目，只缘身在此山中，这就叫当局者迷，旁观者清，观察一段时间再说吧。"回到家与两个女儿吃完早餐后，他开车带着她们去郊游了。

在后来的日子里，高科和嘉雯以及那位毕老师，都没发现他们继续联系的任何迹象。时间到了1987年的年底，我们终于收到了舅舅们寄自台湾的寻亲信，知道了外婆和三位舅舅每家的生活状况均已小康，让我们好欣慰，母亲看到40来岁还单身的弟弟，让她非常牵挂，于是托人为高健介绍一位在北江市银行工作的姑娘孙新妍，比高健年龄小了 15 岁，了解到高健的情况，又看到他的照片，高健又给孙新妍打通了电话，彼此都感觉良好，孙新妍也迫不及待地要嫁到台湾去。他们经过两年的电话书信往来，也算是恋爱的经过吧，于 1996 年 10 月结婚了，婚礼在北江市长城宾馆举行，亲朋老友为他们送上了诚挚的祝福。这一对新人，丈夫已到中年，妻子正值青年，算是老夫少妻吧。新婚不久，高健回到了台湾，为妻子孙新妍办理了赴台探亲的相关手续，之后孙新妍顺利赴台探亲 3 个月，高健也一直想为新娘办理在台湾的定居手续，可着实不容易，在之后的几年里，他们聚少离多，感情也出现了裂痕，争吵不断，也许这就是代沟吧，最后他们不欢而散。高健给孙新妍一些经济上的补偿，于 2000 年 12 月结束了这段 4 年的婚姻，好在他们没有孩子。高健师生恋，老师比他大了 15 岁，这次结婚，新娘比他小了 15 岁，也许这就叫命吧，他没有找到一个年龄相仿能陪伴终身的伴侣，家人都为他感到担忧和遗憾！

第二十三节　中学轶事

　　1969 年我上了中学，学校距离家大概有 5 公里，中途要涉水经过一条湍急的河流，春夏秋这三个季节要涉水过去，水少的时候，踩着大坝上的一些木桩，就可以过去。一次放学回来极为罕见的一幕出现在我的眼前，在这个大坝的下面，大概有六七只黄鼠狼，它们排成一队，后面的衔着前面的尾巴在游泳过河，我把看到的这一幕，对邻居的一些大人讲了，他们说这是黄皮子（黄鼠狼子）在搬家。到了冬季，河面结冰了，自然就走过去了。我们的学校是一所汉族学生和朝鲜族学生组成的混合中学，那个时候正值备战备荒，"反帝反修（反对美国，反对苏联）"，间操不是做操而是军训，学校要求每名学生制作木枪，类似于三八枪的长度，练习刺杀动作，同时嘴里还要喊"杀、杀、杀"。

　　我们的体育老师是部队转业的，人很英俊，上体育课的时候由他教我们练习刺杀动作，间操的时候全校同学集体做，平时上体育课他领我们在学校的操场跑几圈，实在是太乏味。当时我国和苏联的矛盾日益激化，战争有一触即发的感觉。我们除了在教室上课外，还要从家里拿着劳动工具——铁锹，在操场的边缘地带挖防空洞。防空洞挖完之后，就成了我和班里一些男同学的好去处。又过了一年多，我们初二的两个班同学被转到北江市的另一所中学，我平时喜欢和一些小伙伴们玩摔跤，开始时不是你摔倒我，就是我摔倒你，后来还练了一段时间拳击，再就是练单杠、双杠、跳箱、手翻、空翻等体操运动，偶尔还站在两米高的草垛上，向下来个空翻。这几项运动我后来练得都不错，甚至给同学们当起了教练，成了班级男同学当中的核心人物。有一次学校支援农村插秧，晚上休息的时候，我教一些男同学摔跤的技巧，有一名同学被我摔倒在地，他死死地抓住我的衣服不放，我奋力地挣脱，结果衣服袖子被撕开一个口子，这一幕被班里的一名叫乔莉薇的女同学看到了，她让我把衣服脱下来，然后到房间里把衣服缝好，然后又洗干净了拿给我。记得当时我连一声谢谢都没对她说，那个年代同班的男女同学都很少说话，更没有谈恋爱的，如果有，那说明他们的保密工作做得太出色了，真是做到了男女授受不亲。后来和我们邻居的一位女同学对我讲，乔莉薇经常向她问起我家的情况。记得还有一次放学之后，我们在操场踢球，结束后我和一名男同学到前面一条小溪去洗脸，碰见她和一名女同学也在那里洗东西，让我把用过的手帕递给她，打上了香皂洗干净手帕又交给了我，和我一同去的男同学小声对我说："她好像对你有点意思。"其实我也知道她对我有点"意思"，她对我的这份情，我只好把它偷偷地藏在心里。她长得不算漂亮，但在我们班里算是我们的班花，她1米6几的个儿，白皙的脸庞，两条俊秀的柳叶眉，长长的睫毛下，闪烁着一双迷人的眼睛，不算太高的鼻梁，两根齐腰长的辫子，有时辫子不自觉地到了胸前，她都要扭一下头，把辫子甩到身后去。我暗暗地在警告自己，不能和人家谈情说爱，因为我是"黑五类"子弟，爸爸现行反革命的帽子还戴在头上，不能为了自己而殃及她！

那时候我们是初高中连读下来（初中两年，高中两年）。后来上高中的时候，班级针对一些问题，时常要在下午上自习课的时候，以学习小组为单位，每组15人左右，调整一下桌椅板凳之后，大家围坐一圈，召开"斗私批修"会议，会前组长要领着大家学习一些毛主席的相关语录。有一天班里的一位男同学指甲刀丢了，怀疑是一名叫吴彩霞的女同学偷了去，他向老师反映后，老师决定召开会议，让同学们开展批评和自我批评。轮到我发言的时候，我瞅着吴彩霞说了句"有则改之，无则加勉"，她是我的后桌，上个学期转过来的同学，1米7左右的个子。在班级女生中也算是大个，头发浓密，梳着两根大辫子，长相中等偏上，平时我注意到她看我的时候，两眼总是含情脉脉，眼睛是心灵的窗口，我察觉到了她对我的喜欢。一天早晨刚到学校教室，来到的几名同学都在上早自习，我刚到座位上，吴彩霞递给我一个香皂样大小的小纸包，小声说了句："你把它装到书包里，回家打开再看。"我趁她不注意，从书包里将小纸包装到了裤兜里，刚一下课，我装作急着去厕所，跑到教室的后面，打开小纸包一看，原来是她钩织的一个白色的衬领，很精致，我很喜欢。班级里有几名男同学都带着衬领，我很羡慕他们有姐姐，我只有妹妹，她们还太小不会钩织。午休的时候，我跑到学校后面的小树林，用几个曲别针将衬领别到了领子上，回到教室被她看到了，她会意地一笑。班长也注意到了，"你戴的衬领钩织的真好，谁送的？"班长问我，"是我妹妹钩织的。"我回答她，"撒谎"她小声地回了句。放学回家后母亲发现了我戴的衬领，"儿子，你这个衬领戴上真挺好看的，是女同学送的吧？"我就"嗯"了一声。

这次小组会上，我想帮吴彩霞又不知从何入手，她的表情显得很无奈和无辜，我觉得一定是错怪了她！我们的班主任老师也是位女的，我想让班主任老师过来，在每个同学的身上都搜一搜，或许在谁的身上就能找到那把指甲刀，又考虑不妥，要真是在吴彩霞身上搜到那把指甲刀，该让她多难堪啊！一天放学之后，我们是最后离开教室的，她问我那天会上你说的是什么意思？难道你也怀疑我？"我怎么会怀疑你呢？我是想安慰你。"我对她说，这时除了我和她，同学们都走出了教室，只见她双眼含着泪花，我对她说："赶紧走，班长等着锁门呢"。虽然我们没有谈情说爱，但彼此都有好感。第二天数学课刚要下课，突然一个什么金属掉落在水泥地上，大家都朝声音的方向看去，只见那名同学从地上捡起了指甲刀，同学都过去问他怎么回事，原来他的指甲刀卡到了桌子下面的裂缝处。我对他说："你原来怀疑吴彩霞同学，现在你应该过去跟人家道个歉，你诬陷好人，就是有点欠揍。"这时围观的这些男同学都笑了，不知道哪位男同学在远处喊了一声"揍他"，这位同学还真怕我，怕这练过拳击的同学拳头出现在他的头上。吴彩霞洗白了冤屈，班里同学当中最高兴的除了她应该就是我。

班长是我的同桌，她初中毕业后下乡了两年，在农村入了党，回来插班读高中，叫金姝玉，是位朝鲜族姑娘，不到1米6的个儿，发育得特别成熟，用丰乳肥臀来形容她恰到好处，有些像哺乳期的少妇，老师安排她和我同桌，自然有她的考虑，希望我能帮助她，她很勤奋，每天都早来晚走。我们每天下午上完第二节课后，就开始自习课，这个时候同学们都在写作业，各科老师留的作业量也不是很大，除了写作文，一般在两节课的时间内都能完成，我写完了所有的作业之后再帮助她完成作业。她的钢笔字写得特别好，既流畅又秀美，我觉得她的钢笔也特别好使，在她不用的时候就拿过来用用。在我们所学的各科中，她的政治课和化学课学的是最好的，无须我的帮助，物理、数学和语文都需要我的辅导，特别是遇到难题的时候，不自觉地她会向我靠得很近，偶尔她的左侧乳房还会贴到我的背上，让正处于青春期的我有些冲动。平时老师在课堂上讲述的内容我会了之后，就从书包里拿出小说，一半放在书桌堂里，一半放在外面，低着头聚精会神地看了起来，《欧阳海之歌》《铁流》《牛虻》等不少小说，都是这样看完的，每当发现老师走过来的时候，她都帮我把书往书桌堂里一塞，像一位大姐姐似的呵护我，偶尔还会把一些朝鲜族特色小吃——"打糕"偷着塞进我的书包。她的这些举动有时就让坐在后桌的吴彩霞同学看到了，我明显地感觉到，她瞅我眼神的变化和对班长的几分敌意。一天间操课回来，往教室走的时候，走在我后面的吴彩霞对我小声说："我发现班长对你不错呀，你应该让她帮你先入红卫兵，以后再入团。""她是插班生老师让我帮助她，你别想多了，至于加入红卫兵、入团，那是我的事，你就别操心了。"我回答了吴彩霞几句。在后面的日子里，我还真写了几份加入红卫兵和共青团的申请书，交给了班主任老师，心里想我完成了老师交办的任务，这位班长姐姐对我又挺好，加入红卫兵和入团的事，肯定没问题。毕业前夕，学校又发展了几批红卫兵和共青团员，现实让我的想法破灭了。这件事也让我做了认真的反思，老师和班长为什么不帮助我，难道就因为我父亲是"现行反革命分子"，我家有海外关系吗？就因为家庭有政治问题，我想让自己的履历更好一些再走向社会，怎么就这么难？

　　1972年末我们高中毕业前夕，冬季征兵工作开始了，老师向全班同学做了动员，家庭出身好的同学都踊跃报名。我们班像我一样家庭出身有问题的有五六名同学，参军这事儿，我们几个根本都不敢想。据说这一次来招兵的是解放军北京总后勤部的，要招几名文职战士，他们找到林琼竹老师，翻阅了我们班同学的作文。说来也巧，我和金姝玉同学的作文被选中，选中我的原因是字写得好，作文写得更好，选中金姝玉的原因就是字写得好，作文写得也可以。金姝玉被老师找去，说她的政治条件好，招兵的人要进行面试，女兵要求身高1米60，她差了2厘米。林老师告诉我："招兵的这几个人都看了你的作文，他们非常满意，只是在学校政审的时候没有通过，在我们班就挑了你们俩，这个结果让我真的好失望。"林老师说让她失望，这个问题我压根儿就没想，好事与我无关！经历过的事情一件件一桩桩……

由于父母问题的原因，班里三位对我示好的女同学，对她们我只能封闭感情的闸门，想爱而不敢，我内心的痛苦她们不知道。就在临毕业前，有一天放学后班长告诉我等一会儿再走，教室里只有我和她，她从书包里拿出一支英雄牌钢笔送给我留作纪念，发自内心地跟我说了一番话："感谢两年来你对我的帮助，你就像毛主席说的那样'诲人不倦'，而我对你的帮助太少了，有时想帮你也是爱莫能助，你想加入红卫兵和共青团的愿望，我和林老师都想帮你实现，你这么优秀，不是你不够条件，而是受你家庭情况的影响，而不能加入红卫兵和共青团，老师和我都很难过，几次报到学校也不批，你怪我吗？"说着说着她哭了，我也落泪了，几天后我们就要各奔东西了！直到毕业，我与这三名女同学都没有握一下手，想给她们送上一个日记本，在扉页写上我深情的心语……

看小说是我的最爱，在那个年代很少有钱买书，同学们谁有一本好书，爱看书的同学之间就互相传阅。记得刚上初一的时候，杨沫的《青春之歌》和苏联作家奥斯特洛夫斯基的《钢铁是怎样炼成的》，这两本书在家里不敢看，特别是《青春之歌》，当时还被说成是黄色小说，于是我就骑车到离家有 5 公里左右的城乡接合部，那里有路灯，在路灯的映照下，我读完了这两本小说，在那里伴随我的还有那喜欢光亮的小昆虫，在路灯下飞来舞去。说《青春之歌》是黄色小说，就因为爱国女青年林道静，先后与几位男青年余永泽、卢嘉川、江华的卿卿我我，我认为"最黄"的一句话，就是余永泽对林道静说了句"亲爱的"。《钢铁是怎样炼成的》中保尔·柯察金苦难的童年和战争烽火锻炼了他坚强的意志，还有他与那个林务官的女儿冬妮雅的初恋，以及后来冬妮雅的移情别恋，看的让我好伤感。这些人物在我的脑海中栩栩如生，我觉得小学一年级的班主任老师很像林道静，她也是选择了到农村来教书的爱国青年。有一天放学后，班里一名朝鲜族姜姓男同学邀我去他家里玩儿，同学的父母都很热情，唯有他的妹妹见到我很羞涩的样子，我们一句话没说。那个时候刚读完《钢铁是怎样炼成的》，总觉得同学的妹妹很像冬妮雅。我有个习惯，总是愿意把小说中描写的人物在现实生活中进行对照，好像他（她）就是小说中的那个人物。有些人物能够落实到位，有些人物在现实生活中还找不到，书中的一些地方觉得有意思，我就反复看几遍。

第二十四节　哥哥的军帽

大概是在 20 世纪 70 年代，整个社会年轻人都崇尚戴军帽，当时商店也没有销售的，只有军人才有军帽，没有怎么办？一些年轻人打起了歪主意，那就是动手抢。哥哥当时有好多顶军帽，但没有一顶是他抢的，而是一些溜须他的人送的，也是为了求得他的保护，好不受欺负，哥哥当时有个绰号叫"东北大横"。当时年轻人都觉得戴上军帽特别美也特别横，没有人敢欺负，学校里谁有一顶军帽，都会招来同学们羡慕的目光。还有一些人买了草绿色的布，到缝纫店加工成军帽，同学们一搭眼就能辨别出真伪，假的就会受到讥讽。哥哥有军帽我就自然也有了，偶尔和我关系好的同学跟我借戴几天军帽，我也从不拒绝。那个年代因为抢军帽，有的人在严打的时候还被判刑入狱了。军帽对年轻人来说就有那么大的诱惑力，不可思议！

虽然我是"黑五类"子弟，却没有人敢欺负我，哥哥在另一所中学上学，他的班主任老师，是"文化大革命"前最后一批吉林大学历史系毕业的学生，刚参加工作，这位老师在召开的班会上，点了哥哥的名字，要他与父母"划清界限"，这让哥哥很没面子，当这个老师下班后，哥哥堵在他的必经之路江桥底下教训了他，这位老师把哥哥打他的这件事报告到学校，后来父亲知道这件事，严厉地教训了哥哥，父亲说："老师'传道、授业、解惑'，是值得我们最尊重的人。"

有一天刚下完雨，我在学校操场走着，高年级的一位同学将带着泥水的足球故意踢到了我的后背上，衣服湿了一大片，我随手捡起一块砖头向他抛去，幸亏他跑得快没被砸中。回家我把这件事随意对哥哥讲了，哥哥什么也没说。几天后学校上间操的时候，那天没有军训，在操场正面的领操台子上有位袁姓朝鲜族校长，他50岁左右，微胖的身体，头发从中间分着，圆圆的脸上分布着10来个绿豆粒大小的黑痣，脸色也总是红彤彤的，一说话嘴里还露出几颗金牙。我和同学们都觉得他很有钱，袁校长手里拿着话筒，汉语说的不太流利，他说："老师们，同学们，前天也是刚上完间操，我们学校来了一位姓叶的'反革命'子弟，他走进初三的教室里打了我们的一位同学，以后出现这种情况要及时报告我，我们不怕他。"这时我们班同学的目光都投了过来，其他班级同学的目光也跟着投了过来，都聚焦在我的身上，操场上有五六百名同学，让我很尴尬，简直就是无地自容，都是哥哥惹的祸！回到家里我没有对哥哥说起这件事，怕他再去教训这位袁姓的校长，其实我真想让哥哥狠狠地揍他一顿，是他当着全校老师同学的面让我很难堪，很多同学都知道我是"反革命分子"的子弟了，就是这一天下课上厕所的时候，这位校长和一位老师也在厕所里，他们不认识我，在说哥哥前两天打了老师的事，这位老师对校长说，你在大会上提到他，他知道了肯定会来找你麻烦，听说他身上还有自制的火药枪和匕首，火药枪的子弹里装的都是铅粒和沙子，让他打了犯不上，你还是躲几天。以前每天间操的时候，袁校长都要在操场边上迈着八字步晃来晃去，观察着各班的队形，以展示他的威风。这天以后，大概一周的时间，上间操的时候，同学们都说怎么没见到校长？我在偷笑，你不是说"我们不怕他"，为什么还躲了起来？其实这件事的源头，就是哥哥进教室教训那位男同学，都是他挑起的事端。

　　当时我和哥哥都有这种想法，只有我们坚强起来，才能很好地保护自己，同时也能保护弟弟妹妹，更没有人敢对我们的父母不敬。如果不这样做，作为"黑五类"子弟的我们，就得受到别人的欺凌，这就是物竞天择、适者生存的道理吧！一次，弟弟松青哭着跑回家，当时他只有十几岁，脸上身上都是泥和水，告诉哥哥和我，说他在小河边洗脚，有一个叫傻柱子的把他打了，他刚要上岸，傻柱子就把他踹到河里，反复多次。这个傻柱子身材魁梧，今天打这个，明天打那个，是他每天都要上演的恶作剧，在村里他的家族势力很大，他的父亲是大队长，在村屯没有人敢惹他们家，家家都是他们欺负的对象。我和哥哥听了之后，看到弟弟被欺负成这个样子，真是怒不可遏，我们带着弟弟飞快地跑到小河边，傻柱子还没有走开，我控制住哥哥的暴脾气，告诉他咱俩都不要动手，傻柱子看到我和哥哥，知道大事不妙想跑，哥哥和我分别往傻柱子两边一站，想跑没门儿，哥哥让弟弟再把傻柱子打到水沟里去，这正是"以其人之道还治其人之身"，傻柱子趴在水沟里，向我们求饶，"大哥、二哥，我再也不敢了。"大哥愤愤地说了一句："再有一次我就面（灭）了你！"傻柱子父亲知道这件事后，让大队治保主任通知大哥，准备10斤粮票5元钱，去公社参加为期一个月的学习班，进行劳动改造，接受批评教育。治保主任是个不到20岁的小伙子，他看到哥哥愤怒的样子马上说："小弟这是大队长的决定，与我没关系。"一边说一边侧着身子后退，哥哥对他说："你让他在那等着，一会儿我找他承认错误去。"紧接着他拎着一把铁锹就向大队部跑去，我没能阻止住他，也跟了过去，大队部的门在里面锁着，一位郭姓的副队长站在门口对大哥说："大侄儿你听我说，大队长说了不让你去参加学习班了。"大哥说："他儿子这么做都是他惯的，去学习班的，应该是他和他儿子。"

第二十五节　告别泥草房

自从我们家下放到农村，就被生产队安排住进了两间破旧低矮的茅草屋，还是西厢房，这栋房子一共住着三家，那两家住在我们的北侧。房子每年春季都得用打的草帘子去苫房，接着还要抹墙，在和好的黄泥里面掺上用铡刀切成两寸长的稻草，防止裂开。维护茅草屋的三件大事，就是苫房、抹墙、掏炕。我们

低矮破旧的茅草房

住着这两间茅草屋是别人倒出来的旧房子，冬天四面透风，夏天房顶漏雨，在这里父母领着我们 8 个孩子一住就是好多年，母亲在这阴冷昏暗的厨房里烟熏火燎，每天都要为我们一家 10 口，准备一日三餐。一天吃晚饭的时候，母亲对我们大家说："我昨晚做了个梦，梦见你们外公外婆和两个舅舅回来了，找到了在青岛的亲朋老友，他们谁也不知道我到了东北，他们四处打听我的下落，后来他们都被公安机关给抓起来了，说他们都是从台湾偷渡回来的特务，梦做到这我急醒了。"母亲接着对父亲说："景昌，如果真的有一天，他

们回来找我，怎么也想不到，我会生活在东北农村的一间茅草屋里。"

"丽华你不是很欣赏雪莱的这句诗吗？'冬天来了，春天还会远吗？'，历史的车轮总是会前行的，是谁也阻挡不住的，现在整个社会的形势，也不像'文化大革命'初期那么左了，我们的孩子都逐渐长大了，曙光就在前头。"父亲的这番话让母亲和我们都看到了生活的希望。

1972 年末我高中毕业后，家里又添了一位劳动力，父亲开始准备筹建新房。新房的地址是在老房东侧，大概 100 米处，这里原来有一处生产队建的毛泽东思想大学校，门窗房檐的椽子头都涂着红、绿、蓝、黄等不同颜色的油漆，有点像寺庙似的。那个时候农村人新买的自行车就怕磕碰掉漆，也要用五颜六色的塑料布给整个车身包裹起来，觉得好看，到最后车漆是被焐掉的。说农村人土气，其中也有这些成分吧，他们会让颜色更跳跃。毛泽东思想大学校刚建成的时候，生产队还会组织社员在这里学习毛主席的老三篇（《纪念白求恩》《为人民服务》《愚公移山》）及其语录，1970 年以后，这里就置于被废弃的状态。有的社员说这里有鬼，因为在挖地基的时候，挖出了死人的遗骸，关于这里的故事编得越来越离奇，有人说晚上路过这里，看见了不穿衣服飘着长发还龇着两颗大门牙的女鬼，有人说晚上在这里看见了滚动的火球，还有人说每当夜深人静的时候，就会听到有女鬼唱歌……后来我们家就将建新房的木料还有其他的一些建材都放在了这里，为了防止被盗，我用一些木料板材搭建了一个临时床铺，晚饭后我带上几本书和笛子口琴，到这吹奏一会儿，再看一会儿书，然后就睡在这里，"害怕"二字在我的脑海里似乎就没出现过，受父亲的教育和影响，我从小就不信有什么鬼神的。很多农村人相信有鬼神的存在，他们愿意听、愿意讲、愿意传关于鬼神的故事，也许这些都是由于农村文化生活的贫乏单调所造成的。

有一天半夜，我睡得正香，突然间屋里有响声把我惊醒了，我揉了揉眼睛，坐了起来，发现距离我四五米的地方，堆着木料的缝隙间，有两只绿色的眼睛正盯着我，我也盯着它，双方的目光僵持了一会儿，难道它就是鬼？它是不是要来害我？我轻轻地把腿挪下床穿上鞋，随手拿起一块木块向那里砸去，紧接着打开灯，看到了一只黄鼠狼逃窜的背影。这个时候正值夏季，窗门都是敞开的。我又接着睡了起来，过了一会儿，向右侧翻了个身，左胳膊也向这边一搭，碰到了一个人，突然间又吓了一跳，我问他你是谁？他也不出声，且还在打呼噜，我马上拉下吊线开关，一看是我的好伙伴余贵，他身边还戳着一杆三八大盖枪，这天夜里是他站岗。我叫醒了他，让他马上去洗洗脚，还跟他开玩笑说："我怎么醒的你知道吗？"他说："不知道"，我说："是让你的臭脚把我熏醒了。"然后我俩都哈哈大笑，他去离的不远的一条小河沟洗脚，我接着又睡着了。

我的大伯是建筑公司的高级工程师，他设计了新建房子的图纸，地基用的石头是父亲的朋友开着解放牌汽车，从 30 千米以外石场拉来的，房架上的木材，是父亲找的解放汽车从一百公里外的林场运回来的，门窗上的水泥预制板及门窗，是我和哥哥拉着手推车从市内运回来的。盖房所需的建材从四面八方都运来了，经过我们全家人的共同努力，在亲朋好友的帮助下，一栋四间砖瓦结构的房子建成了。房子坐北朝南，房前房后都很宽敞，我们都种上了果树，有干核李子，还有海棠，到了结果的时候，李子树没有结多少果。有一棵海棠树是我在山上挖回来，纯属野生的，海棠树倒是累弯了腰，没想到它回报给主人的是累累硕果。在房门通向外面的甬道两侧种上了夜来香，到了夏天的夜晚的，绽放淡黄色的小花，释放出清新的花香，让人心旷神怡。盖个房子真是不容易，我们家在这个屯子率先建起了砖瓦房，起了个引领作用。在新房周边散落的几十户茅草屋，在几年的时间里都改建成了砖瓦房。新房的建成使我们的生活质量有了根本的改变，也结束了我们每年春季苫房，夏季掏炕、抹墙、抹烟囱的历史。

房子建完了，父亲雇了两个木匠做了一些新的家具，有炕柜、立柜、写字台、座椅和餐桌等。那个时候炕柜的门上流行画玻璃画，立柜的门上流行烫画，玻璃画和烫画都是由我完成的。我还让木匠给做了几个镜框，父亲给我带回来的一些广告颜料派上了用场，我根据明信片上的照片创作了"北京玉带桥""桂林山水"及"苏堤残雪"，挂在墙上栩栩如生，来的客人都以为是放大的照片呢！新房子让我们一家人的心情也都好了起来，母亲把家里收拾得窗明几亮。房子还吸引了当地很多人的目光，给哥哥和我介绍对象的人多了起来。弟弟一位同学的姐姐来我们家串门，还带来了一筐西红柿，她是大队的妇女主任，主动向母亲表达了要做我的对象，我知道她的这个想法后就躲了出去，等我回到家的时候，母亲对我讲："这个姑娘长得还挺耐看的，将来过日子肯定是一把好手。"我对母亲说："我哥还没对象呢，现在我不想考虑处对象的事。"母亲接着说："你们这哥俩怎么回事？无论是谁给你们介绍对象，你们都不着家，躲出去，给你哥哥介绍的那几个对象，我看哪个都能配上他，不知道他挑什么？我知道你心里可能还在想着送你衬领的那位姑娘，或是送你钢笔的那位班长，你爸对我也说过，孩子们的婚事，由他们自己决定，我们只能是为你们提供参考意见。"我告诉母亲："毕业之后我与她们少有联系了，送我衬领的那位女同学的家搬到了承德，班长去了一个在南郊的集体户，又当了户长。"

一天有一位叫铁成的同学来找我，他和班长姝玉分到一个集体户，不止一次地让他约我，母亲的一番话，再加上铁成的话，使我决定去看看她。铁成说一个多月前来找过我一次，他问到正在干活的社员们，他们说我去公社开会了，这已经是他第二次来找我了。我对他说怎么没人告诉我呢？等有时间我一定去你们集体户看看，我知道姝玉她一定是很想见我。一个秋高气爽的上午，我骑了一个多小时的自行车，来到了坐落在北江市南郊水岸村的集体户，一个北方农村标准的三间房，坐南朝北，我刚立稳自行车，姝玉就迎了出来，"我都邀你几次了，怎么才来？"她说，看来姝玉是真的好想我。"我也是前两天刚看到铁成，才听说你邀我。""我不邀你，你也不想着过来看看我。""我这不来了吗？"我情不自禁地第一次握住了她的手，接着她向站在旁边的那位女生介绍我："他就是我常向你提起的那位同桌，人怎么样，带劲吧？"我被她俩让进了屋，男生一个屋，女生一个屋，每个屋子都是两铺大炕，中间屋子是厨房。说来也巧，今天轮到她和那名女生做饭，午餐是大米饭和土豆炖豆角，因为我的到来，又添了几道菜，柿子炒鸡蛋、拌黄瓜、青椒土豆片，姝玉又去买了几瓶啤酒。中午我和干活回来的 10 来位知青共进午餐，和他们很多人虽然都是第一次见面，但一见如故。接着我们互相询问着彼此和同学们的近况，说到每天收工以后，姝玉晚上仍然在坚持学习，她又问到我每天都在干什么？还学习吗？我的回答很简单，"修理地球呗，看书学习那当然，书我每天都离不开"。吃完饭我对她说："姝玉，咱们还是到男生那屋去坐吧，在你们女生这屋，我有点拘束。""好！听你的，你说在哪儿就在哪儿。"吃完中午饭，大家休息了一会儿，接着又出工了，集体户只剩那名女生和我们 3 个人了，那名女生在她房间里好像编织着什么东西，这时姝玉对我说："再过半个月的时间我就要被推荐去上大学了，我真心希望能再有一个名额给你，你还做我的同桌，且还坐在我的左边，如果可以，我宁愿把这个名额让给你。"姝玉说的这番话是发自肺腑的，她这种忘我的真爱，谁能不感动呢？我对她说："你要是和圣西门、傅立叶、欧文生活在同一个时代就好了，你也能成为空想共产主义的创立者之一。"这时姝玉用两只手抓住我的一只胳膊晃了起来，一边撒着娇一边嘴里还嘟囔着："你就知道挖苦我，从来不鼓励我。"夕阳西下，我估计生产队快要收工了，站起身来对她说了句："我俩说了一下午了，户里的同学们快回来了，谢谢你的盛情款待，我马上得回去了。"我嘴上说走，可就是不想走，姝玉深情地望着我，"你就这么走了？"她又向女生住的那屋瞅了瞅，突然使劲地拥抱了我一下，接着又推开我，"你走吧，回去的路上慢慢骑，注意安全，我报到后会给你写信的。"我向那位女同学打过招呼之后，姝玉送我到公路边，我对姝玉说了一句话："姝玉请你记住这句话，'机遇永远是给有准备的人留着的，我相信这句话是千真万确的真理，希望你前程似锦，你回去吧，再见了！"这时她转过身去往回跑，双手捂着脸，看到她渐渐远去的背影，我的眼睛也模糊了，多好的姑娘啊，不算漂亮和美丽，但她聪明善良，重情重义，婀娜多姿的身材，把女性的美表现得淋漓尽致。姝玉是个幸运儿，根红苗正，上大学以后给我写过几封信，我没有给她写过一封回信。现在她是大学生了，而我就是一个季节不同拿着不同劳动工具的农民……后来我们没有了联系。听同学说，她医科大学毕业后被留校任教，后来当上了学校的党委书记。姝玉，一位让我不能忘记的女同学。

第二十六节　返乡务农

上山下乡，是 20 世纪 50 年代出生的许多人参与的从城市到农村的人口迁徙运动。1968 年 12 月，毛泽东发出"知识青年到农村去，接受贫下中农的再教育，很有必要"的号召，全国各地立即掀起知识青年上山下乡的高潮。从此一批批初中、高中甚至还有大学毕业的青年学生，响应毛主席的号召，纷纷奔赴农村、生产建设兵团或农场，城里毕业的学生到农村叫下乡知青或插队知青，家在农村的毕业生，又回到家乡叫返乡知青，我们是随父母一起下放到农村的，当然叫返乡知青。1972 年末我高中毕业，开始返乡务农，这个时候正是东北的寒冬腊月，天气最冷的时候，第一次干农活，就是和社员们一起刨粪，生产队饲养牛马的粪便和泥土搅拌在一起，算是优质的农家肥了。一个镐头重量，估计少说也得有六七斤，每天不知道刨了多少下，轮起多少回。有时一镐下去，只将粪土刨了一个白点儿，偶尔还刨到石头上，镐尖还溅出了火星，震得头昏眼晕，再看那些社员，几镐就刨下一块，这活儿对他们来说是那么轻松，几天后，我的手虽然戴着手套，但还是磨出了几个泡，干活热了，手里还出汗了，这个时候就不想戴手套了，直接用手握着镐把，这样手又冻伤了，裂了许多小口子，血从裂口中渗了出来，也很疼。刨完粪装上车，跟着社员赶着牛车往农田里送，一堆一堆的，待到春天开化的时候，再用锹把这些粪均匀地撒在农田里。还有更脏的活就是清理厕所和刨猪圈的尿冰，有时尿冰还会溅到脸上和嘴里，马上就得吐几口唾液，腥臊恶臭好恶心，社员们对此都不以为然，见此，他们还会开玩笑，"不干不净，吃了没病"。

4月25日，生产队派我出民工，去修建一条公路，当时我还很兴奋，从生产队借了15斤粮票，5元钱，来到了距家约30公里的地方，来的民工有七八十人，都住在用炕席搭起的临时棚子里，屋里面中间是道，两面是通长的大铺，下面铺着草，上面铺着炕席，行李卷儿一个挨着一个，有的人每天都不刷牙不洗脚，室内的空气浑浊，环境很恶劣。后来公路指挥部，向全体民工征集宣传报道稿，我写的两篇文章全被录用，指挥部选调我任宣传报道员，专门从事公路建设的宣传报道工作。每周都要编发一期宣传报道稿件，报送给上级单位，还要出一期黑板报，写和画这都是我的特长，正是"天生我材必有用"，每期出的宣传报道稿件和板报，都让主管公路建设的主任非常满意。10月的一天，我听说指挥部要派人去省城拉沥青，我也要求去了，和几个装卸工坐在解放牌大货车驾驶室的后面，大家还都挺兴奋，那时从市内到省城，还没有一条像样的公路，坐在车上很颠簸，车跑过的路都要扬起尘土，路上的行人都要靠边，闭上眼睛等一会儿再走，好在路上的机动车辆不多。到省城装完车已经很晚了，同去的负责同志，将我们安排到一个招待所，几个人住在一个房间里，晚饭后没事儿了，有一位年长的大哥，他长得很像电影演员刘江，因此大家都叫他"汤司令"。这个人很幽默，前半夜他讲了几个故事，后来又讲了几个荤段子，逗得我们大笑不止，他讲着讲着睡着了，在坐车回来的路上，我们几个人挨在一起，让他接着讲，"我昨天给你们讲到哪儿了？"他问大家，逗得我们一顿大笑，你一言我一语地说着，听故事的没睡着，讲故事的睡着了。转眼到了10月末，公路修好了，我们的任务完成了，历时6个月的临时工生涯结束了。

1974 年年初，生产队研究部署新的一年的工作，让我做水稻技术员，让我很是意外，他们说出的理由是我年轻聪明，做事儿认真踏实。我当然很愿意做水稻技术员的工作，用农民的话说是个"俏活"，这个活出力少，工分挣的却不少，但责任大呀，水稻技术员对于一个以水稻种植为主的生产队，是非常重要的。个别几个想当水稻技术员而没当上的社员，都想看我的笑话，盼着我干得一塌糊涂才好。我深知责任重大，遇到问题就跟老社员或者邻队的朝鲜族水稻技术员请教。早春从泡种育苗开始，每一步我都一丝不苟。就在这个时候生产队来了一位中国农科院的支农教授，老先生叫晋方，他还带来了几位研究生。晋教授搞了几项水稻新品种的种植试验，我向他请教，学到了很多水稻种植、病虫害预防方面的知识。当年水稻育苗长势特别好，在拔苗插秧之前，我先在大约有 6 平方米苗床上搞了化学除草实验，把除草醚按比例进行了稀释，用喷雾器往秧苗床上喷洒，开始的时候，我怕烧坏秧苗，浓度小了些，根本不起作用，药不死水稗草（它的外形和水稻十分相似）。第二次把浓度提高了些，但殃及到了秧苗，在反复的实验中，我积累了经验，慢慢掌握了除草醚的稀释比例以及喷洒效果最好的时间（上午日出后）。再给秧苗喷洒除草醚时，效果都最非常好，混在秧苗里的杂草都被药死了，插秧之后社员们不用再薅草，大家都对我赞不绝口！那一年生产队的粮食产量创历史新高，我也算向老乡们交出了一名水稻技术员的优异答卷！农科院这位教授赞誉我，比他带的那几位研究生要强得多，准备让我做他的助手，冬天跟随他到海南，继续搞水稻种植实验，后来又因为家庭有海外关系而搁浅。

转年又到了冬末春初的时候，生产队又让我兼做赤脚医生，到公社的卫生院学习了一周，又遇到了几年前，给年子处置农药灼伤身体的那位护士，这时她已经当上了公社卫生院的院长，出落得更漂亮了，真是女大十八变，越变越好看。几天的培训课程，大部分都是由她讲的，有理论、有实践，她讲的直观具体，我提出了几个问题，也是前来培训的40多名赤脚医生关心的问题，她的回答让大家都感到特别满意。在公社食堂吃午餐的时候，我们坐到了一桌，她对我说："你一来我就注意到了，有一种与众不同的气质，听说你家是从北京下放来的，我家也是。"我问她："你家原来在北京哪个区？""西城区。"她回答。我说："我家也在西城区，现在我们两家又都来到东北的同一个城市的农村公社，这真叫作缘分呢，那以后我们就多联系。"她又叮嘱我一句："有事儿就给我打电话，接通总机告诉转卫生院找林丽就行了。"我们两家下放的性质是截然不同的，她家是"五七战士"下放的，而我家是因为海外关系下放的。回到村里的卫生所，又实习了不到一个月，给村里的男女老少注射了有几十支肌肉针。开始的时候大家都不敢让我打，后来慢慢传开了，都夸我打针不疼，有的人还形容我打针，就像蚊子叮了一下。

后来为了多挣点钱，我和邻队的一些人到粮库做了搬运工，其实就是扛麻袋，在市内一条宽阔的路上，把晾晒好的苞米装到麻袋里，然后扛着麻袋，通过一阶阶的跳板，将苞米倒入事先用炕席围好的囤子里。东北早春的天气还是很冷的，稍微休息一会儿，流出的汗就会把棉袄后背外层都冻硬了，令人非常不适。一个月下来，大概挣了300多元，差不多赶上一个工人半年的工资，这在当时可谓是一个天文数字，这真的是血汗钱，挣得不容易啊！

弟弟妹妹们也逐渐长大了，家里生活也得到了改善，父亲买了一台落地式的电子管黑白电视机。电视机高约1米4（屏幕不大）、宽约 70 厘米，好像都是个人组装的，也没有商标品牌，还要在室外安装很高的收视天线，收视效果也不是很好，只能收到两三个台的节目。在收视的过程中，电视屏幕经常会闪着雪花点，偶尔还出现图像变异，需要人工进行调频，或拍打一下电视机，或到室外去转动天线的方向，这至少需要两个人的配合，屋里面的人喊"好了"，外面的人就停止旋转天线。电视机在当时的农村也算是个新鲜事物，很多邻居听说我家有了电视机，坐在家里就能看电影，晚饭后都不请自到，室内厨房都站满了人，来看"电影"。记得有一次母亲买了一些干豆腐放在厨房，第二天早上起来要做饭的时候，发现干豆腐都没了，当然这些邻居和我们家的关系都很好，他们是不把自己当外人了。

第二十七节　上访北京

1978 年 12 月，在北京召开了中国共产党第十一届三中全会，结束了新中国成立以来"以阶级斗争为纲"的历史，也就是从这个时候开始，在"文化大革命"中受到迫害的冤假错案，陆续得到了平反，我们全家人也在期待中度过着每一天……

我们国家开启了"以经济建设为中心"的改革开放新征程。"十年浩劫"，中华大地满目疮痍，中国人民痛定思痛，开始了深刻的反思，党的十一届三中全会成为中国人民奋斗的新起点，一场新的变革在神州大地上拉开了序幕。也就是这年的12 月，安徽发生百年不遇的大旱灾，大部分地区 10 个多月没有下雨，凤阳县的旱情更是严重，很多百姓面对这无情的天

上访后，我在颐和园的照片

灾，只能选择外出乞讨。12 月的一个寒夜，小岗村 18 户农民签订了一份这样的协议，可以说是顶着巨大压力签下的，上面写着："我们分田到户，每户户主签字盖章，如以后能干，每户保证完成全年上交公粮，不再向国家，伸手要钱要粮，如不成，干部坐牢杀头也甘心，大家社员也保证把我们的孩子养活到十八岁。"地点在严立华家。

中央指导的"拨乱反正"工作已经开始，到 1979 年初，父亲平反的消息一点儿都没有，于是父亲和我商量，决定让我进京上访。他当年写信寄往台湾寻找我外公，也是当时铁道部党组织的授意，父亲记住了他们讲的原话："景昌同志，你要动员你岳父弃暗投明，早日回到祖国的怀抱……"父亲响应了，就因为他写了这样的几封信，寻找外公外婆和舅舅们，没想到在"文化大革命"中却被认定"向台湾国民党反动派投寄挂钩信"，因此他被定性为"投敌叛国，里通外国，现行反革命分子"的罪名，发明这些罪名的混蛋也没有想一想，"台湾"那可是我们祖国的一个省。因为这门海外关系，把我们家由北京下放到北江，"文化大革命"中又从城市遣送到农村，同时也把我们家所有人的城市户口变为农村户口，在"文化大革命"及其以前的那个极"左"年代，有这门海外关系，想找也不敢找。进京上访就是要讨回公道，为父亲、为母亲，也为我们家找回一个清白。

3 月初的一天，父亲的一位朋友，是跑北京列车上的一位司炉工，列车开行前我找到了他，身着铁路制服，双手戴着手套，一只手里还拿着一个小工具，我叫他安叔，人很热情，给我安排到一个硬卧上铺，吃晚饭的时候还将我带到餐车上饱餐了一顿，列车经过一天一夜的运行，快到终点北京站了，这个时候我找到安叔，问他一会儿怎么出站。他说："你到出站口的时候，就说从天津站上车的，补一张票就行了。"我预感到情况的不妙，我还拎着一个装着 10 斤黄豆的袋子，这是带给父亲老同学马叔的，此时我觉得袋子就是一个累赘，弃之可惜，拿着挡害。走到出站口检票的地方，被检票员拦了下来，问我票呢，我说："是从天津站上的，车进站了，还没来得及买票。"他说："不行，到里边从起点补票。"这可怎么办？我浑身上下的钱加起来也不够补票的呀，这个检票员偶尔还用眼睛余光盯着我，怕我跑掉似的，他对工作认真负责的态度无可厚非，但从我个人狭隘的角度考虑他很可恶，我心里在问他，小子你知道我有多难吗？我又回到了站台里面，十分闹心，思考着出去的办法。若是主动去找车站内的相关负责同志，说明情况或许就能得到他们的同情，让我出去；若不能另一个结果就是把我潜返回北江。如果是这样，那就前功尽弃了。这个时候大概是下午四点半，北京站里响起了铃声，接着看到很多工人模样的人，有的肩上挎着小包，有的手里拎着饭盒都朝着站内的西出口走去，这是北京站内的工人下班了，我观察着加入了最密集的人流，生怕被人拦住让我补票，这个时候雪下得很大，我觉得下的正是时候，能很好地掩护我出了北京站，我长长地出了一口气，可算出来了，暗自庆幸逃票成功！这都是因为没钱干的勾当。紧接着我走到长安街，看到天安门，这里也是我们家曾经居住过的地方，如果上访成功，或许我们家还会重返北京，父亲重返铁道部继续工作，母亲再回到协和医院上班，哥哥和我的工作组织上也一定会给予安排，弟弟妹妹就可以回到北京上学了，我想的这些会不会是一个梦？一位进京上访农民的梦！

过去我们家离开北京后，父亲出差，还带我回来过几次，天安门、中山公园，也是父亲带我常去的地方。记得小的时候，有一次去中山公园，父亲将一个灰色的大旅行袋放在公园的椅子上让我看着别走远，他去办事，我答应了父亲，可玩着玩着就跑远了，等父亲回来的时候，椅子上的旅行袋不见了，袋里装着父亲和我穿的用的，父亲问起我那个旅行袋放哪儿了，我说放在那儿我没动，怎么就会没了呢？父亲带我在公园里又转了转，找了找，确认一定是被人偷走了。接着父亲带我去了王府井百货大楼，在那里又买了我俩的生活必需品，百货大楼里的人很多，在那里我跑丢了，父亲急坏了，楼上楼下的找我，我也在密集的人流中穿行着找父亲，一位好心的阿姨看我急哭的样子，知道我是和大人走失了，她安慰我说："孩子别着急，阿姨领你去广播室，广播后你爸爸就会来接你。"在广播室里，一位播音员阿姨，一遍一遍地广播着"哪位顾客的孩子走失了？请到二楼广播室认领"，很快父亲就来到了广播室，抱起了我，并向这两位阿姨表达了谢意。父亲笑着对我说："刚才你弄丢了包包，现在又弄丢了自己，你这个淘小子。"接着还特意带我到全国著名劳动模范张炳贵的柜台前买了一些糖果，亲眼目睹了他娴熟的售货技巧。晚上还带我去观看了侯宝林演出的相声，一晃 10 多年过去了，但我还是记忆犹新。

雪仍然在下，我对北京城并不陌生，走了约半个小时，我找到了父亲的老同学马叔叔家，他是一名国画大师，一米八多的个儿，身材很魁梧，四方大脸，头发不多，估计能有几百根吧，他很珍惜这为数不多的头发，在头顶上还盘了一圈，覆盖那些露着头皮的地方。马婶是一名小学教师，马叔马婶都特别热情，晚餐的时候，还有一盘烹蝉蛹，我从来没吃过，马叔让我吃几个，他说蝉蛹特别有营养，三个蚕蛹就能抵上一枚鸡蛋，这是我第一次吃蚕蛹，挺香的，感觉味道还可以。我在马叔家住了下来，他问起了我父母和家里的生活状况，对我们家目前所处的窘境深表同情，我跟他说了，这次来北京主要是到国务院上访。第二天上午，马叔送我去国务院信访接待室，在路上我将两个袖口一对，抄起了手，马叔告诉我不要抄手，我看了一眼整个长安街上没有一个人抄手，有，也就刚才我一个东北农村土老帽。

到了国务院信访接待室，来上访的人还真不少，男女老少排了一个小长队，这些人衣着破旧，一看就属于弱势群体。在等待的过程中，互相询问着上访的原因，南腔北调哪来的都有，大家还互相鼓励着。到了中午，接待工作暂停，在我前面有一位头上扎着破旧白毛巾的大爷，给我一个馒头："孩子你吃吧，我这还有。""大爷谢谢您，我兜子带吃的了。"虽然没要，但让我很感动，大爷是西北什么地方的我没记住。我们这么大一个国家，这么多的人口，又逢"十年浩劫"，造成的冤假错案一定很多。下午排到我了，我将上访材料交给了信访接待员，一位中年男子，年龄看上去50岁左右，这个人的面目表情不冷不热，问我："你这封上访信反映的问题是否属实？之前到当地省市委、政府反映过吗？"我的回答斩钉截铁："同志，我反映的问题都是事实，省委省政府、市委市政府我都去过，而且不止一次，现在很多人的冤假错案都得到了平反，可我们家的事情，他们一直让我们回去等，我和我父亲觉得他们根本解决不了，或者根本不想给我们解决。"这个人接着对我说："你反映问题的这封信我们收下了，登记后会按照工作流程来办理，我们会责成当地省市各相关部门认真受理，你就不要在北京等了，结果没有你想象的那么快。"离开国务院信访接待室，我的心情很复杂，信访接待员说的这句话"你就不要在北京等了"让我还挺反感的，心里在想，我又没上你家，你凭啥撵我回家？他们推来推去，问题到最后也可能解决不了！又一想也可能我曲解了他的意思，事情并不像我想象的那样，我暗自鼓励自己，不要气馁，有志者事竟成！接着我去了颐和园，在那里还拍了张照片留做纪念，这几天也是我人生的难忘瞬间。第四天的时候我又回到了北京站，买了一张站台票，搭上了北京返回北江的列车。因为我已经计算好，今天又是安叔的班，在火车上找到了安叔，他问我那天你怎么出去的。我说了谎："我又补了从北江到北京的票，才出去的。"顿觉安叔有些内疚和不好意思，心想这回我就不怕了，回到家我自有办法，安叔又把我安排到一节车厢的硬座，告诉我："你先坐这儿，一会儿我带你到餐车吃饭，遇到查票的你就说是我侄儿。"吃完饭后安叔又将我安排到一节车厢的硬卧上铺，一天一宿后我回到了北江。下车以后，我在站内等了一会儿，一直等到这趟列车的旅客都出了站，我才从车站南货场走了出去，往返北京就买了一张站台票，两次无票出站，像做贼似的，真不容易，无奈的选择。回想起我们小的时候，坐市内的各路公交车也几乎都是逃票，售票员姐姐抓住了没钱的孩子，她们也很无奈，只好放掉，逃票的大部分都是一些男孩子。当时市内公交车的票价也就是五分、八分，远一点的地方一角二分钱。

回到家，我将去北京上访的全过程对家人讲了，父亲说："国务院信访接待室，只要收了我们的信访件，还进行了登记，我想他们一定能够认真对待，并拿出处理意见，转到地方党委和政府，会被引起重视的，给我们平反的时间也不会太久。"实践证明，在很多问题上父亲的远见卓识，家里人除了父亲，大家对上访并不抱有太大的希望，甚至都很悲观地认为，我们家平反的事已经被置于遗忘的角落。

第二十八节　迟到的平反

　　1979 年下半年，父亲的身体经常发烧，开始以为是感冒，但吃了一些解热退烧的药也不见好，在工商局工作的几位叔叔开车到家看他，他们建议赶紧到医院做个全面检查，别耽误了。

　　我母亲对这几位叔叔说："我和孩子们都说让他去医院检查，可他就说没事，景昌这么聪明的一个人，不知道他为什么在这个问题上这么固执，还是你们这几位好兄弟说话管用。"当局长的耿叔叔对母亲说："大嫂，你们今天先准备一下，明天早上我派车来接大哥，到医院做个全面的检查，一会儿我们回去就联系市医学院附属医院，院长是我的一位好朋友。"

　　第二天早晨我们到了附属医院，在几位叔叔的帮助下，顺利地办理了父亲的住院手续。母亲在病房里陪着父亲，哥哥出去买东西，我又去办理了一些相关检查手续。然后我和母亲搀扶着父亲去了医院的几个科室，做了验血等十多项检查，医生告诉我们结果最快也得第二天下午才能出来，让回到病房里等。哥哥买回了一些水果，母亲把橘子剥好皮给父亲吃，他只吃了一两瓣就说实在吃不下去了，母亲对他说，你只有多吃才能增强免疫力，才能早点好起来，你是我们这个家的顶梁柱啊！我们一家人焦急地等着父亲的化验结果，但当我拿到化验单，看到结果写着"急性白血病"的那一刻真的是不知所措，这个结果怎么告诉父亲？又怎么告诉母亲和兄弟姐妹呢！万一这个化验结果是错误的呢？回到病房我对大家说，还需要进一步检查。我的大伯是父亲唯一的哥哥，在卫生局工作，在他的办公室里看过化验单后，他马上给在省医院工作的一位专家打了电话，约定第二天带父亲去做检查，在省医院检查的结果也确定为白血病。我们大家商量检查结果暂时不告诉父亲，返回附属医院继续住院治疗。白血病俗称血癌，就是人体的造血器官不再造血，只能靠输血来维持生命。我到新华书店想买一本有关白血病方面的书籍，发现真有一本书名就叫《白血病》的专著，在书店里我简单地翻了翻，买了下来，我想回去再认真地看，希望能从中找到灵丹妙药或治疗的好方法。但事情不像我想的那么简单，书中的很多名词术语，根本都看不懂。时间到了 1980 年 5 月，父亲的病情继续恶化，每过十天半个月就需要输一次血。负责为父亲治疗的是一位闫姓的主任医师，一天他把我们叫到他的办公室，对我们说："这病最后的结果就是人财两空，我建议还是把你们的父亲接回家，慢慢地养着吧，也要做好料理后事的准备！"在此之前，父亲也不止一次地要求回到家里慢慢养，我想父亲是怕花钱。听闫医生的话，我们带父亲回到了家里，父亲的精神状态反倒比在医院要好了些，家里不像医院那么嘈杂。一天他让母亲找来了笔和纸，说要写一点东西，他要写什么？也不让母亲看，母亲对我们说："你爸是多聪明的人，得的是什么病估计他早都知道了。"

1980 年 7 月 14 日下午 3 点，父亲睁着双眼静静地走了，母亲帮他闭上了眼睛，对他说了声："景昌啊，你死不瞑目啊，舍不得离开我和孩子们，你就放心地走吧。"父亲的去世带给了我们撕心裂肺的痛苦！处理完父亲的后事，我在写字台的一个抽匣里发现了父亲写给母亲的遗书。

丽华：

　　回首31年前的10月在齐齐哈尔市的抗日军政大学我们相识了，后来你成了我的妻子，我成了你的丈夫，我们共筑了一个幸福的家庭，本想努力工作，为你和孩子们创造一个幸福温馨的生活环境，没想到你跟着我过起了颠沛流离的生活，我深深地自责，可又无力改变这一切！

　　感谢你为叶家生下这四龙四凤，让亲朋都羡慕不已。在那个物资匮乏的年代，哺育这8个孩子有多不容易啊，特别是我们还有这门海外关系，还要受到歧视，甚至还株连到孩子们的学习、升学、就业、参军等诸多方面，这些都不是我们的过错造成的，是历史发展中出现的问题。8个孩子大儿子刚成家，小八才6岁，我最放心不下的就是她，希望你教育他们要努力学习，要团结，遇事要互相帮助。我将不久于人世，孩子们逐渐都大了，我相信他们每个人都会有一个美好的未来，现在形势也变得越来越好了，我的

1980年初父亲在病中

问题估计在年底前就能得到平反，随着大陆改革开放步伐的加快，大陆与台湾在三通方面也会有大的进展，你和孩子们见到台湾亲人的日子不会太远了。你代我向岳父岳母叫声"爸妈"，深深地向他们鞠上一躬！

　　丽华，当你看到这封信的时候，我已经走了，去了另一个世界，根据物质不灭定律，我是以另一种方式存在了，世界上一切动植物不都是这样吗？请你不要悲伤，保重身体，你能做到这些我就放心

了。准确地说这封信应该叫遗书。生老病死，人生概莫能外，以前常对你讲起人生的滋味，我用 16 字进行了概括："酸甜苦辣、悲欢离合、盛衰荣辱、生离死别"。你说这其中的哪个字的滋味我们没尝过！所以说人生不易，教育孩子们要走正道，"人间正道是沧桑"成人之美的事要多做，损人利己的事一件也不要做。想要对你说的话，千言万语，就写到这了，我想睡觉了……

景昌
1980 年 7 月 4 日

1980 年 9 月 21 日，父亲去世后的第 67 天，北江市委、市政府给父亲作出了彻底平反的决定，同时北江市公安局也将我们家 9 口人的户口由农村迁入城镇，同时还给我们家补助 500 元人民币。这迟到了 67 天的平反决定，让我们悲喜交加，要是父亲在去世前知道

青年时代的我

这个平反决定，那该有多好啊！这让我们全家人感到特别遗憾！在这之前市公安局还对我家从北京市西城区下放到北江市户籍档案进行了认真调查，并到粮店查阅了我们家领取供应粮的记录，具体办案的是一位工作一丝不苟的于姓老民警，当时不知道这是为什么。后来我想要是父亲健在，我们家也可能就重返北京了，他又回能到铁道部工作了，早一年平反或许父亲也不会得上这个病。

我拿到父亲平反决定的这一刻，那种心情无以言表，积蓄心中

10多年的阴霾被驱散了，这一天我从市内返回的时候，在一家副食商店买了几瓶啤酒，哥哥嫂子又做了一些菜，晚餐全家人举起酒杯共同庆祝这一天！！我们主动向生产队交回了分给我家的耕地。从这一天开始，我们不再是农民了，拿着粮证又可以到粮店领粮了，每个月吃粮有了保障，当时市民的粮证是橘红色的，很多人都管它叫"红粮本"，让农民们都非常羡慕，谁家有女都想嫁给市民，到城里来生活。在市郊周边居住的农民都以种菜为生，基本不种粮食，被称为"菜民"，他们也吃供应粮，粮证是绿色的，也叫"绿粮本"，供应的品种与数量不如市民。所以新中国成立后党和政府一直提倡要逐渐缩小三大差别，即工农差别、城乡差别、体力劳动与脑力劳动的差别。这一天我们盼了多少年、多少天。遗憾的是，父亲没能等到这一天，天不假年于我父！

我们全家回到了城里，这对我们家来说算是历史性的转折，全家人的生活有了一个新的开始，憧憬那美好的未来，我们的心情是那样的畅快。但生活中还有很多困难需要我们去面对，去解决。首先就是房子问题，父亲的一位朋友将闲置的房子借给我们居住，但这不是一个长久的办法，我们必须得有自己的房子，于是我又找到市政府房产局的科长、房产局的局长、分管房产的市长，逐级反映了我家平反回城，10口人无住房的困难，请求帮助解决，他们对我反映的问题非常重视，派人进行了实地调查，又走访了居民委，确认问题属实，最后政府研究决定，分给我家一套三室的火炕楼。

它坐落在市区的西北角，当时这里交通还很不方便，没有公交车，当我领到钥匙的那一刻，心情特别激动！打心底里感谢党和政府对我们的关怀。那个时候市区大部分地区都是平房，室内没有卫生间，没有上下水，能有一套这样的房子，那就相当不错了。我们家有了属于自己的房子了，简直不敢想象，我疾步向房子的方向走去，准确地说是跑去，走捷径过了几道沟沟坎坎，这里也没有路，这年的冬天雪特别大，一不小心陷入了一个很深的雪沟里。我整个人都被雪淹没了，费了好大地劲儿才挣扎着出来，帽子里、脖子里、袖子里、裤角里、鞋里都裹满了雪，我马上抖落了，在阳光的照耀下都能看到我身体散发出来的白热气。又走了一会儿，找到那栋楼那个单元，我一步迈上三个台阶到了五楼，看到了 58 号，这就是分给我家的房子，太兴奋了！从裤兜里掏出钥匙，打开了门，狭长的走廊，阳面一室，阴面两室，一厨一卫，今后我们家再也不用借住别人的房子，过那种寄人篱下的生活了。房子问题解决了，对我们家来说是何等重要的一件大事啊！

房子问题解决后，工作就业的问题又凸显了出来，经过一位亲属的介绍，认识了在街道工作的干部，我们称她"郝姨"，在街道工作的很多同志都称她为郝姐，能感受到她在街道的人缘特别好，大家都很尊敬她。无论叫她郝姨还是郝姐，我觉得她的确是位好人，是我们家的贵人。她年龄不到 50 岁，个子不高，特别善良，性格非常开朗，谁家遇到困难找她，她都会热情相助，郝姨办事儿雷厉风行。我把家里回城后的情况，一五一十地告诉了郝姨，她说："你妈和你们太不容易了，我会尽最大的努力帮你们。"郝姨的爱人在市政公司工作，工作以外还承揽了很多私活，郝姨家生活殷实，她家有四个孩子。郝姨又介绍我认识了在市政府信访部门工作的杨叔，这位杨叔是郝姨家的邻居，在杨叔家郝姨把我家的情况也全都介绍给了杨叔，杨叔杨婶特别同情我们家的遭遇，郝姨还向杨叔杨婶介绍说，我是她女儿玉兰的男朋友，要不是他爸爸得白血病去世，他就参加高考了，他的婶子是中学老师，安排他插班复习，模拟考试成绩名列前茅。

离开杨叔家，郝姨对我说："我说你是玉兰的男朋友，是为了让你杨叔更重视这件事情。"其实在这之前郝姨也问过我处女朋友了吗，我回答她目前我们家境这样，我怎么能处女朋友呢。其实我也意识到郝姨有心让我做她女儿玉兰的男朋友。

至于我模拟考试成绩名列前茅的事，郝姨是怎么会知道的，当时我很是不解。后来才知道，郝姨的大女儿玉兰，就是我插班的应届毕业生，是她告诉郝姨的。其实这个时候我已经到了谈恋爱的年龄，但是由于家里兄弟姐妹的很多事情都得需要我去安排，家里的经济状况又不好，我觉得不应该去谈恋爱，拖累别人，这个事情过后我一直很自责，辜负了郝姨对我的一片心意。一次我在家附近的路上走，有一辆公交车从我旁边驶过，透过车窗我看见一个漂亮的姑娘在向我挥手，身穿军绿色上衣，两根齐肩的小辫子，我也向她挥挥手，她是谁呢？我在问自己，那双美丽的大眼睛，让我想起来了，她就是郝姨的女儿玉兰。许多年以后，又一个偶然的机会在街上遇到了玉兰，一位气质高雅的美丽少妇，谈起了当年的往事，她说她高考差了几分，第二年就工作了，后来结婚，爱人是工大毕业的，他们生了一个男孩，家庭很幸福，我真为她高兴。在郝姨和杨叔的积极努力下，哥哥被安排到建材厂工作，大弟被安排到市第一建筑公司工作，他们都属于大集体性质的工人。职工的身份要是国营的，当时是最好的，能办到这个程度也就不容易了，郝姨和杨叔是没少费心出力的，办理哥哥和弟弟的就业，多亏遇到了他们，郝姨和杨叔的恩情我们一直铭记着。

在家里待业的只有我和大妹妹了，大妹妹晓娟的工作，我找到了时任化工部副部长兼化公司党委书记的贾庆礼先生，他作为一名省部级领导干部，为人特别谦和，"文化大革命"中父亲的公职就是在化公司被解除的。他认真看过信后，在信上签署了意见，批示公司下属厂的一位党委书记，要求解决一名职工子女的就业问题，大妹妹晓娟被安排到化公司的一个下属厂做安全员工作，也算给父亲落实政策，安排了一名子女就业。听说老部长生活特别简朴，工作忙了经常在办公室里吃方便面，在他的办公室里我还真看到了放着的半箱方便面。

后来二妹晓凤初中毕业后，由于家境的原因，她放弃了继续读高中的打算，跟着松青学照相，她也要帮着分担家庭生活的负担，母亲没有工作，还有两个读书的妹妹，正是"穷人的孩子早当家"。二妹在这一行一干就是几年，她也能吃苦。后来她学习了财务管理，去了一家市属医院的财务科工作。三妹晓红在一家国企做了化验员，四妹晓丹学校毕业后去了北京工作生活。

第二十九节　我要到一个最美的地方居住生活

　　松青是我们家被遣送到农村后出生的孩子，这里的环境虽然闭塞，却没有阻挡住他探索的目光和寻找的步伐，每次我和大舅提起松青，他都说"松青是你们家的开路先锋！"

　　松青是我们家兄弟姐妹当中最勤奋的一个，在哥四个当中，吃苦耐劳的精神是我们很难比得上的，聪明勤奋，从小学到中学，一直是班级里的尖子生。在家里也没看见过他和谁下过象棋，后来听别人说，他在学校和老师同学下象棋，没有谁能赢得了他，老师同学都非常喜欢他。但他回家从来没说过在学校下象棋的事，可能怕遭到父亲的批评吧。他很小的时候就知道帮助家里挣钱，父亲患白血病去世后，欠了不少外债，哥哥我们都在努力劳动，想早一天还上这些外债，家里没有人让他劳动挣钱。记得那年他刚上初中，吃完晚饭后，就帮助家里打草绳子，市里造纸厂有来收购草绳子的，解放牌汽车装了一车，草绳子有两米多高，每卷草绳有轿车轮胎那么大，这些草绳子有一多半都是他打的，他帮家里没少挣钱。母亲心疼他，告诉他打一会儿就别打了，他嘴上答应可就是停不下来。打草绳子的机器很笨拙，他坐在那里，上面的两只手不停地往两个喇叭里补充稻草，下面得用两只脚不停地踩踏驱动板，他不知疲倦就像一个机器人似的，每天都干到深夜！这个时候家人除了他和我都进入了梦乡。白天他还要去上学，我还要在生产队劳动；晚上，他为了家忘我劳动挣钱，我为了自己的前程复习高考！

日月光下的思念

　　我们家回城以后，他的工作没用我安排，自谋职业，当时就在火车站前照相，候车室的西边不远处，建有一个椭圆形的大花坛，还有几层踏步，也算是站前的一景，很多外地客人都在此驻足拍照留念，他用的工具就是一部相机，两个单人沙发中间放一个茶几，后面还有一个立式的灯具，在这里营造了一个家庭生活的场景。每天晚上回到家里，还要把一天拍下来的胶卷卸下，在暗室里冲卷，然后还要进行曝光、显影、定影、烘干、剪切、装袋等，然后再根据顾客留的地址到邮局将照片寄出。他每天顶多睡四五个小时的觉。松青当时的收入颇丰，他一天的收入差不多能赶上一个普通工薪族一个月的收入。在北江火车站开展室外照相的第一人就是他，看到干这行赚钱，后来在这里开展照相业务的人多了，估计能有10多家，这个时候也不像先前那么赚钱了，于是他改行了，后来他又开办了照相馆和美容院，同时还经销雅马哈电子琴，日本原装进口的摩托车……松青后来还跟我讲起过，他还到过深山老林，去那里给村民照相，那地方根本没有电，只能利用自然光，冲胶卷，洗照片，我真佩服弟弟的聪明智慧。

　　父亲的问题得到平反，但父亲已经去世了，我们家重返北京已经不可能了，对此母亲和我们都感到十分遗憾。这个时候松青对我们大家说："北京那么大，人口那么多，去那里挤啥？地球这么大，我要到处看一看，闯一闯，找一个更美丽更适合人居住的地方。"他先后到了朝鲜、韩国、日本和中国香港……苦是没少吃，罪也没少遭，钱也没少赚，多次历险。后来又到了俄罗斯做生意，为了到北极看极光，他自己还租了架飞机专程去观赏，五大洲四大洋都有他留下的足迹。最后他把目光瞄向了位于南太平洋上的岛国——新西兰！在这里每天打几份工，只睡几小时，老板对他的工作都很满意，

-165-

并不断给他加薪。没有老板炒他的，都是他在炒老板！积攒了一些钱，开办了一家房屋装潢装修公司。

2000年5月29日，母亲从台湾回来没多久，母亲赴新西兰的签证批了下来，我们大家都非常高兴，这也是松青在新西兰不懈努力的结果。8月20日，母亲在沈阳机场乘机赴新西兰奥克兰，这是母亲第一次去新西兰，这一天母亲和松青以及我们大家都盼望已久，作为母亲，她每一天都惦记着生活在万里之遥的儿子的安危冷暖，生活状况是不是像他说的那样好？母亲跟我们说过，你弟弟为了不让我操心，才把他的生活状况描述得那么好。以我的判断，他所讲的一切，都应该是真实的，弟弟的勤奋超过常人，财富永远给善于创造财富的人准备着，天道酬勤嘛！21日早晨松青打来电话告诉大家，母亲已经安全抵达奥克兰，在机场弟妹卢比为母亲献上了鲜花并给了一个深情的拥抱，用汉语说了句"妈妈您好！"让母亲好感动，她有了一位洋人儿媳妇！也为有这么一个出色的儿子而自豪！

10月22日，今天我们兄弟姐妹在松明家聚餐，母亲从新西兰打来电话，向我们讲述了在新西兰的生活情况，以及当地的风土人情，让她特别满意。弟妹卢比是新西兰的当地人，特别善良，经常开车带母亲去海边兜风，她们每次都带上一些面包，喂海鸥和一些鸟儿。母亲也去过很多国家和地区，她说哪儿也比不上新西兰的奥克兰，弟弟的生活状况让她喜出望外，一栋豪华大别墅，房前屋后绿地鲜花果树，庭院里还有温泉。这里的空气格外清新，阳光特别明媚，真是人间仙境，母亲放心了，现在让她唯一惦念的就是我们这些生活在东北的孩子们！松青知道此时此刻母亲的想法，对她说："妈，你放心，我一定让大家都来新西兰玩一玩看一看，费用我全部承担。"人都说十指连心，作为母亲生的孩子，又有哪一个不让她惦记呢！

母亲常对我们说起："我就让你们的外公外婆每天都在牵挂着！"

母亲从新西兰回来后，松青又在秦皇岛给母亲买了海景房，每隔两年他都要带着弟妹和两个女儿回来看望母亲和亲人，他认识的亲朋老友和同学，一个不落的都要打听一遍他们的生活状况，回到他出生的那个小山村去看老乡，对生活困难的都要慷慨解囊，更没有忘记回报那些曾经帮助过我们的老乡。听说家住黑龙江五常光辉乡的表叔有病，他马上开车前往。他常忆起小的时候，二叔曾带他吃馅饼，每次回来都要去看望，他记得滴水之恩，当涌泉相报！

如今松青真的找到了一个最美的地方——新西兰的奥克兰定居生活，这不正是"有志者事竟成"嘛！追求幸福美好的生活，是所有人的向往，上个一流大学、当上老总、住上豪宅别墅、开上名车坐骑……这些实现起来不容易，没有谁能随随便便就成功，成功的路上有荆棘、有虎豹、有雷电冰雹，没有坦途，不经历风雨，又怎能见到彩虹？

第三十节 对门的女孩

我们家的对门，也是落实政策分的房子，住着一对老夫妻和五个孩子，五个孩子是三男两女。我在这里复习准备高考，家人为了不打扰我复习，暂时都没搬过来，这里的确很清静，整栋楼也没搬来几户。一天我突然听到有人敲门，透过门窗的玻璃，一张俊秀的脸庞映入了我的眼帘，她是对门那个大的女孩，大概十七八岁，1米6几的个儿，她叫凤玲，说是要看看我家的房子。我打开门，说了声："欢迎光临。"我走在前面，从里往外，带着她逐个房间看了一遍，她说："你家的房子挺好的。"我请她坐下，她站在那里不肯坐下，面带几分羞涩，问我："你家都有哪些人，他们怎么都没来？"我简单地回答了她的问题。她要回去了，我说也要去看看她家的房子，她说好吧。她家比我家的房子明亮多了，阳面两室，另一室以及厨房和卫生间都在阴面，布局很合理。这里只有她和哥哥在收拾房间，他们家里的其他人也都没搬过来，整个房子里也是空荡荡的，倒是显得很干净利落，她家房子的缺点就是靠西山墙，冬天肯定要冷些，因为冬天西北风的穿透力很强。一天这个姑娘又来敲门，说要到我家来打点水，她家的自来水管冻了，我说："不客气都是邻居，有什么事儿只管说，远亲不如近邻。"从那以后，只要看见我在家，她就过来串门儿，我感到很亲切，也很高兴。我也开始更详细地了解她和她家的一些情况，她家落实政策回城后，她被安排到针织厂工作，属于挡车工，后来我叫她纺织姑娘，工作很辛苦，三班倒，母亲在清扫队工作，她父亲和哥哥都没有工作，偶尔他们会做一些烧鸡之类的熟食在市场卖，一个妹妹上中学，两个弟弟上小学，家庭生活很困难。

她对我来说，真可谓一见钟情。后来她又让我帮助写工作计划、入团申请书，能帮自己喜欢的姑娘做点事儿，我也心甘情愿，求之不得。一天她下班回来，带来了单位的一位女同志，到我家来串门，没说什么，她们只是莫名其妙地笑，让我真是丈二和尚摸不着头脑！直觉让我意识到，她对我有好感，找来她的同事是做个参谋。此后的一段日子里，我们家人和她们家人陆续搬了过来，这给彼此的接触带来了诸多不便，我只好邀她下班后到公园或江畔见面，她也愉快地接受了我的邀请，我俩都是人生第一次恋爱！这种滋味是那样的甜蜜，一天见不到对方都好想念，正是"一日不见，如隔三秋"，我只要听到对门有人开门，都要往她家张望一下，看看出来的是谁，真希望每次看到的都是她，她也一样。

一天下午 3 点多，雨下得很大，早晨还是晴空万里，三妹晓红放学的时间到了，我急着下楼，到一楼的时候，邻居家的姑娘丽娇开门走了出来，她说："二哥下这么大的雨，你干什么去？"我说："接晓红去，她没带雨伞。""我要是有你这样的哥哥多好啊！"丽娇说道。这个时候我觉得有人从楼上下来了，不知道是谁。我撑开雨伞，向学校奔去，很多孩子都聚集在学校门口，等待家人来接。回来当我和晓红走到一楼，就听到在二楼的缓台上，凤玲和丽娇在谈论着什么。我问她们："你们说什么呢？"我女友笑着说："没说什么，上楼吧，没你的事儿。"我意识到可能还是因为我引起的误会，走到三楼的时候，让妹妹先上去，我在这里又侧耳听了听，果然是这样，女友对丽娇说："你觉得我对象好，我可以让给你。"丽娇说：

"我也没说别的，我就说二哥做哥哥真像样，这又怎么了？"于是我快步走到二楼，"你俩说啥我都听到了，这都是误会，赶紧上楼，我把女友拽了上来。"上楼之后她还对我说："如果你觉得她好，你就和她处我不反对。"我对她说："你这是天大的误会，别冤枉了人家！"当时我心里还挺高兴，因为她很在意我。

丽娇是工商局的子弟，当时工商局允许子女中的一个，经过考试合格可以录用，一天她看见我，让我帮助解答一些复习的问题，我答应了她，但我心里想这让女友知道了，就产生误会了。功夫不负有心人，丽娇以非常优秀的成绩被工商局录取。她参加工作后第一个月开支，就要请我吃饭，被我婉言谢绝，我希望她能理解。丽娇姑娘一米六十三的个子，瓜子脸、丹凤眼，弯弯的柳叶眉，长长的披肩发，可称为美少女，回头率是很高的，穿上工商制服尤为精神。后来听邻居讲她也婚姻不幸离婚了，这真是应了那句话：红颜多薄命。她曾对邻居提起过我，只是说和我认识晚了女友一步。这也可能就是人的命吧，还真没有察觉到她对我有这个想法，只感觉到她对我像哥哥一样的尊重。丽娇家也有两个哥哥和一个弟弟，她是家里唯一的女孩，很受宠，婚姻不幸不知与这有没有关系。

一次女友下零点班，我在她单位附近的一个小胡同等她，我第一次牵着她的手，刚开始的时候她还有些腼腆，把手从我的手中挣脱出去，娇滴滴地对我说："人家是女同志"。披着月色我们来到江畔，坐在市政府门前的长椅上，聊了很多很多，在这个春末夏初的月夜里，我第一次吻了她！品尝着爱情的甜蜜。在这里我给她讲起了马克思和燕妮的爱情故事，真希望我们的爱情能像恩格斯评价马克思和燕妮的爱情时说的那样："当死神来把他们拆散的时候，他们的爱情仍然像初恋时一样清新。"我俩也为一件事焦虑着，因为她是回族，她肯定地对我说："我家绝对不会同意我找汉族对象。"我说："这事不能急，我们慢慢地想办法。"这个时候东方微现鱼肚白，她也有些困了，我坐在椅子的一端，让她头枕着我的大腿，一会儿的工夫就睡着了，她也是太累了。这个时候我作诗一首：江城如画里，夜晚堵深空，江水映明月，长桥驰流星，春夜已阑珊，爱人未入梦，唯恐春离去，恋情比蜜浓。

微微江风吹来了丁香花的芬芳，也带来几分凉意，我脱下中山装上衣，盖在她身上，看她睡得那么香甜，我虽然感觉身上有些凉，但心里却是暖暖的、甜甜的，她一直睡着，足有两个小时。天亮了她醒了，我们得回家了，但还不能一起走，怕她家人发现，也怕邻居发现告诉她家人，分别前我问她，"回家怎么对家里人讲，下班不回家去哪儿了。"她说："昨天咱俩约定后，我就告诉我妈，下班后去单位的小何姑娘家，不用惦记我。"在以后的日子里，我们的秘密交往，还是被她家人发现了，她爸爸对她非打即骂，她妈妈软弱无力，也根本保护不了她。一天他的哥哥拿着一把斧子，喊着叫着要我出来，我没理他，最后他将斧子，狠狠地砍到了铁皮门上，一道将近10厘米的口子留在了那里。为了她，这一切我一忍再忍，我跟她商量解决的办法，我想找她爸爸和她家人谈一谈，她说这个办法肯定不行，劝我不要理睬他们，她说："你越客气，他们越晒脸。"她是个很倔强的姑娘，她说今生今世我跟定了你，命运多舛，也就是这一年我考学离开了家。

我每次从省城回到了北江，都迫不及待地来到针织厂看她，她看到我回来都非常高兴，下班后我骑着自行车她坐在后面，去江南岸的桥头栏杆坐下，面朝大江我俩有说不完的话，自行车就放在我们的身后，我将一个文件夹挂在车把上，文件夹里装着我近两年来的日记，还有两本书、一支笔。当我俩要走的时候，回过头来一看，挂在车把上的文件夹不见了，别的都可以丢，日记对我来说太重要了！特别是近两年来的日记，它记录了我们的初恋和我的学习生活。我恨自己的粗心大意，她安慰我说："你是个聪明人，既然丢了，着急上火也没用，别再急出病来。"日记本皮是墨绿色，日记本在没丢之前，有几天家里有事请假 3 天。我把日记本放到了书桌里，被同桌的一位女生发现了，她和班里的几位女生就传阅开来，她们就像看手抄本小说一样上瘾，食堂都去晚了，每人只好吃个面包喝瓶汽水来对付一顿。一个女生念给她们听，我恋爱这点个人隐私，全让这几个女生窥视了，不可思议，我的日记至于有那么大的吸引力吗？让她们废寝忘食。一个和我关系不错的男同学告诉我，并让我保证不责备她们，他说："我看见了她们几个偷看你的日记，当时我真想狠狠地骂她们一顿，私拆人家的信件违法，偷看人家的日记，窥视人家的隐私难道这不违法吗？"我心里明白，他根本就没有那个胆量，仗义执言收回我的日记，保存起来。这位男同学又说："班长你就消消气吧，别跟同学上纲上线，大人不见小人怪，谁让你的日记写得那么吸引人了，日记你怎能放在了课桌里？"其实日记就是个人学习、工作、生活轨迹的备忘录，也是留给未来的回忆。她们都是情窦初开的少女啊，能不愿意看吗？正像歌德在《少年维特之烦恼》中写道，"哪个少女不怀春？哪个少年不钟情"，其实我们每个人都对爱情充满了期待，谁不渴望甜蜜幸福的爱情啊！回到学校见到这几位女同学的时候，我就当什么都没发生，午休这位男同学又赞美我："宰相肚里能行船！谢谢你班长，没让我难堪，因为她们的这点儿秘密被我发现了，别的同学还真都没看见这一幕。你若是责怪她们，她们一定不会放过我，会骂我是告密者，我不想背负这样的罪名，让女同学们奚落！"

几天来我一直为丢失的日记本而焦虑，我记日记的习惯，是从上初中一年级的时候开始的，从未间断过，这本日记的丢失，记录我人生行进轨迹出现了断条，这两年的历史将来怎么回忆呀？尤其是它记载了我们从相识到恋爱，度过的甜蜜和难忘的时光！

一周以后我收到一位部队战士写给我的信，信中说："我是某部的战士，几天前我们部队，在江边市区段演练，我们在草丛中发现了一本被丢弃的日记本，我们几个小战士也传阅了，觉得这不像本人丢弃的，一定是他人所为，日记写得真好，你一定会为日记的丢失而着急，这是你两年多的心血了，我们大家说无论如何也要找到失者，把日记本还给他。我也是个小班长，给你写信，请您收到信后马上回信，方便的时候我把日记本给您送去，某部战士董成吉。"真是让我高兴极了，这本日记不该丢啊！不应该再麻烦人家给我送来，我应该去取，后来一想到部队也不方便，还是请他在休息的时候到家里来坐一坐，在回信中我和他约定一个周日的中午，他来了，小伙子20岁，是锦州人，他不但给我带来了日记本，还赠我一本相册，小伙子有情有义，我做了4个菜，喝了一点啤酒，表达了感激之情，希望以后多联系。

1982年9月28日，我临回学校前，女友送给我一块布料，让我做条裤子，说我原来穿的裤子裤裆大了，像个老渔民，还送我一瓶麦乳精，让我带回学校，冲着喝补充些营养。就在这天午夜12点多，突然弟弟松青叫醒我，说对面屋我的女友喝药了，我马上振作起来跑到她家，抱起她迅速去了前面一墙之隔的一所军队医院抢救，医生简单地询问了病情，马上给她实施了洗胃手术，时间一分一秒地过去了，一晃两天的时间过去了，她一直处于昏睡状态，这两天我几乎没合眼，让我真切地体会到什么叫度日如年，真想用我的不幸换来她的吉祥，希望老天能保佑她平安无事，人都说"吉人自有天相"，这句话在她身上灵验了，9月30日，早晨她从昏迷中醒来，脸上露出疲倦的笑容，我坐在她床的对面，她说的第一句话，就是"过来坐这，你好吗？"这让我太高兴了，她终于转危为安、化险为夷了！

第三十一节　成家

　　她喝药的这件事儿都源于我，我深深地责备自己，让她遭了这么大的罪，吃了这么多苦，她还是一个涉世未深的少女，竟然走上了以死抗争的道路，我暗下决心，今生今世非她不娶，今后一定让她幸福，给她一个幸福的家。这件事发生以后，她家人并没有放松对她的管控，又经过了两年多秘密联络，我们情感进一步升温，我也进入了毕业前的实习阶段。父亲的表哥已从聋哑学校转到一所中学担任校长，他将我安排到这所中学，做初中二年级的语文教师，实习阶段马上就结束了，我俩也在规划着成家生活。她妈偷偷地给她拿出了户口本，我俩就这样登记结婚了，母亲给我俩准备了一套新被褥及简单的生活用品，真难为两位母亲了。我俩也决定旅行结婚，目的地省城，一个阳光明媚的早晨，我俩高高兴兴地坐上了去省城的列车，经过两个多小时后抵达，接着又坐公交车，带她先去了师范大学的校园看了看，然后去了几个公园，拍了几张照片，溜达了一天。傍晚找了一个小饭店，要了一盘尖椒干豆腐和一碗鸡蛋瓜片汤，每人 4 两饭。接着就是找住宿的地方，我们舍不得花钱去住招待所，更没奢望去住宾馆，最后选择了一家最便宜的浴池，我俩还是分开住的。几十平方米的男浴池，晚上在这住宿的有几十人，吵吵嚷嚷，好热闹，抽烟的、喝酒的、打扑克的，还有下象棋的。一个 50 多岁的人，剃着光头，胖胖的，上身赤裸着，穿着一个大裤衩子坐在那里，拿着一个饭盒，用手往嘴里塞着什么东西，大快朵颐。午夜过后，大家可算静了下来，睡觉咬牙的、打呼噜的、说梦话的、咳嗽往地上吐痰的、放连珠屁的，各种声音，不绝于耳；酒味儿、烟味儿、屁味儿、浴室中的味道，各种气味混合在一起，让我不敢张嘴呼吸，感觉快要窒息了，虽然家里的条件不是很好，但是比这里还是要强百倍的，此时也不知新婚妻子那边的情况怎样。估计女浴池能比这边的环境好一些，至少没有这么多烟味儿、酒味儿，女人普遍要比男人干净。这叫什么新婚蜜月旅行啊！虽然这里的条件不好，等困得不行了，最后还是睡着了。昨晚我俩约定了起床的时间，洗漱后我俩在浴池的厅里会合，在早餐摊上每人吃了两根油条，喝了一碗豆浆，然后乘火车返回了家，结束了为期两天的新婚之旅，遭罪之旅，难忘之旅，人们都把新婚形容成蜜月，没能给爱人一个温馨浪漫幸福的新婚之旅！我很自责，这一切都源于一个字："穷"！

我俩暂时居住在北郊的家里，到市内上班还是很不方便的，后来一位朋友于大哥知道我的情况后热情相助，"这每天 20 多公里的路程，你们来回折腾太辛苦，我帮助你们联系一下出租房。"于大哥对我说。不久在市内造纸厂西山的一处棚户区，就联系到一处出租房。土墙瓦盖的一间半房子，月租金 10 块钱，这是一栋三间房，我们住东侧，西侧还有一家人，一对中年夫妇和两个孩子，中间这间是厨房，每家一个灶台。吃水要到 300 米开外挑，那里有一个自来水井，这里群众吃水都是免费的。棚和墙都是用牛皮纸糊的，当时这附近的居民用纸是极其方便的，因为在我们家附近就有一个省级的造纸厂，在国家也很有名，它主要生产新闻纸。经常在夜深人静的时候，有老鼠在棚上跑，于是我就找了一根棍子往棚上捅，整个棚让我捅的都是小眼，也没有见到老鼠掉下来。虽然居住条件简陋，但我们的心情每天都是高高兴兴的，成家立业，这是我俩新生活的开始。一天弟弟松青来了，给我们买了一个装餐具的橱柜，还有一个放在炕上的饭桌，这也算我家的两大件家具吧，还给他的嫂子买了一辆 26 型梅花牌的自行车，偶尔她下零点班的时候，我就在家里看书等着她，我家住在路的尽头，这里很偏僻安静，这辆车子在骑行的时候，会发出一种像鸽子叫的声音，我知道是她回来了，就出去接迎她。生活虽苦虽累但我们都觉得很幸福，正应了那句话"寒窑虽苦能避风雨，夫妻恩爱苦也甜"。我们憧憬着美好的未来！

一个星期天的上午，三弟松明及其同学世星，用车拉来造纸厂的废料树皮和爆木花，还有锯末子，作为燃料取暖和做饭菜用，当时对能有这些东西就已经很满足了，他们又帮我修理了炕和烟囱，这个时候我们的经济状况很差。一年后我大学毕业了，被分配到教育局工作，职务称"视导员"，具体业务就是指导中小学校的教育教学工作（其中包括 10 来所厂办子弟校）。

1984 年 10 月，我们的儿子出生了，给他起名叶晗。局领导了解我的情况后，在市中心一所闲置的学校借我两间教室，我把它改造成了住房，后来局里又为我解决了一处火炕楼，三楼一室一厨 30 多平方米的西厢房，这栋破旧的老楼单元门都没了，一楼到三楼从来无人打扫，每层住着 6 户人家，三楼靠我们这侧有三户人家，厕所和下水池都结了冰，这几户人家上厕所和倒脏水都需要下楼去解决。我请求局里基建办给我解决了一个门和一些木料，在我们这侧的走廊里搭建了一个门。烧了一些开水，融通了厕所和下水池。我觉得做人简单的道理，就是与人方便，自己方便，结果大家都方便，何乐而不为？妻子不同意我这样做，我又给她讲一个大道理，那就是抗美援朝保家卫国，妻子说："这么点儿事你扯远了。"我对她说："此乃大同小异"。"你以后说话别老文绉绉的，像个老学究。"妻子对我说。其实我这么说也是逗她乐。星期天的一个早上开始，从三楼到一楼，我彻底进行了清扫，看到清扫一新的楼道，邻居们也都知道新来这户给整个单元带来的变化，为大家做点事同时也是为自己家，我心里也特别高兴，从此以后整个单元一改以前的脏乱差，邻居都知道爱护自己的居住环境了。这种老楼保暖很好，在厨房烧一点煤炕屋子就很热，我们家地上铺上了红地毯，冬天的时候，儿子就穿线衣线裤在屋里玩积木什么的，乐此不疲，这个时候他才四五岁，有时候啊，自己上邻居家去玩儿，邻居们都很喜欢他，更有意思的是到邻居家看到人家的两门冰箱，说我们家也有冰箱，是三门白色的，于是邻居家的小媳妇就到我们家来，要看看冰箱，我说："我们家哪有啊，这孩子怎么胡说呢！"也就在这不久，电子大楼的经理是我的一位朋友，他告诉我新进了一批远东阿里斯顿冰箱，让我去看看，有两门的和三门的，我看上了一个三门的乳白色冰箱，这不正是儿子说的那款吗？也因为儿子提过我们家有三门冰箱，两门冰箱宽一些，占地面积大，三门冰箱功能更全，它只是高一些，占地面积小，正适合我们这个三口之家，经理决定给我一个批发价，买了，也算圆了儿子的一个梦

儿子在文庙

想，这事以后我教育他不准说谎，说谎的结果是很尴尬的，给他讲了纸里包不住火的故事。这件事情过后，我在想，冥冥之中有一种

东西说不清楚，人与物也是有一种缘分的。用这个冰箱，第一次给儿子试做了冰棍，还算成功。不久火炕楼又动迁了，这个时候我已经调到物价局工作，物价局为我支付了相关的动迁费用。回迁后分给了我家两室一厅的新楼房，家庭生活条件在一步步改善，彩电、冰箱、洗衣机、录像机，还有一部舅舅送给我们的傻瓜照相机，这些大件商品家里都有了，也有了一些积蓄，可是我们俩的感情却出现了问题，不吵架的日子少，其实也没什么大事儿，追根溯源就是我们爱好不一样，她喜欢打麻将和跳舞，我喜欢看书和写作。爱好不一样，也无所谓谁对谁错！

很多年以前，夏季的一天，我到政府收发室去取订阅的刊物，看到了一幕，一个中年男子手里扶着一辆自行车，站在那里等人，不一会儿来了一个10岁左右的男孩，管他叫了声爸爸，哦，原来是他的儿子，男子将一个装着钱的牛皮纸信封交给了孩子，告诉孩子这是他这个月的生活费，多加了5块钱，一共30块钱。男子对孩子说："我和你妈虽然离婚了，但爸爸会一直管你，离婚是你妈妈的选择，爸爸改变不了她的决定！"这时只见男子哽咽了，"爸，你别难过！"男孩对爸爸说。我顿觉这一对父子非常可怜。心想已经为人父母了，怎么能轻易离婚呢？不可思议！令我没想到的是，"离婚"这件事，10年后竟发生在我的身上！

这个时候我也在反思人生中发生的一些事情，简单地说就是好事与坏事，难道坏事都应该发生在别人身上，好事都应该降临到你的头上吗？人生路上不可预知的事情太多太多了，谁也无法预见未来。我也经常用这句话来宽慰自己"世上哪有多如意，万事只求半称心"。

一次我们大吵了一架，她哭着喊着要离婚，说了很多怄气的话，并告诉我："孩子今后你管吧，我不管了，现在就去办离婚手续。"
我告诉她今天是星期天，机关都不办公，紧接着她就跑回了娘家，
后来我的两位好朋友知道了我们吵架这件事，执意劝说我去接她回
家，也为了孩子，就这样我和这两位朋友开着车去她娘家，我服了
软认了错，好说歹说接回了她。这一次吵架，也拉大了我们感情的
裂痕，在接下来的日子里，她仍然闹着要离婚，为了孩子我不想走
这一步，我对她说"我们不能拆散这个家，孩子、你、我，我们是
命运共同体，我只求你做良母，不求你做贤妻！"她的回答斩钉截铁：
"我做不到！""天要下雨，娘要嫁人"，我觉得什么力量好像也阻挡
不住女人要离婚的决心，预感着离婚已成为必然。我们要离婚的消
息不胫而走，亲朋好友都尽了力，不希望我们走上这一步，年迈的
叔叔婶婶，知道这个消息后，也来做她的工作，她倚靠在门框边，
无论叔叔婶婶怎么劝，她的回答只有一句话，"不离婚那是不可能
了"。叔叔对我单独说了一句话："唯女子与小人难养也，近则不逊，
远之则怨"，叔叔在电子仪器修配厂担任厂长，婶子是一所中学的老
师，培养的弟弟妹妹都很优秀，他们都考上了北京大学等名牌院校，
育人有方，可也说服不了她，无奈我们只好到民政局办理了离婚手
续，孩子、房子归我，家里的一万多元存款归她。当天我们在一起
吃了一顿"散伙饭"，我自己喝了一瓶 40 度的白酒，我喝酒过敏，
平时自己也不喜欢喝酒。何以解忧，唯有杜康，今天的这瓶酒，我
是想让它一解心中的惆怅。她一口没喝，儿子这个时候刚上初中，
他也不清楚我们之间究竟因为什么，看着可怜的儿子，我的眼泪再
也控制不住了，男儿有泪不轻弹！提起婚姻，人们更多的用两个字
"缘分"来形容。结婚缘来，离婚缘去，强求也不得。记得有一首
歌叫作《万水千山总是情》中唱到"聚散也有天注定"。缘尽了是你

留也留不住的。一晃几个月过去了，一天她找到我，说要回家看看儿子，我对她说："在任何时候，你都可以回来看儿子，不用问我，你作为母亲有这个权利。"当天她又提出要和我复婚，我还是很高兴的，为了孩子不缺失母爱，她回来毕竟还是一个完整的家。在此之后发生的一件事，让我心里特别难受，那是一个周日的上午，我出去买东西回来，一进门发现儿子背着一个书包，里面塞得满满的，正要出去，我问他："你要上哪儿去？"他很为难地支吾着，我打开书包一看，里面装的竟是几听易拉罐饮料和几个苹果，这时儿子才对我说："我想去看我妈。"我对儿子说："去吧，爸爸不反对。"我又往包里装了几个橘子，我想这不就是父母离异后，带给儿子的为难和痛苦吗？真对不起儿子！婚姻还是那样，如果一方执意要离婚，说明已经不爱另一方了，生活在一起也是同床异梦，往往提出离婚的人都不顾及孩子的感受，如果夫妻当中的一方有明显错误，离婚也无可厚非。

可她搬回来以后，我们的关系并没有改善，而且变得越来越糟，在感情上倍受煎熬，我决定还是不能复婚。母亲也劝我："不行你们还是分开吧，你有正式工作和固定收入，她没有，你就把房子及家里的所有东西都让给她吧，孩子她能带就带，不能带交给我。"这个时候我也问到儿子："你愿意和爸爸妈妈谁在一起生活？"我看儿子的表情很为难，依偎在他母亲的身边，用很小的声音回答我："我想和我妈在一起。"我很理解儿子，在通常情况下，孩子和母亲的感情要比父亲深。于是我净身出户了，临行前我对儿子说了很多，"虽然父母分开了，爸爸离开家，但我会一直管你上学的，直到你大学毕业，工作为止，爸爸会每月把工资的一半交给你作为学费生活费的，爸爸爱你。"这段长达 17 年的婚姻结束了，这个时候正巧我被组织部门安排到基层挂职锻炼，自己有一个办公室，办公室也有床，我干脆就住到了办公室，我从家带出来的就是两个编织袋的衣服，把所有的东西都留给了母子俩，心里觉得更好受一些，问心无愧！俗话说，一个巴掌拍不响，总结这段失败的婚姻，我有很多责任，不会经营管理婚姻，也许这就是命运吧，命运使然！

父母离婚最对不起的就是孩子，换句话说，对孩子的影响非常大。由于疏于教育，很多单亲家庭的孩子性格都会出现了偏执，很多孩子在人生的起跑线上就会出现了失误，当父母的追悔莫及！

第三十二节　朱妮的情书

朱妮是我刚到教育局工作时，认识的实验中学第一位语文老师，我到学校听的第一节课就是她讲的《苏州园林》，我做视导员讲评的第一课，就是她讲的这篇课文，一位即将退休的女校长陪同我听了她的课，校长告诉我，朱妮在全市教师公开课比赛中获得了第一名，她不但人长得出众，课也讲得很棒，声音更动听，我和校长并坐在教室的最后一排，我以为她会紧张，但错了，她讲课时落落大方，无视我们的存在，我发现她确有几分傲气，课后在教员办公室我与她交换了听课的意见，肯定了她课堂教学中的优点，就 45 分钟的课堂时间安排、教学方法，还有板书位置等问题，提出了我的建议，这边我说着，她在我对面的桌子上认真地用钢笔记录着。这么做也可能考虑我是教育局的吧，表现出一种尊重。她还夸奖我的声音好听独特，是标准的男中音。这时校长也赞美我道，人家可是硕士研究生，水平就是不一样。不知不觉下班的时间到了，临走的时候朱妮问我，你有没有好一点的语文教学方面的书？我答应下次再来的时候带给她，她还要了我办公室的电话，我也要了她语文教员室的电话。两周后我将几本关于语文课教学的教科书和两本世界文学名著《简·爱》《傲慢与偏见》送给了她，接过书她显得特别高兴，对我说："我最喜欢读的书就是外国的文学名著，这几本书我都喜欢，看完之后就给你送过去。"我很认真地对她说："这几本书都是送给你的，不需要还了。"我想这两本小说她也一定读过，之后我去了校长办公室，与校长聊起了听课相关的工作，要走的时候校长对我说："朱妮老师对你的评价很高，你们真是郎才女貌，我准备把她介绍给你。"我说："校长你还不了解我，我已经成家了，儿子都快一岁了。"校长很抱歉地说："对不起，是我搞错了，听局里的同志说你还没有女朋友呢，原来以为你刚毕业还单身呢，我已经对朱妮讲了，这可怎么办呢？"好在这件事没有当着我们的面直接谈。

朱妮毕业于外省的一所师范大学中文系，在一所近万人的大学校园里被誉为校花，那可不是百里挑一，说她万里挑一也不为过。"万马军中一小丫，万马军中一娇娜"，她是大家公认的校花，总有几个调皮的男同学，看到她的时候总喜欢叫她"小丫、娇娜"，以表示对她的赞誉，她总是礼貌地回以微笑，她像一朵含苞待放的花蕾，吸引着老师和同学们的目光，她太漂亮了，举止高雅，与众不同的风姿，让很多想追求她的男同学，感到自愧不如，望而却步。也有勇敢的同学向她示爱，她用非常简单的一句话拒绝了他们"我有男朋友了"！这些不甘失败的追求者，向她追问着男朋友是谁，她的回答"在国外"以此来画上句号。在学校她还选修了英语和日语，让大家更加确信她话的真实性。虽然追求者众多，但未遇到心仪的，这也许是天意，她的姻缘留给哪一位白马王子，那个人可就是特等奖的得主了！

在这不久，我应邀去学校参加秋季运动会，在操场上，我见到了她，身边还有一位军人，她给我们相互做了介绍，是位副师长，个子很高，身材魁梧，但相貌平平，年龄看上去长她10余岁。转眼到了第二年的5月，我来学校听课，在操场上又见到了朱妮，这时的她和以前判若两人，只见她穿着一件肥大的中山装上衣，下身穿着一条肥大的裤子，这是孕妇的标准装吧，她穿的衣服虽然肥大，但已掩饰不住凸起的肚子。我问她："你结婚为什么不通知我？"她说婚礼是在爱人部队办的，只有家人参加了，从此以后我们没有了联系。

3年后的一天，我们在新华书店邂逅，彼此了解过往，她的女儿已经上幼儿园了，她已调到市电视台做编导工作，台领导认为她更适合做新闻主播，被她婉拒。她说人长得漂亮也是一种烦恼，向她献殷勤的领导也不少，需要巧妙地应对，每天在一起工作还不伤和气，他们都像你一样具有绅士风度就好了，一晃两个小时过去了，停不住的时间把我们带到了中午，"我们共进午餐吧"，我提议，朱妮欣然接受。在书店的西侧，有一家新开办的莱茵河西餐厅，这里的装饰古朴典雅，室内装潢以墨绿色为主基调，算是欧洲风格吧，我俩选在二楼一个临窗的位置坐下，在这一层还有几对青年男女，品着咖啡，说着情话。邀请朱妮到这里来是不是有些不妥？我在问自己。如果被熟人看见，很可能造成误会，认为我是移情别恋，她是红杏出墙，甚至你没看见他，他却看见你了，连解释的机会都没有了，人言可畏，我想多了。这时一名服务生走了过来，上体微微前倾，鞠了一躬，彬彬有礼地站在我们面前，递过一个餐点册子，请我们点餐，为她点了一杯喜欢喝的蓝山咖啡，我点了一杯格兰特咖啡，又点了一些西点。电影《魂断蓝桥》的主题曲"友谊地久天长"反复地播放着，微弱的乐曲，幽暗的灯光，我们回忆起这个凄美的爱情故事。朱妮又讲起最近看的一部电影《廊桥遗梦》，故事很感人，我还像听她讲课一样，聚精会神地听着，她讲完之后我又补充了一些情节，"故事的男主角叫罗伯特·金凯，女主角叫弗朗西斯卡。"这时朱妮带有几分责备的语气对我说："你看过了就告诉我呗，让我给你讲这么长时间，你真坏!"这是朱妮第一次对我说话，语气上的微妙变化，是啊，我们已经是老朋友了，友谊在不经意间得到了升华。我说："听你讲，我是想重温一下这个故事。"在这里我们聊家庭，谈事业、话未来……一坐又是 5 个多小时，分别前朱妮对我说："以后我们再也不要中断联系了，现在有了 BB 机，联系多方便呢。""这几年你恋爱、结婚、怀孕、生女，不方便联系呀，但愿我们的友谊地久天长，愿友谊与生命同在！"我对她说，"愿友谊与生命同在，你说的这句话太感人了！"朱妮说。我们在一起度过了很幸福、很难忘的一天！正像俄国诗人普希金所说："一切都是瞬间，一切都将会过去，而那过去的一切都将成为亲切的怀念！"

一次我去北京开会回来，办公桌上放着一周的报纸和文件，另有一封信，信的背面写着寄信人的地址：日本国埼玉县鸠谷市本町×××，但没写姓名，会是谁呢？信封上的字写得很工整，且都是繁体字，似曾看过。在日本我确实有一些朋友，他们写的字我都认识，每年岁末年初，他们就会给我寄来明信片，但字没有写得这么好的。我把信封立在桌上，向下蹲了一下，让里面的信靠向一头，然后再用剪刀小心翼翼地拆开。

你：

我心里呼唤了千万次的名字，你能感应到吗？上次菜茵河西餐厅说好了，今后要常联系，我们分开后，又开始各忙各的，我现在日本呢，原谅我的不辞而别，原因诸多，这也许就是一个漂亮女人的烦恼，所以我选择了离开，大学时我选修日语和英语，当时是出于好奇，谁知道今天却派上了用场，冥冥之中难道真有一种东西驱使我前行的方向？！

你在家庭应该是一个孝顺的儿子，合格的丈夫，称职的父亲；在单位你应该是大家的好领导、好同志，社会上你应该是很多人的好朋友。到目前为止，你是出现在我的世界里最优秀的一位男士，你集睿智、善良、勇敢、帅气、诚实于一身，我崇拜你，更敬仰你。在我认识的同学同志当中，当属你知识渊博还谦逊，爱好广泛不浮躁，酒色面前不贪恋，在人群当中你可谓出类拔萃，鹤立鸡群。这番话没对你讲过，也没有恭维你的意思，不向你表白，我觉得有些压抑，有句话叫作心有所感，言之为快。

我常常回忆起和你相识后的那一幕一幕，最难忘的就是在新华书店的那次邂逅，在莱茵河西餐厅你的言行举止真像一位绅士，那时我等待着你的亲吻，渴望着你的爱抚，我不希望你文质彬彬的！我后悔当时为什么选择了咖啡，而不是白兰地，唤醒你的荷尔蒙！或许你会阻止，你曾跟我提到《古兰经》中禁止穆斯林教徒饮酒的原因，想起这些我挺恨你的，逝去的永远不会再来……

我经常在想，为什么你不早点出现在我的面前？为什么我没能早点认识你？难道这就是命运，命运使然，相见恨晚！我曾幻想着，小时候和你一起去幼儿园、上小学，我们青梅竹马那该有多好！后来又一起上中学，考大学。在大学我们又是同桌，大学毕业后我们结婚了，有了两个孩子，女孩像我，男孩像你，我说这番话，你可能会觉得我很富于幻想，有些像科幻小说的作者。我对人生感悟得不是那么深刻，现在仿佛周围的一切都那么黯淡无光，有时候感到人活着是那么辛苦，那么累……

父母给了我一张出众的脸蛋，却不能给我幸福的婚姻，也许这就是天意吧，如果可能，我宁愿不要这漂亮的容颜，去换取一个我爱的爱我的伴侣，与他相濡以沫，走到人生的尽头！

我很想找回那热情、奔放、愉快、好强的朱妮，可是我怎么也见不到她的影子了，真的好失望。年轻时不懂得爱情，选择了婚姻；

荏苒时光七十年

如今仍不是为了"爱情"而必须选择婚姻，"有情人终成眷属"对于我来说已不成立了。爱情和婚姻真的是两码事吗？我迷茫、我绝望……没有爱情的生活真的很痛苦！

我放弃了国内的优越工作，独自来到了日本这个小岛上，看见忙碌的人群，思考着我们每个人从母腹诞出之后，迷茫中也能找到母亲的乳头，那时有母亲的呵护，长大了又去寻找自己的未来，只能靠自己。列夫·托尔斯泰在《安娜·卡列尼娜》中写道："幸福的家庭都是相似的，不幸的家庭各有各的不幸。"我在这里寻找着自己的位置，总有不踏实、不稳定的感觉，顾影自怜，虽然住的洋楼，吃穿不愁，但并不幸福！有些时候我情不自禁唱起了那首《当我想你的时候》，这些你懂的……

女儿今年过来就读，似乎平稳了我的那颗慌乱的心。然而烦恼依然不断，如果我没有思想该多好呀！由于两国社会制度、文化教育、风俗宗教、意识形态等不同，所以双方的思想不可能达到一致，再加上年龄的差异，生活方式真的让人很压抑，总之困难痛苦是肯定有的，相信我会慢慢挺过来的。几次提笔又撂下，都怕影响你的情绪。你说你的外婆和舅舅们都居住在台湾，你想到那里探亲，去了没有？如果可能，将来我们可以约定在那里见面，不知你方便与否？有时间请来信！盼！多保重！

1999 年元旦于日本妮

看过朱妮的信，朱妮你的命运怎么会是这样？也许这就是命运使然，我在问她也在问自己！人有些时候，因为一句话一件事儿，就会改变了命运。你要出国为什么不早点告诉我？我的心情很复杂，也是几次提笔又撂下，不知道该如何安慰这个身在异国他乡的朱妮！

第二章　不忘的岁月日

第三十三节　想方设法觅亲人

　　"文化大革命"结束后，我想了很多办法，想早一天找到在台湾的亲人们，让外公外婆和舅舅们与母亲在有生之年尽快团聚！到1979年，母亲已与在台湾的亲人离别了30年，人生能有几个30年。在"文化大革命"以及以前那个极"左"的年代，寻亲不敢说，不敢想，台湾那可是国民党反动派待的地方，尤其外公还是国民党军官，你要说出来，肯定要招惹麻烦，这是说小了，说大了后果不堪设想。我们也就是从这一年开始寻亲。

　　1981年5月母亲回青岛去探望那里的亲属，知道母亲回来了，大家都过来看她，且十分热情。一位称母亲为姑姑的小伙子，他叫高小虎，是山东大学的学生，迫不及待地将一封信交给了母亲，"姑姑这封信是写给您的，邮递员找不到您，我们就代收了，这封信是从日本寄来的，这么多年您都去了哪里？我们大家谁也不知道，信拿在手里干着急。"母亲对大家说："我这次回到青岛主要就是想看看大家，'文化大革命'前因为这门海外关系，我们家从北京下放到了东北的北江市，后来我们全家又被遣送到农村，生活的环境条件也不好，那些年想跟你们联系，又怕给你们带来麻烦。去年我们家才平反回城，几个大孩子都工作了，现在生活条件也好些了，不怕你们笑话,原来想来连路费都没有。这次来就是想打听一下,你们这里有没有我父母和弟弟们的消息,我和他们已经阔别 32 年了,我没有一天不想他们!我也十分想念你们啊。"母亲哭了,大家也跟着落泪了,亲属们你一言我一语地劝慰着母亲,这封信也是你父母弟弟从日本转过来的,你找他们,他们也在找你,咱们青岛这边去台湾的也有不少人,现在大家也都在想方设法寻找台湾的亲人,我们国家改革开放了,形势会越来越好,亲人团聚的日子也就快了。这年的 9 月 29 日,我给中国驻日本大使馆写了封信,请求他们帮助查找在台湾高雄左营居住的外公外婆和舅舅们,当时查找在台湾的亲人,只能通过中国香港或日本等第三方地区或国家进行联络。一个多月后收到中国驻日本大使馆的回信,信中说"很抱歉,由于您提供的地址不详,我们无法帮助联络到你在台湾高雄的亲属,请予谅解"。

11 月 2 日,上午 10 点多,我按照母亲说的地址,在市内最大的邮局往日本这家公司打电话,请求他们帮助查询一下台湾海员高健的信息,日方的这家会社表示可以帮助查询一下,让我等候他们的电话,等到下午 5 点多他们回话,未查到关于高健的任何信息。在这个等待的过程中,我的心情忐忑不安,不知道打这个国际长途电话要收多少钱。唯恐我的钱不够。接完电话我问话务员多少钱,她说不收钱,不收钱我打了国际长途电话,怎么可能呢?暗自窃喜!在那个困难的年代,平时身上没有钱,要办事的时候,带上几块钱那是多的,人人如此。

1985 年 4 月 26 日,教育局安排我们四位视导员外出考察,回来时路经青岛,青岛是我的第一故乡,我就出生在武昌路,这个美丽的地方,这也让我引以为豪。下午去找在青岛市南区人大工作的高阿姨,她是母亲的一位朋友,谈寻找外祖父的事。晚上去位于上海路的一个亲属家串门，也谈及寻亲的事，寻亲的事方方面面进行发动联络，紧锣密鼓，不留死角。临行前我还在印刷厂，印制了几百张寻亲启事的卡片。

为了寻找在台湾的亲属，当时东北师范大学古籍整理研究所的张教授听说这个情况后，也热情相助，他说师大的一位赵老师在香港和台湾都有亲属，赵老师一定会全力相助！

东北师范大学的张教授来信摘录：

松涛：

为你转托寻找亲人的同志叫赵君，你如想给他写信，可寄到自由大路师大专家招待所交即可。我要给他邮费（大约两元）他坚决不收，只等一起答谢吧。

元月七日晚老师潜超

8年来我还在台办、统战部等多个部门的帮助下，在《人民日报》海外版、《中国建设》等一些海外发行的刊物上刊登寻亲启事，我的这一切努力，终究没有白费，应了那句话"功夫不负有心人"！

第三十四节　大舅妈的重要发现恰逢其时

　　台湾实施"戒严令"是蒋介石统治时期，于1949年5月19日发布的，一直到1987年7月14日，蒋经国发布命令，宣布台湾本岛和澎湖地区自1987年7月15日0时起解除戒严。这个"戒严令"在台湾实施了38年，严重影响了台湾民众的生产生活，同时也阻断了与大陆的联系。遥想当年200万国民党军政人员随蒋氏父子退至台湾孤岛，1950年5月16日蒋介石发表《告台湾同胞书》，追随者盼望着阖家团圆时刻的到来，然而随着大陆日益强大，"反攻"已完全成为泡影，当年的青壮年，青丝变白发，年逾花甲，依旧骨肉分离，天各一方，由老兵发起的"还乡"活动，惊醒了"荣民大家长"——时年77岁的蒋经国先生，他从老兵要回家的愿望出发，从遏制"台独"的角度考虑，从推进中国统一的视角深入思量，遂下决心开放岛内民众赴大陆探亲，这个决定的通过并不是一帆风顺的，由于他的民主作风，在讨论时国民党的一些幕僚们，仍要坚持"不妥协，不谈判，不接触"的三不政策。"民心不可违"这也是他基于人道主义的一种考量。这个决定一公布，就受到岛内外民众的广泛赞誉和国际社会的高度评价。为两岸的寻亲打开了大门，赴大陆探亲的人流像一个蓄能已久的闸门突然打开，汹涌的洪水似万马奔腾涌向了大陆彼岸！

　　一些背井离乡近40年的老兵，开始谋划返乡省亲的计划。蒋经国在办公室里与身边的一位幕僚，谈及唐朝诗人贺知章的诗《回乡偶书两首》。

> 少小离家老大回，乡音无改鬓毛衰。
>
> 儿童相见不相识，笑问客从何处来。
>
> 离别家乡岁月多，近来人事半消磨。
>
> 惟有门前镜湖水，春风不改旧时波。

蒋经国对自己做出的这个决定，怡然自得。曾经留学苏联 12 年的他多见广识，比起他的父亲思想更开明，胸襟更开阔。在解除"戒严令"和开放岛内民众赴大陆探亲的同时，还开放了"党禁"，台湾的各种政治势力和代表人物，趁此良机，纷纷组建不同政治诉求的政党，一些社会团体也纷纷组建起来。

阔别家乡近 40 年的一些老兵，他们归心似箭，恨不得插上翅膀飞回到自己的故乡，拜见久别的爹娘和亲人。10 月 15 日，时任"内政部长"吴伯雄奉蒋经国令，宣布台湾民众赴大陆探亲的具体办法："除现役军人及公职人员外，凡大陆有三亲等内血亲、姻亲，或配偶的民众，均可于 11 月 2 日起向台湾红十字会登记赴大陆探亲。"这是一个令人难忘的历史时刻！从这一天开始，台湾红十字会开始受理台湾民众赴大陆探亲登记，登记时间，从上午 9 时开始，但有人从凌晨开始就等候在那里，天刚亮，红十字总会大门外已经人海如潮。知道这些信息，我们也在期待中度过每一天。

1987 年 12 月 23 日上午，在我们家曾经下放的那个地方生产大队队部里，投递员将送来的报纸和信件放在桌子上，他转身刚要走，被负责收发报刊和信件的老人叫住："老叶家落实政策回城了，搬走都有七八年了。"这时站在一旁的蒋姓大队会计，对投递员说："信就交给我吧，我们两家是山东青岛老乡。"他们可曾知道，这是一封何等重要的寻亲信呢！蒋会计马上将信送给了在附近水厂工作的弟弟松明，这封信寄自台湾高雄县凤山市，寄信人是高拓，一看到"高拓"两个字，松明就知道这是二舅寄来的，他马上打电话到我们几个已经工作的兄弟姐妹的单位，告诉二舅来信了！晚上大家都聚集在母亲家里，多年寻亲，今天终于有了结果，多少年来母亲和我们就盼着这一天的到来，这一天，让母亲一等就是38年！横在大陆和台湾之间的这个台湾海峡，是道天堑！即将变通途了。

过去因为这门海外关系，在那个极"左"的年代，不知让父母和我们吃了多少苦，遭了多少罪。我们这些孩子也因为这门海外关系受株连，在小学加入少先队员（"文化大革命"中少先队员被红小兵取代），在中学加入红卫兵和入团，后来入党就业都要受到影响，这些是我们想都不要想的事。有海外关系，本来是一件非常正常的事情，可在那个年代却变得不正常，"海外关系"真是坑人不浅!二舅在信中说："无论是与不是我们要找的姐姐，都希望你们给我回封信，祝你们生活安康幸福，谢谢！"这封信只有寥寥几十字，信中还夹了一张5元美元，我们根据来信的内容，确认这无疑就是要寻找的在台湾的亲人！我们的兄弟姐妹也都向周边亲朋好友传递着这个喜讯，让大家与我们共同分享这份幸福和快乐！寻亲这么多年，终于有了结果。"生离死别是人生中的一大不幸啊！"过去彼此思念的日子不好过，真是度日如年！

与台湾的亲属能联系上，这一切首先应该归功于我的大舅妈嘉雯女士，她是一名教师，一天在学校午休的时候，她吃完午餐，随便地翻阅刊物（我在这个刊物发表寻亲启事的时候，当时我们家还没有回城），在刊物的后面一则《大陆亲人在找你》的标题吸引了她的眼球，在这一页密密麻麻的寻人启事中查询着，希望能找到一个人，她就是丈夫的姐姐——高荣淑慎，但这个名字没找到，看到一条"高丽华在寻找父亲高拯民，母亲赵毓兰，大弟高科、二弟高拓，他们于 1949 年 5 月从山东青岛到台湾高雄"的简单讯息。

下班回家后嘉雯对高科说，你快过来看看这个寻亲启事，其中说的寻找父母和弟弟的名字都对，只是她的姓对，但名字不对。因为母亲和父亲结婚后改了名字，这些他们怎么能够知道呢？还有联系人我的姓"叶"他们不认识，查了字典也没找到这个字，因为台湾一直使用繁体字，"但愿是大陆的姐姐寻找我们"。嘉雯说，看过这则寻人启事后，高科对嘉雯肯定地说："根据信里内容，说的父母、我和大弟的姓名一字不差，再加上说我们走的时间和地点都对，哪能有这么巧合的事情，这应该就是在大陆的姐姐找我们，姐姐怎么会去了东北农村？难道姐姐嫁给了那里的农民？"这一连串的问题就像一个谜团等待揭晓。"要是父亲还健在有多好，知道找到了姐姐他会多高兴啊！愿他在天有灵，知道女儿给家里来信了！姐姐终于联系上了。"大舅说，他把这个信息马上告诉了外婆："妈妈，你的女儿我们的姐姐找到了！"看到外婆没有任何反应，大舅妈走过去贴近外婆的耳朵，又大声说了句："妈妈，您在大陆的女儿找到了！""你说啥？女儿找到了。"她面无表情地说了句，这时大舅晃了晃头，流下了眼泪，对大舅妈说："你别跟老娘说了，说了她也不明白咋回事儿，可怜啊！我们的父母。"1964 年外公病故，前几年外婆又得了阿尔茨海默症，什么都记不得了，你说什么她也听不明白，外公外婆和舅舅们到达台湾后，就一直想方设法联系在大陆的母亲，今天终于有了结果，大舅高科马上拿起电话，分别告诉高拓和高健："告诉你一个天大的好消息，我们的姐姐找到了！一会儿你们都到我家来吧。"高拓和高健几乎用同样的口吻问高科："大哥你说的是真的吗？"高科把找到姐姐的这个消息也告诉了所有的近亲属，好朋友与大家一起分享这份喜悦！一会儿的工夫，高拓、高健都开着车来到了高科家，高科什么也没说，嘉雯把登载寻人启事的那本杂志拿给他们看了，高拓说："这是姐姐在找我们，太好了。"高健说："这应该感谢嫂子的发现，今晚我们得好好庆祝一下。"

高科去菜市场买了菜，高拓下厨，高健帮厨，很快一桌饭菜做好了，大舅将全家老少 10 多口人都召集了过来，围坐在餐桌前，他举起酒杯："感谢爱妻嘉雯发现了这则重要的寻人启事，在已过去的岁月里，父母和我们都在苦苦地寻找姐姐，现在终于有了结果，在不久的将来，老娘和我们大家就可以见到姐姐了，来吧，我们共同干杯，庆祝今天这个不寻常的日子!"

我马上就回信致台湾的亲人，告诉他们寄来的信已经收到了，我们就是他们要找的亲人，询问外公外婆及每个舅舅家的情况，并把母亲和家里人的情况做了简单的介绍，同时也告诉他们，我们的父亲已于 1980 年因患白血病逝世，两个月后他的问题得到了平反，现在我们全家都回城已经 7 年了。上次二舅来信还提到有一个字"叶"不认识，告诉他们就是繁体字的"葉"。回信的主要内容就是商量外公外婆和舅舅与母亲和我们的见面时间和地点，这种心情真是迫不及待！这个时候虽然两岸关系有了很大的缓和，对来大陆探亲的台胞，台湾当局还是有很多限制，我们去台湾，手续特别繁琐，纵观两岸关系，历史能走到这一步，已经是一个很大的进步！这一点蒋经国先生功不可没。在焦急的等待中，我收到了三舅的来信。

姐姐好：

　　松涛外甥于 12 月 27 日写的信，已由香港转到，请勿挂念，本想立刻回信给您，但因为工作繁忙，所以拖了几天，这些日子来，大家谈的都是尽快回大陆探亲的事，渴望早日骨肉团聚，但是一来台湾办回大陆探亲手续的人太多，时间可能要拖一阵子，二来飞机票不容易买到，还有香港签证需委托旅行社代办，最快可能要等过完农历年了，所以特别写信告知，免得您们心里焦急。

　　姐，您来信要我们立刻办探亲手续，好回家团聚，我们也归心似箭，知道你一直痛苦地思念着父母和我们，有件事本想见面的时候再告诉你，我们哥几个商量还是提前在信中告诉你吧，我们的父亲已于 1964 年患脑瘤病故，母亲患阿尔茨海默症（老年痴呆症）已经几年了，见面也不会知道你就是她苦苦思念的女儿了，好在你还能见到母亲，请姐不要悲伤，保重身体。母亲她老人家身体可能无法忍受东北的寒凉气候，所以可能的话，你能否到香港家人见面，如果你不方便的话，则我们就到广州团聚，你认为可好？如果你还是认为到东北团聚的好，则可能要等到六七月，天气暖和以后，我才敢带娘到那与你们团聚，想讲的话实在太多，等见面后再好好长夜漫谈吧，松军、松涛、松明、松青、晓娟、晓凤、晓红、晓丹，这些外甥外甥女，在此一并问好，下次来信如有全家福照片寄一张来，好让家人共同高兴一番。

三弟高健

1988 年 1 月 26 日于台湾

　　看过三舅的这封信，让母亲和我们悲喜交加，知道外公不幸离世，母亲哭诉着："我的命怎么就这么苦啊！年年想，月月盼，就等着团圆的这一天，爸爸呀，爸爸，你怎么就忍心扔下我们就走了呢！谁也想不到这一等就是 39 年呐！爸爸，我还没尽到一个女儿对您的孝心呢。"四个妹妹坐在火炕上围着母亲，就像几个丫鬟伺候着老佛爷似的，小妹给她擦着眼泪，此时，我觉得母亲又是幸运的，她没去台湾，但在大陆收获了四儿四女，她要是去了台湾，做了别人的母亲，我们这 8 个兄弟姐妹也不会来到这人世间，哪能还有我们的后人……

　　说起母亲这前半生可真不容易，青年丧父，中年丧夫，晚年丧子（我的大弟），母亲能不难过吗？现在终于和台湾的亲人联系上了，可她永远再见不到日夜思念的父亲了，她后悔自己当初不应该考入济南护理专科学校。母亲又对我们大家说："这次见到你们外婆我要好好地伺候她，或许见到我她的病就好了。"我们大家真都希望母亲与外婆的见面能使人间出现奇迹。这天恰逢母亲的生日，到照相馆拍了一张全家福的照片，又

母亲生日全家合影

过了 20 天左右的时间，收到了三舅的第二封来信。

姐姐好：

　　当你们收到这封信时，可能已过年了，所以先向您们拜个年，祝福全家新年快乐！万事如意！

　　您元月 20 日托吴连芳舅舅转寄的信与照片已于 2 月 1 日收到，

请勿念。看到家人照片后，我们每个人都好高兴，骨肉亲情，总算相见面的日子不远了，祝福全家每个人永远健康快乐，母亲与二哥（高拓）还有我，正在赶办探亲手续中，目前最快可能要到 3 月下旬才能办好。大哥（科）因为工作关系目前无法前往大陆探亲，因此心中很急，他叫我问您，假若我们把香港签证手续办好，影印本寄给您，您办出境需要多久时间，假若短时间可办好，则我们就到香港相见，如果时间很长，则我们还是到广州见面好了，目前我们预定搭乘 3 月 26 日中午 12:30 国泰航班到香港，27 日办理大陆签证手续，大约要两天时间，29 日若能办好则可能坐火车到广州，住华侨宾馆大约在 30 日或 31 日了，姐姐收到这封信后希望能早日回函告知。

姐姐，目前我们兄弟生活还过得去，您千万不要带什么礼物来，来回旅费我们也有能力付得起，最重要的是，骨肉同胞能早日团圆才是大家最期盼的。来信还是请香港《新闻天地》代转，上次我已经寄给他们邮费，港币 100 元，所以你们不需要再寄钱给他们。父亲照片随函附上一张，等到大陆探亲时我会另外将一张放大照片带去，要讲的话千言万语，真不知要如何下笔，一切等见了面好好长谈吧。谨此，深深祝福，阖家快乐。

三弟高健敬上

1988 年 2 月 6 日于台湾

第三十五节　圆梦广州，泪洒北江

三月的东北视野所及灰蒙蒙一片，但在我们的心中早已有了春天，一个不同于以往的春天！

1988 年 3 月 27 日中午我在单位，接到二舅从香港打来的长途电话，商量近日在广州我们与外婆他们见面的事宜，准备工作已经就绪，当天傍晚母亲、哥哥和我同乘 272 次列车，匆忙从家出发赴广州，在北京中转。一路上母亲和我们的心情都激动不已，母亲马上

我与外婆交谈

就要见到阔别 39 年，她的母亲和从未谋面的三弟了，我们也要见到从未谋面的外婆和三舅了，此时外婆的状况难以想象，因为在与舅舅的通话中，说外婆已经得了阿尔茨海默症，已经不认人了。

3 月 30 日上午约 10 点列车抵达广州，此时这里已是春意盎然，鸟语花香，空气温和湿润，市区内已经有了高架路，而东北一条都没有，这一南一北两个城市，差异太大了。首先是思想观念上的差异，就城市建设而言，东北要比广州落后 20 年。马路两侧那高大的榕树，在阳光的映照下，叶片闪闪发光，鲜花绿草装点着这座城市。

下午 1 点多，母亲和我们在三元里华侨宾馆 4150 房间见到了朝思暮想的亲人——外婆和三舅。亲人相见心情无比激动！这对外婆和母亲来说，是阔别 39 年的重逢！对外公和母亲来说，39 年前的离别竟然是一次诀别！这 39 年骨肉分离，天各一方，彼此杳无音信；这 39 年的春秋寒暑，在生离死别中度过，这 39 年的夜雪晨霜，将两岸亲人们的青丝染成了白发；这 39 年的斗转星移，彼此思念的泪水，在脸上不停地流淌！这 39 年的光阴呀，记录了多少让人辛酸的过往。无数个日日夜夜，外公外婆和舅舅们思念母亲，母亲和我们想念他们，思念的泪水不知流了多少次，梦里不知见了多少回！

　　见面后的我们真不知道说些什么，此时的母亲已经泣不成声，紧紧地拥抱她的母亲，而我的外婆却是那样的木然和淡定，她不知道和她紧紧相拥的正是她多少年来，朝思暮想的女儿！外婆已经得病了，所以我们对这个结果不感到意外。她已经 75 岁，坐在单人沙发上，身着黑色的上衣和咖啡色的裤子，老人家很慈祥，操着一口浓重的山东口音，有时说话我听不懂，偶尔还吸支烟，母亲讲外婆年轻的时候喜欢打牌，抽烟这个习惯估计是到台湾之后养成的，何以解忧，唯有抽烟吧！

　　我的三舅中等个儿，衣着看上去很洋气，说话细声细语的，对外婆照顾得无微不至，此时的广州已经进入了梅雨季节，为外婆洗过的衣服几天不干，三舅就用自己的体温进行烘干，如此孝顺令我感动，这让我想起晋人王祥《卧冰求鲤》的故事。三舅说以前他做过海员，去过日本，在那里往山东青岛发过寻亲的信，我也向他讲述了往日本那家公司打电话寻找他的过程，母亲和三舅这姐弟俩滔滔不绝地诉说着过往……我又问三舅："您在上次来信中说，正在与二舅一起办理赴大陆的相关手续，可他怎么没来呢？""我们赴大陆探亲的手续审核得特别严格，你二舅提交的手续不够完备，所以相关机构没有批准他赴大陆探亲的请求，他还在努力争取中，你大舅更急，但目前台湾对公职人员赴大陆探亲还有一定的限制，估计会逐步放宽限制的。"其实我们的心情都是一样的，台湾的亲人想早一天见到在大陆的我们，我们又何曾不想早一天见到在台湾的亲人呢。

3月31日同三舅去广州火车站，接三弟松明和四弟松青还有大妹夫高杰。这几天小雨霏霏，母亲在宾馆陪着外婆，我们则打着雨伞陪着三舅在广州的市区逛街，大家都争着买一些水果和好吃的带回来，让外婆、母亲和三舅他们吃，三舅和我们大家都是第一次来广州。

4月4日我们同外婆、母亲、三舅去中国大酒店拍了一些生活照，中国大酒店是五星级宾馆，内外装饰富贵华丽，在大酒店的门口，立着一个牌子，上面写着"衣着不整者禁入"，我们的衣着还算可以，进去的时候没受到保安的阻拦，从酒店出来后，三舅说他在中学的历史课上知道，广州有黄花岗七十二烈士陵园和广州起义烈士陵园，要我们带他前去瞻仰。在路经广东省社会主义学院门前时，他对"社会主义学院"这几个字非常感兴趣，驻足拍照留作纪念。在广州起义烈士陵园附近，看到了叶剑英先生的陵墓，因为是清明，还有其家人刚献上的花圈，三舅问："你们和叶剑英将军是亲属吗？"我说这个还没考证过，一笔写不出两个"叶"，或许是吧。三舅紧接着还要经香港返回台湾，外婆交给了我们，对外婆的生活起居等各方面向母亲和我们做了详细的交代。

我们一行五人（外婆、母亲、大哥、四弟和我）4月5日下午2点在白云机场乘机，于4点抵达北京。母亲带着外婆和弟弟去了原来的老邻居常奶奶家，晚上我与大哥乘列车软卧返回北江。

4 月 25 日外婆和母亲由北京返回家里，母亲家成了大本营，因为外婆的到来热闹非凡，虽然她已经不认人了，每天她脸上都挂着笑容，始终有孩子围在她左右前后，每个走近她的孩子，她都会摸摸

母亲与我带外婆回北京的飞机上

头，还振振有词地说："你这个小拐巴。"我们不知道她说的"小拐巴"是什么意思，我猜测是小青蛙的意思吧。外婆很喜欢这些孩子。母亲每天都沉浸在找到外婆的喜悦中，一日三餐，母亲变着法儿地给外婆做她喜欢吃的东西，有一天外婆突然问母亲："这么多年你跑到哪里去了？找不到你！"这话说得真真切切，明明白白，我们大家都听到了。虽然此时的外婆糊涂的时候多，明白的时候少，但这句话表达得特别清楚。母亲和我们能在有生之年找到外婆和舅舅，也就心满意足了。外婆的 4 个外孙和 4 个外孙女每天都会过来看她，带来一些好吃的，母亲对外婆的照顾无微不至，好像要把一个女儿对母亲的亏欠都补偿回来。家里每天都充满着欢声笑语，这里成了欢笑的海洋！

5 月上旬的一天，二舅把电话打到了我的办公室，告诉我他赴大陆探亲的相关手续已经批准，5 月 29 日到北京的机票已经预订，并告诉了我他乘坐班机的航班号。回到家我把这个消息马上告诉了外婆和母亲，外婆虽然听不太明白，她跟我重复了一句"高拓要来了！"看样子她挺高兴的。母亲马上就要见到二弟了，当然心情也特别激

动，她要亲自去北京接他，大弟弟松明执意要陪母亲一起去接二舅。在首都机场国内到达的大厅里，母亲和松明迎候着二舅，在不断涌出的人流里，母亲和松明认真地观察着哪一位是母亲要接的弟弟，松明要接的二舅。这时一位中等身材，40 岁左右的中年人，拉着一个箱包走了过来，他的目光投向了母亲和松明，走近之后，他用试探的口气问了句："是姐姐和松明吧？""二弟，我是姐姐。""二舅好，我是松明。"阔别 39 年的姐弟俩热烈拥抱，没见面的时候，他们有千言万语要对对方说，可见了面激动的心情就让他们却不知道说什么才好。这时二舅对母亲和松明说："走吧，我们到那边去取两件托运的行李。"

在北京开往北江列车的软卧车厢里，姐弟俩诉说着过往，倾诉着思念之情。5 月 30 日晚上 8：40，他们到了北江，所有的亲属都进入站台去接迎，统战部部长、台办主任也前来迎接，随同人员为二舅献上了鲜花，台胞的到来市委、市政府也高度重视，并派来了 4 辆轿车，面对如此隆重的欢迎人群，也让二舅非常感动，他说："劳驾大家，很抱歉，谢谢，谢谢。"并给每一位司机赠送了一件随手礼——"一次性充气打火机"，大家都非常喜欢，这个时候在大陆很少见到这种打火机。同时二舅还问我用不用给每位司机小费，我告诉他这些司机都是公职人员，不需要给小费。二舅进了家门与分别两个月的母亲拥抱，外婆向他问了句："这几天看不到你，你到哪去了？"话说得也非常清楚明白。紧接着二舅就打开了行李箱，将带来的礼品对号入座，这一大家 20 多口人，每个人都收获了一份礼物。

6 月 1 日，我们陪二舅去鹿场，参观了东北三宝：人参、貂皮、鹿茸角，原来是人参、貂皮、乌拉草，所以我们把参观鹿场作为一个景点。

6 月 2 日，统战部和教育局出车邀请二舅参观区市风光，之后到市国宾馆就餐。当时祖国各地的党政机关和相关部门对回到大陆探亲的台胞都给予热情的接待，亲人般的关怀，让他们都感动不已。

6月3日，全家人陪二舅游湖，我们回来已近午夜，约一小时后外婆发病，我们立刻将外婆送到一墙之隔的军队医院，外婆被送进了重症监护室，这虽是军队医院也向地方开放，条件设备还算不错，医务人员全力以赴抢救外婆，她一直处于昏睡状态，母亲和我们都守护在病房外，希望外婆转危为安。

6月5日，星期天，天气晴，中午12：30，我们无法接受的结果还是出现了！外婆在医院316房间停止了呼吸，享年75周岁！我们觉得空气好像也凝固了，一切都静止了，医生做CT诊断为脑血栓，她的逝世我们大家悲痛非常！外婆和母亲阔别了39年呐，这次的团聚只有短短的66天！为什么呀，为什么？

6月6日，我们护送外婆的遗体到殡仪馆火化，骨灰暂时存放在殡仪馆里，等着从台湾运回外公的骨灰合葬。处理完外婆的后事，大家都平复了一下心情，二舅要回台湾了。

6月9日，母亲、凤玲、晓娟、晓红、叶晗、高思佳和我乘晚上8：22列车送二舅去北京，统战部刘部长、老杨等到车站送行。

6月10日，列车于晚上5：30抵达北京，为了省钱我们乘车去郊外的旅店住宿，条件较差。

6月11日，陪二舅参观大观园。

6月12日，早7点我们大家送二舅到了首都机场，他乘9点飞机经香港返回台湾，母亲特别叮嘱他，到家了马上来封信，免得大家惦记。接着母亲带我们到常奶奶家住宿休息。常奶奶的家境虽然不是很好，但很热情，老式的青砖房，小小的窗户，热得我们喘不过气来，地上一台老式旧风扇，直径足有一米，不停地吹着，我们感觉吹过来的都是热风，就是气温太高了。常奶奶做的鸡蛋柿子打卤面特别好吃，叶晗和高思佳这两个小家伙每人吃了一大碗。

我们都回到了北江，每到星期天大家都要带着孩子回去看望母亲，问询舅舅回去后有没有来信。"我每天都要下楼两次，看看信箱里有没有你们舅舅的来信，回去都一个多月了，应该收到他的来信了。"母亲胡思乱想了很多，我安慰母亲道："妈，你放心，二舅不会有什么事的。"又过了一周的时间，我们去看母亲，她对大家说昨天收到了二舅的来信，大家都要抢着看，我从母亲手里拿过来信，对大家说："我来读大家听。"

姐：

这趟大陆之行，就像一场悲欢离合的梦，回来后，心情始终无法平静下来，上星期收到二外甥松涛的来信，此信延误的原因是松涛将住址中山东路 229 巷误写为 129 巷，结果信又退回，经香港方面查出错误，经更正后再寄来，已至延误多日。弟所带的大陆土产总算勉强过关了，请姐和四位外甥放心，我另外给松明寄到自来水公司的信，不知松明收到没有？今收到晓凤、晓红的来信，得知一些情况，从照片看出姐确实瘦了不少，使我又增加一份牵挂，这都是我此趟去带给姐的烦恼，事情既已过去了，望日后咱们都能好好地生活，请姐要多保重身体，别让您的三个弟弟在此牵挂。关于台湾开放探亲，目前还有很多限制，规定限于一等亲探病或奔丧，相信不久即可放宽限制，到时非常盼望姐姐与家人能早日来台湾团聚。

有一件事要告知姐姐，因娘已不在，三弟觉得自己住一栋三层楼房太大，而且也没时间整理，经商议决定把现住的房子卖掉，另外买了一间四层楼的公寓，内有三房两厅自己住很舒适的，姐姐和家人来时也足够住的，最近可能就要搬家，姐姐下次来信地址暂时寄来我这里，我的地址是台湾高雄市×路×巷×之×号。娘在北京的时候与大姨照的照片，我们并没有，希望姐能寄几张来。

另外北京大姨那，我会去信问候她老人家，请姐放心并请松军代我问候那位李先生，同时也请松涛代我问候统战部与教育局的各位同志均安。

要说的话很多，又不知如何下笔，等日后再慢慢说吧，在此向四位外甥、外甥媳和外甥女等问安，祝你们生活愉快。

弟高拓敬上

1988 年 8 月 5 日

在二舅寄给母亲的信中，还捎带了一封写给我的信。

松涛：

你好，当你们送舅舅至北京那天，咱们真是度过了一个难忘的"北京之夜"，让咱们减少一些睡眠时间，多聚聚，只是太疲劳委屈你们了，舅内心一直过意不去，我到香港正逢星期日，所以邮电局不上班，因此无法拍电报给您们，香港大宗工业公司的尹志中先生也无法联络，特此告知台湾开放的脚步渐近，就盼望这天早日到来，也好让咱们能在台湾团聚，代问凤玲及全家愉快。

二舅笔

1988 年 8 月 6 日

台湾有限的开放大陆探亲以后，三舅带外婆首先来到了广州，据此之后二舅又来到了东北，因为他们的身份不在受限的范围之内。唯有大舅因为公职的原因，他在高雄的一所国立中学担任训导主任，而不能回到大陆看望思念多年的姐姐和亲人，感到懊恼。母亲和我们也在天天地盼望着大舅和舅妈能早日回来探亲。

第三十六节　大舅的家书

1990 年的春节刚过，母亲就收到了大舅的来信，信中说："姐姐：我大概在 7 月下旬，二弟陪着回东北探亲，届时我会往二外甥松涛单位打电话，跟他具体联系，你们就耐心等待吧！"

7 月 25 日至 8 月 7 日大舅、二舅回来探亲，这是大舅第一次回大陆探亲，在三位舅舅中大舅和母亲的感情最深，他常忆起 40 年前在青岛生活的许多片段，那时姐姐背着他去汇泉或者栈桥玩儿，姐姐实在背不动了，就让他下来走一会儿，没走几步，又哭着闹着让姐姐背着，外公外婆要背他，他还不让。

母亲家住的是火炕楼，室内有厕所和上下水，当时北江市大多数人住的都是平房，室内没有上下水，上厕所只能去外面大家共用的旱厕，和他们比起来条件还算好得多。以前舅舅在来信中说，他们都有自己的房子和车子，生活已经步入了小康阶段。和舅舅们的生活相比，母亲家的条件差了很多，家里没有洗浴的条件，我们也听说一些回来探亲的台胞，由于亲属家的环境不好，就在宾馆开了房，我们也想给大舅、二舅在宾馆开房，大舅执意不肯，大舅的性格特别豪爽且随和，他对我们说："我们回来是探亲，看望姐姐和亲人，不是回来摆谱和享受的。"我和大舅也特别谈得来，谈话内容涉及古今中外，天文地理，自然科学和社会科学很多方面的书籍我们都读过。大舅不但书读得多，字写得也好，写给我们的来信基本都是用毛笔书写的，让我们景仰！刚直不阿是他的性格，这个时候我已经从教育局调到物价局工作，我手中确实有一些小权力，求我办事儿的人也不少。一次我安排舅舅和家人到一家酒店用餐，在结账的时候酒店经理执意不收钱，我不认识他，他却认识我，他说："台胞到东北来探亲，不容易啊，我也做点贡献，不算什么。"说得我们好感动，最后我还是将钱一分不少地交到了吧台。这个时候我的月工资大概 100 元人民币，挣得不多，但比照改革开放前我们的生活水准还是提升了很多，工资也涨了很多。到什么时候人穷不能志短！占别人的便宜会让我感到心里不安的。事后大舅赞扬我这事儿做得对，并提醒我一定要操守清廉。改革开放初期国家实行了价格"双轨制"，即同种商品实行国家统一定价和市场调节价并存的价格管理机制，有些人钻起了价格"双轨制"的空子，找关系批条子，将批来的计划内定价的商品，转为市场调节价卖出，大发横财，这种情况愈演愈烈，直接导致了 1989 年学生运动的爆发："反官倒、反腐败"（当时的口号）。

　　大舅首次来大陆探亲旅游，回到台湾后，他写了名为《大陆探亲旅游》日记，包括续集在内上下共两册，大概 16000 字，全部用毛笔书写，这篇日记的写作风格，言简意赅、针砭时弊、语言犀利，真实准确地记录了大陆改革开放初期，他在大陆的所见所闻，以及当时大陆的风土人情。此文展示出他丰厚的文化底蕴和国文修养。在册子的封面还特别注明，送给二外甥松涛存阅，落款大舅高科赠，以下是该日记的全文。

大陆探亲旅游

中华民国七十九年七月十一日（1990 年 7 月 25）怀着一颗复

杂的心境，掩不住几分兴奋与激动的……踏上了梦寐以求的探亲行程，晨间与妻女侄儿在机场挥别下，与二弟出境，搭上华航班机，这亦是平生第一次坐飞机，舱内横排坐八位，粗略算一算，至少也有近三百个座位，9:20飞机在隆隆的巨大声响下，冲向蓝天白云间，空姐做简介，并要求我们系好安全带，一会儿送饮料，一会儿又送餐点，见她们笑容可掬地服务乘客，原先的几分紧张，顿时一扫而空，航行中平稳无震动，鸟瞰机下，只见蔚蓝的瀚海，偶见点点小舟，蠕动其上，颇有海阔天空之舒畅。10:28准时降落香港，随着人潮下了飞机，在接待员办好转机手续后，进了过境处，偌大的休息区，有免税商店（烟酒）琳琅满目，美不胜收，任人参观采购，我们在电信局服务站换购了张电话卡，姓名的代号，急切地拨电话回家，向雯妻报平安；二弟匆匆在免税店买了两瓶洋酒，进了关搭上11:20飞往北京的中国国际民航公司班机，见机梯口一位身着解放军军服的人员，先是一怔，继而看到空姐，心情才稍微缓和一些，进了机舱，亦是乘客排排坐，仔细一看，倒有不少外国观光客。这回不错，坐在机尾靠窗的座位，当飞机翱翔在2万余公尺的高空中，透窗远眺故国的锦绣山河，尽收眼底，一会儿是蜿蜒小河，一会儿是阡陌纵横的原野，朵朵白云像是团团棉絮，浮游于空际间，真奇妙，座位间设有耳机音响，正在假寐间，空姐送来了餐点，质量较华航稍有逊色，听闻他们的对答，口音均是一个味儿——京片子，眉宇间不苟言笑。

在香港至北京间2600公里的长距离飞行，竟然以两小时又50分钟抵达目的地，当飞机倾斜做降落状时，内心又是一阵莫名的激动，阔别了40余年的老姐，就要见面了，怎不……

下了飞机，验了关远远瞥见隔层玻璃门的外头，有人在招手，二弟说那是松青外甥，亟待正式放行，步行到出口，此刻突然冲进来一位阿巴桑？？？啊！是老姐相拥而泣，只见她喃喃语道："这是真的吗？"终于盼到了，泪水汩汩而下，我也禁不住喜极而泣，拥着老姐与外甥女晓丹，登上了松青叫来的车，直奔住宿处，一路上老姐直瞪着我，娓娓述说着往事，言下颇有不堪回首之憾，到了住宿地——天坛体育宾馆，仅接待外宾、侨胞、台胞，类似教师会馆，部分设备显凌乱，空调失调，安顿好，我们与老姐、松青、晓丹、在宾馆餐厅，吃了第一餐，心中的感受自不在话下，完成了这一天。

七月十二日

清晨 6:00 许，朦胧间，老姐已然坐在床边，揭开了第二天的序幕。松青不住这边（为了节省开支），直近九点匆匆到来，原来托付他的事，打探西池子陈宝仁先生有了回音，约定今午四时见面。我们 5 人漫步于北京市街道间，寻找早点店，9:30 所谓早餐已过，中餐未届，只好在小杂货店购食点心充饥，松青给了瓶"酸奶"（当地驰名的），一口下去几乎破口而出，真是难以下咽，老姐接过去，一饮而尽，难以置信。

游天坛，古时天子祭天的所在，圆形构件，木造成屋，竟然不用一钉，完全以木块接砌而成，不可思议，松青、二弟连连摄影，以示留念，回廊下坐满了北京市民，有打牌的、下棋的、聊天的、练身段的、调嗓音清唱京剧的……望着古色古香的遗迹，顿生思古之幽情。下午近四时，正式造访陈宝仁先生，在他的接迎下登上了木板楼，他即与我正式交谈，先拿出我老岳母寄给他的信函并附有 4 张照片，接下去他自我介绍，并佐以生活照，老伴儿随二女儿去美国照顾外孙女，目前二女儿已获得硕士学位，女婿获得博士学士，大女儿在军中制片厂担任化妆师，已婚，大儿子称去比利时留学两年，并返国工作，担任翻译员，他本人仍在职，上午工作，高级工程师，民国二十九年（1940 年）清华大学机械工程毕业，谈话中透露着十分思念表嫂，云：若表嫂来南京，他定要亲往会面，他们属姑表即张昭的父亲是陈宝仁先生母亲的弟弟，并询问了老岳父病故的概况，我即岳母特使的身份奉上戒指 4 枚，台银纪念表一对（男女各一只），巧克力糖一盒，他稍显几分激动，并代为感谢，见他高雅的气质，谈吐的不凡，予我们留下深刻的印象。

在姐认识的大姨妈家将就一顿晚餐，由于顾及卫生，用餐时均小心翼翼，直到夜深才返回。

七月十三日

计划中，今天行程的目标是长城，天公不作美，清晨起即飘起霏霏细雨，直到 9 时许，姐才带着松青、晓丹姗姗而来，无法外出，只好在房间里下棋，聊天也蛮好的，近晌午先用餐，此时雨已停，即步向人民大会堂，买了票依序而进，其建筑庞大，唯一可看的是容纳万人会议厅，因故未开放，仅能看特产店，乏物可买，购买了些为迎接亚运制作的熊猫玩具。还有为各区履行会议的场所，北京厅、上海厅等，一路上松青外甥不断地为我们摄影，接着到了举世闻名的天安门广场，果然十分宽阔，较之我们这边的总统府广场、中正纪念堂宽大。久仰盛名的故宫博物院，气势雄伟的大城墙，在熙来攘往的人群里，这又是另一个截然不同的世界，口渴了喝瓶饮料，好淡，热了吃根冰棍，差强人意，由于时间所限，参观浩大的故宫不及，只好延期，改往附近的中山公园，城内环河，岸侧的垂杨柳矗立两旁，绿草如茵，在河边的椅子上稍作休息，冷眼旁观过往的人，男女老少，衣着神色，内心里触动万千的感慨。如今仍处在海峡两岸对峙的局面，也是两个截然不同的世界。

七月十四日

　　晨起练练吐纳，运运气，在宾馆餐厅吃份早餐，是火腿、蛋、牛奶、吐司面包，还算营养丰盛，直到近 10 点，他们才来，今天包了辆车，打道万里长城，由于车辆简陋，包一天才 120 元人民币，驰骋在宽广的公路上，车辆十分稀少，与台湾简直不能同日而语，一路上与姐并排坐，娓娓述说着往日情怀李书平叔当年临撤退大陆，曾去青岛，却未能将姐带来台湾，姐现在大陆达 40 年，一则显示这人未能忠于所托，另则也算是劫数，此时车已颠簸在群山环抱中，山青翠绿与此地景色相仿，姐又诉说着在大陆如何寻亲的历程，好艰难，好漫长，老三跑商轮，泊日本时，曾去函大陆，当姐复信电时，他已离去，从此音讯全无，这些年来，她用各种办法，登载寻亲，不计其数，却是石沉大海，总算在前年有了回音，她说得感谢大弟妹的大功一件。

　　说也奇妙，在接到我们信的前一夜，竟然梦见爸爸回东北家，后面跟着娘，梦醒了的翌日，我们探寻的信到了，真灵验，还有老娘来大陆的生活状况，以及老爸灵骨运抵。姐说到半夜，像有种重物压在她身上似的，何故？不解？

　　不一会儿车到达长城了，只见远方的高处蜿蜒着似龙盘虎穴的气势，挤在人潮中，正式爬世界古籍的万里长城，内心里真兴奋，挽扶着老姐，拾级而上，顺着长城的内道走向烽火台，远山近郊尽是一片无垠的山峦草原，穿梭在雾蒙蒙的石阶上，越过了两座烽火台，老姐已是气喘不息，放下了她在一边歇息，我们四个人（高拓、松青、晓丹、我）又急冲向第三座烽火台，好高好陡，虽是汗流若雨，但由衷的是自傲，因为能到达这边的人已寥寥无几了，浩大的长城尽收眼底，只见松青拿着相机，不断地取景为我们摄影，二弟更是兴致勃勃，一会儿站在高处，一会儿跳向外边，求取好的背景，靠内侧的关内与靠外侧的关外塞北，城郭迥异，俯瞰一望无际的远山近谷，凭吊古代的攻防历史陈迹，怎不发思古之幽情？独怅然而生感慨万千，中国！中国！你是个古老又充满了辉煌沧桑的人杰！

　　七月十五日

　　今天天色阴晦，偶尔下雨，松青为了订往青岛的车票，直到近午间方回到住处，奇怪的是老姐与晓丹未见踪迹，大家着急干等……从午间直到夜里七时许才来，不一会儿松青为了找娘，也满头大汗地回来了，这一天空等中平白而去了，晚间仅在宾馆附近，与老姐散散步，啃了块西瓜，即告结束了这一天。临时决定搭乘凌晨零时五十八分的夜车，觉得好匆忙，又好遗憾，因为北京还有些地方没玩呢，北京车站，旅客候车，横七竖八的躺在地上，凌乱不雅。

　　七月十六日

　　往青岛车直到凌晨才发，我与老二是软卧，老姐与外甥们分别是硬卧软座的等级明显尽分；同一车厢遇一华裔，相谈甚惬意，重点摘录如下：一、这位先生在台湾完成中学，台大电机工程毕业，然后赴美拿到博士学位，目前在美国 IBM 担任研究员，最近当选美国科学研究院院士。二、此次应大陆清华大学研究所之邀，来此指导研究生。三、对大陆当前贫穷落后景象深为同情，曾与姚依林副总理谈经济改革之道，却未得回声，深感领导阶层的失策。四、台湾几次的政治风暴与暴力阴影，引以为忧，奉劝台胞，珍惜这四十年来经济积累的成果之不易，若毁于一旦，从头再来，悔之晚矣！五、中国（台湾）人在美国的地位逐渐抬头，因为在学术科技方面表现杰出，美国太空总署有一千余位博士，其中中国人占三百位，若退出，则宣布关门，可见中国人，有举足轻重的影响力。六、李政道、杨振宁，当年获得诺贝尔物理奖金奖，是经由吴健雄博士之实验成功的，这位老太太年逾八旬，也是这位先生，博士论文的指导教授，最为他敬仰的几点为：

（1）一个人在遭受挫折失败时，要摒除一切杂念，面对现实。

（2）走学术路线十分艰难，读得越多，思考烦恼也越多。

（3）不学没问题，学达一半，问题最多，到达高层次，豁然开朗，俗云："一瓶不满，半瓶晃荡"。真正到达高境界，已是虚怀若谷了。

（4）大陆学生对前途流于茫茫无望。台湾学生沉溺于急功近利短视。

七、这位先生在美国有三个孩子，均获得博士，妻贤内助在家负起相夫教子之责，尤其是严格要求学习中文，读中国历代历史文化，读书经典，以期能说中国话，知悉中华文化，不忘本，饮水思源的精神，最令我感佩，这也是时下到国外的中国家庭，最忽略的一点。

八、不忘本，民族性强，有一点可得认证，当他知悉获得美国国家科学院院士时，曾痛哭流涕，深感不能为中国贡献而抱憾伤感。"与君一席（夕）谈，胜读十年书。"如今深以为然。车到济南，与这位博士握别而去。此时车已延误了五个多小时，由昨天深夜凌晨，一直到晌午，车仍在行驶中，过了一会儿，对面空出的两位软铺，又来了一男一女，原来是兄妹，主动搭腔，男的是铁路局段长，女的任列车长，算是青年才俊，彼此交谈，他们也探问台湾的近况与富庶的情形。车到青岛夜间近八点，随着姐姐出了站，只见人潮汹涌，品尝到海鲜晚餐，搭车到住宿地，北海宾馆，我与高拓一间房，姐与外甥外甥女一间房，此时华灯初上，结束了既劳累又丰硕的一天。深夜，曾与台湾家妻女电话交谈一会儿，聊（解）思念之情，雯妻说她的失车已找回，所谓失而复得，岂非一喜也。

七月十七日

松青外甥自从我们到达北京，一切里外的琐事全由他代办，人虽长得瘦小，但每件事均能圆满完成。今早外出，张罗回山东老家的交通工具，与北京的交通安排，二弟随行。我们闲来无事，只好与姐姐晓丹逛青岛，由于此时天雨不歇，仅走到栈桥与他们会合。午餐后逛青岛水族馆，海洋博物馆，象海豹馆，以及雪翁的米发上雕刻艺术，颇值一看，接着由姐姐带领我们，辗转迂回的终于寻觅到我们兄弟四十年前诞生地，石村路一座破旧的小阁楼上，江海依旧在，景物已全非，仅还有一位当年的刘大姑见她弯曲的腰身，白发苍苍，风烛残年的晚景老态，不胜唏嘘，仍能追忆着昔日往事，令我们听得感伤黯然，送了点纪念品给她。在楼上楼下，各摄得二张珍贵影像，即告别！一路上，回顾往事，追念爹娘，不由得涌上一股自己也说不上来，若真他们两位老人家尚健在，旧地重游一番，那该多好，只叹，天不假年，如今唯有空留余恨，奈何！

七月十八日

游小鱼山，今晨，老姐与松青先行外出，老二留在宾馆休息，我则与晓丹徒步到汇泉（中山公园）一游，沿途问了这小妮子有关她求学的过程，以及大陆中学的情形，以做一比较。午间在中国民航会合，回北京机票已OK！大伙游小鱼山，登上三成塔顶，俯瞰大地，青岛全貌尽在眼底，屋顶是红色瓦片，远处浅海崖海水浴场，一家人嬉水弄潮……返程竟意外发现青年戊戌政变的康有为故居，里面陈列其晚年闲居的陈迹墨宝，以及一生的简要事略，方谓一得。

晚，山东老家老舅的三儿子，目前住居在青岛来访，相见甚感惊喜，因为当年小时候（童年时），引导我嬉戏的就是他！明天他要带我们回去山东老家寻根。

七月十九日

寻根（回老家），清晨七时许即启程，到青岛站会合，三表哥带队六个人浩浩荡荡，踏上路途，租用的是小面包车，乏空调设备，来回费用 300 元（人民币），预计当天往返，以至车上准备些饮食类，水果等，车行在还算宽敞的公路上，观望着路边穿梭的行人，田野的风光，心里起伏不定，路途中瞥见两处车祸，触目惊心。看看已奔驰了两个多小时，仍是遥不可及，不一会儿转进乡道，狭窄的泥土道上，两侧挤满了摆地摊儿的小贩，推着车子的人群，俨如是赶集的景象，好稀奇，还有看到马驴拉车，我们的车好不容易，钻进去，又钻出来，到了景芝车站，大伙下了车，歇歇脚，车站内好简陋陈旧，捏着鼻子进了车站厕所小解，真不堪入目，在站台前留影，水果摊上买了些水果，尤以小绿苹果鲜脆，禁不住地咬了一口，酸中含甜，真好吃合我胃口，上了车稍会儿即达大河北村，在村头上有一群人在等候，一个人从车窗探进头来问，"你们是不是台湾来的？我是吴效荣，奥，原来是二舅吴运芳的儿子。"他即刻引导我们去寻老舅，车过之处，尽是茅顶黄泥墙，巷道上泥泞，仅能从两侧跳跃而过，迂回弯曲而行，终于到了，在阴暗的宅子里，请出了老舅，身材魁梧，典型的山东大汉，在布满皱纹的脸上挂着两撇白须，穿着一件布扣小褂，觉得好亲切，只可惜他老人家，两耳重听无法交谈，经有人大声传诵，他约略记得我们似的，大表哥纲（乳名）是俺娘的宠侄，也呈现一副老态龙钟的样子，不一会儿，门口聚集了一堆的人，男女老幼，还有光着屁股的小孩童，探头探脑的，我们不喝水，切西瓜解渴，松青忙着摄影，坐了会儿聊了些，赞我家乡口音仍很地道，吴效荣催我们转往其他地方，临行送了点钱给他们，小孩子分点儿糖，顿见，孩童们小脸上展露出喜悦的神色，老舅老泪纵横地送了我们一程，真心酸，到了吴效荣家，一会儿工夫从外送进了一桌菜，六道家乡口味，最奇特的一道是（油烹蝉）吃了一口好咸，不敢多食。搬上了景阳冈的酒，山东名酒，我则喝啤酒，这位表弟去年才结婚，（比我年少一岁）今年既抱了个胖小子，媳妇30多岁，还有二舅的老伴儿，已是白发斑斑的老人了，一会儿进了位老人，啊，原来他是四哥（传芳）的大哥，今年已是66岁，坐定后，不住地探问四哥，在台湾的生活状况，并一再地要我转告云："不要钱，不要东西，只盼望他们能早点回来看看。"家人、亲人，察其言，观其声，真动人。离开吴孝荣家，由其带引下，去看曹表爷，儿子不在家，又转往女儿家，在那低矮的泥墙屋里，由其女儿搀扶出来，他一眼既看出我们，大伙坐在门口，他一句话（对姐）云："你娘常挂记着你。"触动姐低泣不语，我也禁不住地泪水夺眶而出，曹表爷，他也神色黯然地说，他在老家不习惯，要回台湾，语气像似很坚决，云他们只认钱，不认人，没感情，临行塞给他一点零用钱，他老泪纵横地挥别了我们。车到埠口庄泥墙泥地的，一幅落后萧瑟的景象，在池塘侧、草堆前摄影留念，挨到了高家奎家，他刚从田里跑回来，坐了会儿，吃到了刚摘下来的西瓜——真鲜啊！这位，目前是我们高家唯一较近的一位亲属，当然得赠送点纪念品，离别了高家，已是近黄昏时分，当车折回大河北村时一群老人，又是一拥而上，四哥的大哥，还提了四包点心，我们勉为其难拿了一包绿豆糕，看看这些风烛残年，饱经风霜的老人们，禁不住的心头一阵心酸。返回青岛已是深夜，又回到位于青岛车站的地下室餐厅，老板娘酷似密婶，接待亲切，菜肴，色香味儿俱全，价格公正，因此，这些天，大部分均在此用餐，在此地用餐似一大难题也。

七月二十日

青岛与回老家寻根已告圆满完成。虽然在人力、物力上，所费不少，却是值得的。昨日老家寻根之旅，回来路途达七八个小时的颠簸，体力透支大，至今晨，直睡到近八时方醒，老姐直催着吃早点。近晌午，会合青岛餐馆租了辆车，往青岛第一名胜——崂山，车沿山而行，鸟瞰黄海，视野辽阔，气势磅礴，宏伟，唯山岭却是壁岩叶簇，与台湾青翠树野截然有别，往来穿梭的车辆，均是大型公车与小型面包车，做崂山一日游，车抵山底，我们拾阶而上，顺坡而行，两侧山岩壁端，尽是刻鎏勒石，诸如：青岛崂山，海上英雄，始皇于……年曾游于此等……沿途小径上，有摆摊的小贩推销纪念品，这座山的海拔似乎不高，不一会儿已达游区的尽处，俯瞰大海，确是浩瀚，捧起山间的溪水，清澈冰冷，可生饮！后转入瀑布区，两道激流倾泻而下，顺山谷似万马奔腾，雾气弥漫，好生清凉，在漫过水的石桥上，嬉戏，摄影片刻即下山，后在途中停下用餐，直返北海宾馆，虽是半日游，已感心旷神怡。

七月二十一日

昨天登崂山，十分劳累，今天大伙多睡一会儿，直到近 11:00 才退房，离开北海宾馆，提着行李（仅手提箱），大件箱均暂存北京，逛逛海滩，青岛浅海崖，戏水的人潮不少，仅松青一个人下海泡水，不一会儿，天空落水（天下雨）台湾客家语。赶紧赶往市区用餐，此时天降大雨，心里头真是又烦又急。唯恐下午的班机因雨而停飞，青岛、北京搭乘飞机较省时省力。午后近 4:00，去搭车往机场，由于车子避震器故障，致行驶间震耳欲聋，近一小时方抵达机场，6 时许进场，7:15 起飞，坐头等舱，让晓丹与老姐坐近靠窗机位，透窗俯瞰大地，大河成细线，房舍变紫合，远眺白云似拳状的棉球，近处云在机身下浮游而过。抵北京已是深夜时分。

七月二十二日

上午近 11:00 才决定到故宫一游，中国固有的历史文化尽收于此，集中尤以后宫嫔妃住驻地与太和、中和、保和三殿予我印象最深，偌大的古色古香的古式建筑，气魄之雄伟，可谓叹为观止，虽说已不停地走了 3 个多小时，仍似走马观花，真累！5 个人走失了一个人老二，我们伫立在大门口，两小时仍不见其踪影，晚上引得我大发雷霆，他则嚷着要提早回台湾，现静观其变。晚（深夜）心情极度低落，只好拨电话回台湾，聊解思念妻女之情，据雯妻告之：咪咪这次省中联考，被分发到左中，自然不尽理想，并云：大陆北京表叔，已去信台湾，竟然这么快。

七月二十三日

颐和园，昨夜闹得不愉快，以致今上午仅 4 人游玩颐和园，天气闷热，人潮汹涌，欣赏兴致大为减低。一言以蔽之，这位当年呼风唤雨的老佛爷慈禧太后，专横奢华，可谓遗臭千史，颐和园的存在即是铁证。到了亚运村，空有两栋建筑，还不能靠近，就近摄影留念。夜，为妻女特别是大女儿联考未尽理想而伤感，驰函劝慰，各书信一封。并以亚运纪念邮票信封寄出。大伙在室内商议，并整理所携带行李又重又多，真要费番功夫，翌日要托运的，随身携带的分别处理。

七月二十四日

终于熬到了这一天，因为来大陆，主要目的就是到北江探亲，如今已逾 10 余天才成行，此地的各种行程，真是事先无法预料，既不能预订，也无法准时，以致往往延误许多宝贵时光。上午 11:00 退房，找车将大小行囊运到车站，直到 12:00 才达北京车站，这是号称全中国最大的交通枢纽，从此可四通八达，只见站内外，人山人海，吵吵嚷嚷的，枕地就卧，真不文雅。我们坐在为外籍旅客专属的候车室，高拓与松青去办大件托运，结果低效率的办事能力，直到午后2点才办妥，只见他俩累得气急败坏的回来，这等办事效率，与台湾不可同日而语。午夜10时方上了的车，虽是买的上乘软卧，却是连空调都没有的卧铺，所幸5个人聚在一间小卧房内，一路上眼望窗外，这逐渐入眼帘的，东北大平原，与台湾截然有别，高粱、玉米是主要作物，偶尔也见一期稻作。一会儿坐，一会儿躺，卧，忍受了21个小时车程，距北江站前一站，松青的妻儿上车先行见面，近傍晚7时，车进北江站，哇，全家大小全到齐了，呼叫的，挽拉的，帮忙拿行李的一拥而上，充满了热络气息，在前呼后拥下，上了车北江宅地几间小屋，倒也洁净，一时男女老幼，聚集一堂，舅、舅爷之声不绝于耳，感受到亲人久别的那分浓郁情怀。

感言数则

扳指算来，进入大陆，迄今已是十余天，几个定点，北京，青岛与安丘县景芝镇，由接触，细心观察所得，这仍是算贫穷落后所衍生的后果。归纳三特点：一、土、俗、冲。土——仪表，俗——举止，冲——说话。大陆同胞服装仪表打扮十足土气。举止动作，粗俗不文雅，说话时既像吼叫，又充满火药味（随处可见）。二、由于经济落后，普遍待遇偏低，因此在心态上，均急切地去谋取利益，举一实例，颐和园自大门入口，购票起，层层小关卡，还得另购票才得其门而入，计程车拉客，漫天要价，纪念品，特产品，彼此价格悬殊，三、国营（政府经营）个体户（私人经营）名称与台湾有别。国营事业，由于待遇偏低，（月工资大约150元人民币）服务员表情木然，有时更闲得不耐烦，毫无敬业心，反倒是个体户（私营）

较佳，营业时间长，服务态度热络。四、环境差，都市楼房较整洁，低矮的房舍既阴暗又脏乱，尤以乡下住居为最，茅草屋土墙，商店，餐厅，无装潢可言，有时从外观不仔细辨认，真分不清，宅所为何事？五、车辆，路上所见，以自行车（脚踏）为多，其次是公车货车，小面包车，私家轿车为少，至于机踏车，整天难得一见。六、计程车多为国营，载客多寡与司机无关，采报酬统一制，以致伫立路边良久，挥手不住，仍不见有车辆停。七、品质差，住的环境奇差，阴暗污秽大多住户使用公厕，大陆公厕，内无间隔，亦无门，不堪入目。吃：色、香、味均差。饮料不冰，以水盆浸泡，所谓的冰镇，多建于个体户——私营。八、礼节待人接物之道，不讲求，听不见，请，谢谢，对不起等字眼，公共场所均是争先恐后的景象，或互相叫骂，怒吼之声。九、穿着以粗布，白绿色为多，女子较有变化，鞋最具特色，以前后左右透空的凉鞋为大宗（男女老幼）其次是黑布鞋，皮鞋少见，十、普遍的观念差异很大，对台湾印象佳，十分向往移民外国。十一、讲特权，走后门，送红包，送礼者办事较方便。十二、工商企业，以国营为主导，私营为辅。

七月二十六日

在北江姐姐家，约定今天所有家人要齐聚一堂，其中有四个外甥：松军、松涛、松明、松青。四个外甥女：晓娟、晓凤、晓红、晓丹。四个媳妇：继云、凤玲，丽霞、慧珍，小孩童五六个，到进午餐已然到齐，于是开箱松包，将台湾携带来的礼物食品，对号入座送到每人手中，一时有吃的、玩的、穿的、戴得一应俱全，大伙喜形于色，以目前台湾现况以观之，不足为奇，但在生活水准偏低的条件下，不啻十分惊喜！海峡两岸，差别竟然如此悬殊，怎不令人感叹！在家吃饭，桌子小，肴菜多，人也多，一时喧闹不已，饭罢，各路人马，纷纷告别而去，均云：满载而归，称谢而去，与松涛谈及大陆的目前状况时尚，风行诸般。夜访松军新居，格局简陋，电热水器亦因陋就简，勉强洗的澡。入夜与高杰，秉烛夜叙，他讲了些东北的诸况，气候四季分明，冬季的特别景观……

南北韩（台称），他们称南北朝鲜，以朝鲜生活贫苦状与大陆农村相似，冬天的气温冷度曾降到零下43摄氏度，真吓煞人，也有小孩童滑雪橇，打雪仗，令处于亚热带台湾的我们，羡煞！

七月二十七日

在北江姐姐家，今天预定要去爸妈坟前祭扫，然清晨即细雨霏霏，原计划唯有展延。一会儿这位来了，等一会儿那一位来了，整天家里人川流不息，不过仅止于家人而已。于斗室内周旋，家人交替聊天，早餐、中饭、接晚餐，单调地吃饭，谈天，借此充分休息了一天，这些日子，吃遍了各省份的啤酒，从北京、青岛、崂山、北江均有代表性的啤酒类。可谓畅饮也！姐家房间不大，空间有限，卫生设备仅有厕，未具浴，洗浴颇费周章，有时到松军家，偶尔局部清洗作罢。姐的面食有几分得之于老娘之真传，各式面点，一应俱全，又重拾忆起昔日娘精心制作出各式的……好怀念她！

七月二十八日

在姐姐家，清晨天公作美（天未降雨），大家男女老少，近10人去祭爸妈的坟，松军借用一辆中型吉普车，为了能承受颠簸的山路，果然车子渐次进入蹦跳激烈的路上，一会儿又开进泥泞斑斑的路上，驾驶老爷，艰苦地掌控住着方向盘……

在外甥引导下，于丛林杂草间，走了会儿，抵达了坟前，两块醒目的石碑，直矗在眼前，落叶归根，这是她老人家生前的愿望。

将鲜花，大家采集的，水果供上，酒斟上，香烟点燃，大伙跪伏在地，香烟袅袅中，思亲之情涌上心头，不禁悲从中来，泪水泉涌而下，他们忙于焚烧纸，冥纸，嘴里念念有词，告别了墓地，回程在外甥女婿高杰家，自营的小餐馆，家享用了一顿丰盛的午餐。只是他们经营的小本生意，却如此耗费，不忍心。下午临近松花江畔，凝视良久，若有所思，犹记得儿时，老爸常提起的，他怀念的松花江的点点滴滴，如今江山依旧在，人事却已非，而对着松花江的东关宾馆，此时想起一曲，"我的家在东北松花江上"，顿然令我感伤与凄苍，上天不假天年与我父母，若让他二老回到故乡地，岂非人世间一大乐事也！

入夜7时许，好不容易到电信局，拨通了台湾家的电话，却无人接听，深夜十点已逾下班，停止通话，真懊恼！

七月二十九日

不便民，又一章。为了能与台湾通电话，清晨7时许，即由晓凤陪同，去往电信局，从家门口，接连转了三次车，才到达东关宾馆，悠扬的一曲："我的家在东北松花江上"，这是整点对时8时整，进了大楼，空无一人，好不容易找到了一人云8:30上班，只好与晓凤逛到松花江边，买得一块年糕，咬了一口，真难以下咽！近9:00，进了电信大楼，等到办事员，填表付给他百元人民币，对方却云：要外汇券，态度十分傲慢，嚣张，经晓凤一番解释，亦未答允，还遭对方奚落，我们即愤然，拂手而去，这是何等服务态度！因此事，让我了解此地的办事效率层面，借机急索私利，又一章。到了晓凤的中心医院，望见窗口百态，为区区一点角分之误差，争辩得令人惊心动魄，真折煞人也！

辗转到另一电信局，在电信服务员与晓凤熟识下，顺利与爱妻通了话，要点是大女儿咪咪，省联考成绩差强人意，另登记五专，两人达成几点原则。

小恬恬可爱的声音，满足了我几点思念之情，另让晓凤与大舅妈讲了几句话，回到家，已经晌午与家人聚叙结束一天。

七月三十日

拜访亲友，上午陪同姐姐，探访二姨——李婶，满丽妈妈的妹子，等公车，挤公车，又热又塞，一苦也！

到达一栋陈旧的楼房，上至顶楼，由一年轻女孩开门，迎进见到二姨，乡音（山东腔）十足，满布褶皱的脸容，看出是饱经风霜，这位老太太正是泉海的娘，她要我代转告在台湾亲友，回来看看，通通信息，无须携带钱财礼物，在台彼处，泉海的形相貌与种种，可是意气风发，不可一世，如今却显落魄的窘态。那日来访，见其默然不语，欲言又止的举止，即窥知一二。下午造访外甥们的大爷，（姐夫的长兄），给他们家人聚叙一番，这位老人家，目前位居高级工程师职位，家庭环境格局典雅不俗。

入夜，在其长子的饭馆用餐，菜有十分丰盛，这位老板级人物述说当年，他婶（我姐姐），若何用心照顾他的恩情，事后，自姐口中得知，这人当年是位不学无术的浪荡子，如今已改过迁善，安分守己，专事盈利，蔚然有成，所谓，"浪子回头金不换"，家里的外甥们不愿与其为伍，因为当年家处困厄时，互不来往！奢谈伸出援手济助，如今亦复何言！！

七月三十一日

游松花湖，松军（大外甥），原来预定的大型车，因故改为6人坐车，临时权宜之计，兵分两路，一路去松花湖，松军、松涛、姐姐、晓凤、我，另一路去北山公园，车子属爬山型，6人座外带一货箱，驰骋在路上十分颠簸，经过个把小时，见到水坝，到了江边，渡轮数艘，由于事先联系到松花湖观光局长坐镇，得以登上专用游艇，10 时许开航，坐在艇前，航行于湖中两岸青松翠柏，山峦叠嶂，微风迎面拂来，人置画中，饱尝遨游四海之乐，偶尔与这位局长聊聊，松青忙于摄影，船泊岸边一小岛浏览，松花湖另一小天地，美哉！午间在岛上一餐厅用餐，取用湖中鱼达 7 种之多，各类型鱼，岂止形状有别，且味道迥异，大伙聚在一桌吃得不亦乐乎，真是大快朵颐，之后漫步岛上，随处溜达，外甥、外甥女随侍左右，尽浸于亲情之滋润，于下午 3:00 许回到岸边，松花湖乃松花江之上游，因一水坝相拦而成一湖，全长 200 余千米，上游发源地——长白山天池，冬季湖面结冰，可行车，盛产淡水鱼，囿于生态保护政策，近年来禁止捕鱼。

八月初一

上午松涛引导下到一家推销生发水店，经其检视，赠送我 4 瓶 101A，是否见效，则看造化，在北江市街上，随处逛逛，到达博物馆，参观时间已逾时，绕到附近公园，自然的花木很美，人为的设备较简陋脏乱，寥数几双动物显得意兴阑珊，生长在污秽的环境里，遭受到游客的戏弄（虐）竟见有人撕下纸片来喂食鹿儿，这只呆鹿却一口口地吞咽下去，可欢亦复可愚。步到一处老虎柙，两只小虎发出哇哇叫声，不耐天气的闷热，大虎蜷伏卧地，懒得动弹……下午 3:00 许，到了松涛家，媳妇见了我们，即外出采购，准备烹饪，5:00 时许，齐聚用餐，十分热闹，晚至松军家洗浴，这次来此地，最费周章的事，此处洗浴奇缺，形成生活上的不便。松青拍电报至香港，联系确认机位，下午收到退电，明晨再试！

八月初二

闲逛，上午他们全部外出了，屋里空荡荡的，我则闲来无事，拿出这回大陆行，所冲洗出来的照片，厚厚一大沓，可堪藉此回味，此次大陆探亲之旅摄影师是松青，不停地拍摄，不停地冲洗，真有目不暇接之多，集中以北京镜头为多，其次是青岛与安丘县景芝老家，下午松青借来一头小毛驴，大伙上炮台山（土岭），赶着小毛驴，后边跟着一大群人，置身在土山上，可鸟瞰北江市全景，有电视转播台，看守所，将犯人监禁在铁栏杆中，一露天式的柙笼，人在其内，像是动物园，个个赤裸上身，在内走来走去……在土岭上，大伙分别骑上驴背拍照，这座小山是日据时代，日本人以土山为炮台，如今炮台没了，土堆架构痕仍历历在目，在回家途中，见一妇人，追打一位手牵着小女孩的男人，松青急忙上前劝架，据邻居告云，该妇人患有精神病症，每当发作时即会胡闹，男人委曲求全，犹不可得，又目睹这位妇人追逐小女孩一景，吓得小女孩亡命奔逃，真是可怜，很凄惨！游松花湖的照片已冲洗出，大伙传阅欣赏，好美的景致，晚间与松涛饮冰啤酒畅快也。

八月初三

逛街，上午正预备外出，突接获台湾来的电报，大家一惊，以为啥事儿，结果是雯妻来电，文琴托带几样中药，松涛看过单子，即刻出发，松涛晓凤与我逛遍北江商业区，药材只有清音丸，一口气买下10罐，余者，只好再思他途。午间，雷雨一阵，而后随意用了顿餐点，大陆消费水平不高，尤以吃的较廉价，只是门面内部陈设阴暗狭窄，卫生状况欠佳，因之每顿饭均佐以大蒜，其目的在杀菌解毒事也。只回姐姐家探亲，十分要求菜肴类，力求清淡且以杂粮为主，连日来早餐全是清一色，小米、红豆、豌豆稀粥，佐以咸菜，包子花卷，难得见到的，窝窝头，新鲜好吃，他们闻之作呕。我们却视之为珍品，此乃此一时也彼一时，前天还在松涛处，吃到煎饼卷大葱，真家乡味儿，太过瘾了。

八月初四

逛鹿苑，今天中午，在松明家做客，自然是菜肴一大桌，其中最令我感兴趣的是单饼卷葱，牛肝盘蛮好吃的，下午坐车到龙潭山鹿场，车是公务车，由自来水厂厂长负责驾驶，一路上他好奇的口吻询问台湾的现状，确实他们知道的有限，到达鹿场，一听是台湾来的，爽快地答允，可入内参观，鹿场范围不大，而每一圈栏内畜养的鹿为数颇多，初估统有二三十只，计有十多栅栏，总数约有数百只之多，有梅花鹿，有身躯高大的马鹿，最奇特的有一种栅栏，数十只的鹿，只只头顶着有 6 根似粗树枝干的鹿茸，既长又粗，顶戴在头顶上，好沉重似的，有的鹿鹿茸被截断，有一栏尽是幼鹿，好乖巧可爱，唤叫它就过来了，抚摸好驯服，回到场内门市部，购买了些动物型的钥匙环，真轻巧，尤以兽毛部分是真品，忍不住的，多买了一些，返台后赠送亲友相信是会受欢迎的。回到松明家，稍作休息，又赶晚餐宴，是外甥大爷长子的饭馆，早已备妥，打车到达饭店，菜肴已上桌，全属名菜，其中以甲鱼炖鸡翅，最昂贵，这道菜的价格是一个工人一个月的工资，在当地是属奢侈的菜肴。

窝窝头有两式的：一是发酵的玉米面的，另一类是以玉米混合豆面十分香甜，仿佛又回到了农业社会的杂粮期，当地人望之生畏，因为当年贫困时，几近日日嚼食，此类食物，以致见而生厌，与我们在台的生活不可同日而语，人总喜欢变花样新鲜，如今两岸相隔，对彼此生活顿生好奇，一顿饭吃下来，已是子夜时分，好像这一天在赶吃饭似的，在这边洗浴十分不便，现下以简化为两天一次，无奈。晚间整理大皮箱，大伙拿来的各类土产纪念品，塞满一大箱子，但愿带回去的获得他们的喜爱，外甥们绞尽脑汁，想买礼物送我们，由于收入有限，我均一一阻拦，还是执拗不过他们的心意，纷纷大包小包地往回带，礼虽价格不高，却也充分表露了浓郁的情谊，只得接受。

八月初五

闲居，屈指算来迄今在北江姐姐家，已逾10天，这段日子里，与外甥们相聚甚欢，他们像似轮番上阵似的，4个外甥，天天有人来与我们聚叙，陪我们吃饭，外甥女歇业，在家陪伴，一会儿逛街，一会儿购物，不然即在家聊天像是过年似的，外甥中，以松涛教育水准高，言谈间，颇能切中当前现况时弊，文学素养亦够，涉猎广，以致谈论间十分投机。这阵子几乎日日皆有啤酒可喝，从北京，青岛崂山，来到北江，具有各式不同风味的品牌，担心返台后，肚皮大了一圈。为了姨妹，文琴托带的中药，另两种尚未购妥，要松青电告北京朋友代购情况如何。今天大伙未外出，均在家聊天，打牌（扑克），装箱整理，由松涛代为一一清理，井然有序，托松明代购麝香，贴膏专治风湿关节炎，这是给岳母大人准备的。高杰（大外甥女婿），自营小饭馆，已品味过，营业状况尚称良好，此地唯一能赚取高利，即是所谓个体户。上下班的薪资工资偏低，他今天来了又上灶做了几道可口的拿手菜，自然好吃，嘻嘻哈哈又过了一天。

下午逛小地摊市场，价格均在，几分、几角、几元间，3个人提了3大袋，仅10余元而已，这也是他们待遇偏低的主因吧。

《大陆探亲旅游日记》，这是一位阔别祖国大陆40年的台胞，在近半个月行程里，用笔真实记录了探亲到过的地方，亲人相见的实况。同时他又像一位画家，用笔清晰地勾勒出，改革开放初期祖国大陆的风土人情。儿不嫌母丑，狗不嫌家贫，作为一个身在海外的游子，他衷心希望祖国大陆能够尽早地富强起来。

第三十七节　为"教师团"当导游

1997 年 6 月 24 日夜 11 点，大舅打来电话说三件事：第一，他定于 1998 年 7 月带同校的 15 名教师来大陆，要在东北三省游玩 7 天。第二，大舅妈的弟弟准备移民新西兰，前几天去奥克兰看了松青。第三，他于本月底带 20 名学生去希腊参加足球比赛。

几年前我从工商局又调转到台办工作，明年要接待舅舅带来的台湾高雄教师旅游团，算是我的分内工作了，更应该尽心竭力做好。电话里我回复大舅"你们有什么要求只管提，一定要让大家在东北玩得开心，生活的愉快，您就放心吧。"第 2 天早晨起来的第一件事，把舅舅要带教师团来东北旅游的事，电话里告诉了母亲，听说弟弟又要来，母亲当然高兴，她希望天天和舅舅们及家人生活在一起才好呢。

1998 年 7 月 7 日，上午我去长春华侨饭店订了 10 个房间，接近午夜 11 点，大舅一行 15 人抵达长春机场，乘中客到华侨饭店住宿，母亲、松明、晓丹也到长春迎接。

7 月 8 日，早餐后，带他们参观了"长春电影制片厂"和"伪皇宫"民革省委的领导陪同参观，午餐后经高速前往吉林市西关宾馆，途中我接到宾馆经理打来的电话，因全国人大常委会原委员长李鹏入住西关宾馆，原订计划全部取消，表示歉意！他是国家领导人呢，我们表示理解。我马上又联系了另一家宾馆——吉林市银河大厦。

7 月 9 日，早餐后，乘车前往松花湖，这个旅游团的老师们，他们见多识广，每年的寒暑假期，都要结伴到地球上知名的景点去探访游玩。在松花湖上乘游艇去五虎岛观光，观其清澈的湖水和沿途的秀丽风光，老师们大加赞赏这里的山清水秀，我即兴为他们朗诵了一首贺敬之的诗："水明三峡少，林秀西子无，此行傲范蠡，输我松花湖。"中午到国家安全局招待所吃鱼餐，其中有松花湖著名的"三花一岛"（鳌花、鳊花、季花和岛子），这四种鱼的肉质特别鲜美，这些老师们连连称道："好吃！好吃！"这一天他们可谓收获颇丰，一饱眼福又一饱口福。在乘车返回宾馆的途中，我问各位老师，冬季有到过东北吉林市的吗？他们都说没有，"冬天这里太冷了，我们吃不消！"我对他们讲："东北的冬季室内都有暖气，比起南方那些没有暖气的城市，室内还要暖和。"冬季到这里来看雾凇滑冰滑雪，很好玩的，还特别向他们推介了一下吉林市的雾凇美景，它属于中国的四大自然奇观之一。接着又朗诵了江泽民担任总书记期间到访吉林市作的一首诗："寒江雪柳，玉树琼花，吉林树挂，名不虚传。"有的老师马上就表示那有机会我们一定得来欣赏一下雾凇，再玩一玩冰雪，我告诉他们穿好羽绒服，在外面玩一点也不感觉冷。

7月10日，早餐后，依次赴江南公园、博物馆（主要参观陨石雨）龙潭山鹿场、东北三宝园参观，午餐到临江门一餐馆，品尝了东北吉林市的特色小吃"饸饹条"（用高粱米做成的面条）。

7月11日，早7:30从银河大厦出发赴延边州和龙市，我们乘坐的这辆中巴就是全国人大常委会原委员长李鹏来吉林时乘坐的，车的前面还临时安置了一个桌子，司机说是给委员长放水杯用的，司机问我需要不，需要就留下，不需要就拆掉，我说拆掉吧，放着不知给谁用好。于下午5:00抵达和龙市，市委书记、政协主席、统战部部长、台办主任等党政领导在和龙宾馆热情接待了我们，一些身着民族服装的朝鲜族妇女，还给我们表演了歌舞，朝鲜族是一个能歌善舞的民族。

7月12日，在孙部长李主任的陪同下赴长白山天池，母亲也参加了全过程，到敦化住宿。

7月13日，早餐后赴黑龙江镜泊湖，午餐后路过牡丹江，到哈尔滨已近午夜。

7月14日，早餐后逛了哈尔滨中央大街及抗洪纪念碑，然后乘游艇到太阳岛，晚上住宿龙门大厦。

7月15日，早乘车经长春到吉林市，晚上7:22乘火车赴沈阳。

7月16日，早上4:00到沈阳，接着换车赴丹东，中午12点抵达，表哥家出动了4辆车迎接我们，住丹东宾馆，下午我们参观了鸭绿江，远眺了对面朝鲜的自然风光，山上什么都没有，好像人剃了光头一样，不知道他们基于什么样的考量，把山弄成这样！

7月17日，晨访锦江山公园，景色秀丽，空气清新，丹东这个辽宁省的沿海城市虽然不大，但留给台湾客人的印象十分良好。我们乘中午11:45列车返回沈阳住宿金辉宾馆。

7月18日，上午带他们游览了沈阳的故宫，然后送这个"教师团"到桃仙机场。

在为期10余天旅游过程中，他们目睹了东北大平原的壮美，领略了长白山的巍峨，品尝了松花湖"三花一岛"的鲜美，远眺了鸭绿江畔的朝鲜、观赏了镜泊湖的妖娆，走进了传说中的太阳岛，又参观了沈阳的故宫博物院。这些老师们纷纷对我们讲"这次东北旅行让他们一饱眼福，收获满满，也非常感谢母亲和我们的一路陪伴"。在10几天的接触过程中，我的确感受到了这个教师团中每位老师的良好素质，言行举止都特别得体。

第三十八节　递交陈情书，实现50年夙愿

1998年年底,高科向台湾当局递交的姐姐赴台探亲申请被拒后,让他十分懊恼,盼望姐姐早日赴台探亲,是在台所有亲属的共同心愿,他不甘心就这样被拒绝,绞尽脑汁,又给台湾地区内政部警政署出入境管理局写了一封"陈情书",其内容言简意赅,让人动容,全文如下:

查贵局复函赐告（发文日期：民国87年12月15日,发文字号（八七）境平绘字第84156号）……所请不予许可,顿时吾家兄弟及晚辈们心生失望,沮丧不能自已!

今特冒犯长官,提出陈情以表衷心悲情：民国三十八年,兄弟二人跟父母随国军来台,匆促间将唯一的胞姐高丽华留置大陆,其时年仅十六岁,如今岁月匆匆五十载,胞姐已六十六岁,年近老迈,经历岁月摧残,已身患心脏等数症于一身,先父已于民国五十四年病逝军中,先母已于民国七十九年病故,父母双亡,仅余孤苦姐弟至亲,相依为命。

不幸胞弟高拓,近年来缘由：工作失落（核三厂资遣）,家庭破碎（夫妻离婚,儿女分养）,双重打击下罹患忧郁重症,常年为此病症所苦,几近夜夜失眠到天明,黑夜里常思发跳楼寻短念头,曾于高雄长庚医院精神科主任看诊,判定为忧郁重症,有自杀倾向,急需长期妥善治疗与看顾,多年来,每当病情加剧,均亟思念身在大陆之胞姐高丽华（如今父母双亡,胞姐乃高家唯一之精神支柱）,为

兄长者目睹此情斯景，不禁悲从中来，大陆之胞姐闻之为之焦虑不堪，日夜思念，亟望在其有生之年，能尽快来台探视病中之胞弟——高拓，寄望藉亲情疏缓（解）弟之病情，且求有所助益，此时在台之胞弟日夜思念大陆之胞姐，几至歇斯底里之境……唉！行笔至此情绪澎湃……不知所以，又悲涌上心头……诸如上情，实乃肺腑真情，今谨此代表高家在台兄弟及诸晚辈祈请贵局钧长、承办人能明鉴下情，堪怜高家、悲悯姊弟情，赐予法外恩准，以使胞姐早日来台探视胞弟病况，以利德便则吾姐兄弟，铭感钧座、贵局恩同再造，没齿难忘！敬祝，随函附上有关证件，查收（医院正本与胞姐照片两张已存贵局）并期盼早日好讯息到来。

　　陈情人：高科　　申请人：高拓

　　　　　　　　　　　　　　　　　　　　　　　　敬叩

　　12月21日晚上9点大舅打来电话，告诉我们台湾地区出入境管理局没有批准母亲赴台探亲的申请，"台方得在他60周岁之后，方可批准母亲入台"。

　　1999年3月12日，上午我去市公安局，在韩局长和外事处关处长的帮助下，下午去省公安厅直接取回了母亲赴台手续，事情办得很顺利。雪下得很大，心情特畅快。

　　3月13日，经过大舅的不懈努力，《陈情书》发挥了功力！台湾当局终于批准了母亲赴台的请求，下午我送母亲坐火车去北京，然后送母亲到赴香港九龙的列车上，在香港又换乘飞机顺利抵达台湾，所有亲属到机场欢迎她的到来。这是盼望半个世纪的亲情团聚！自1949年母亲与外公外婆舅舅分离后，迄今已历50载，挚爱双亲早已不在，踏上了这块隔海相望的土地，看到了父母和弟弟及家人们生活的地方，悲喜中带着遗憾，"子欲养而亲不待！"母亲在台湾生活了两个月，舅舅和舅妈，还有母亲的侄子侄女们的陪伴下，游览了宝岛的秀美风光，更体会了亲情的温暖。

5月15日6:30，母亲从北京乘火车回到北江，结束了近两个月的赴台探亲，全家人到车站迎接，回到家里母亲急着打开了箱包，将台湾亲人带给我们每个人的礼物，分发到手里，大家都迫不及待问询着台湾亲人们的情况，她告诉我们几位舅舅家都有房有车，生活小康，真让我们好羡慕，母亲还向我们讲述着那里的风土人情，台湾社会的方方面面……去台湾，母亲盼望了50年！"去趟台湾咋就这么难？"这是去台湾之前她说过的一句话！

6月30日，二舅、二舅妈、咪咪（大舅的大女儿）、娃娃（二舅的女儿）四人，从台湾乘机抵达北京，除二舅她们都是第一次来大陆，以前她们对大陆的印象，是只言片语，这次是亲身实践，感觉很新鲜。母亲、松明赴京迎接，在以后的几天里，母亲和松明带着她们，参观了北京的故宫、颐和园、北海公园等主要景点，一路上松明作为摄影师，为她们拍了很多照片，记录下在大陆这值得回味的美好瞬间。

7月7日早6:30，二舅、二舅妈、咪咪、娃娃随母亲和松明来到北江，大家都团聚在母亲家中，相互间诉说着亲情，询问着各自的情况。到7月17日，台湾亲人在家人们的陪伴下游览了北江市的主要景点，7月18日，到机场送别他们返回台湾，彼此都有一种"相见时难别亦难"的感觉！

台湾海峡把大陆和台湾分割成两岸，但它分割不了炎黄子孙的心！母亲去了台湾，台湾的亲属也来了大陆，海峡两岸的亲人终于实现了往来，为了相见这一天，我们不知盼了多少年，等了多少天！

第三十九节　缘去缘来

　　我个人的问题一直是母亲非常关心的，每逢休息日，母亲都要让我回到家里，给我洗衣服，我要自己洗她不让，说我洗不干净。或者做些好吃的让我带儿子一起回去，每次都告诫我赶快把烟戒掉。人活到多大岁数，还得有个妈！

　　2000 年 12 月 1 日，市就业局在东煤宾馆举行的"劳动力散工市场管理"座谈会，邀请部分市政协委员参加座谈。会前我把文件袋放到座位前的桌子上，我出去一会儿，回来时有位身着貂皮的贵妇人坐到了我的座位上，当我要取走文件袋的时候，"不好意思，这是你的座位。"她说，我跟她客气了一下："你坐吧"。她起身将座位让给我，到另一处坐下。会议结束后，午餐的时候我们又都在一桌，缘分吧，互相交换了名片，在以后的一段时间里，彼此间并没有联系，在政协活动的日子里，我们见面没有了陌生感，算是熟人了。

一起看我著的《松涛文集》

　　转眼就到了 2001 年 3 月 16 日，政协一位老委员，带着她来到我的办公室，他刚要给我们相互介绍，我俩都会意地笑了，他马上意识到"原来你们认识"，老委员是一位军转干部，原在前进歌舞团工作，是一位有名的笙演奏家，60年代曾参加过大型音乐舞蹈史诗《东方红》的演出，曾与国家领导人毛泽东、刘少奇、周恩来、邓小平等合过影，这也成了他炫耀的资本，经常拿给别人看。他为人热情，在委员活动的时候，他听说这位委员要写一份企业维权诉状，主动向她力荐我，对她说："我给你找一位大手笔，他写过书，在国家级的很多刊物上都发表过文章。"这也许就是我们的缘分吧！为了让这位大哥有面子，我表个态，"大哥交办的事，我一定认真对待，尽我所能。"她是市里第一家中日合资企业的董事长，就女同志平均身高来说，算中等个儿，短发（当时都管这种发型叫奔式），眼睛不大不小，很干练，性格很直爽，穿着一直很讲究，别人的评价都说她有风度、有气质，央视国际频道还专题报道过她，带领职工创业，为国家创汇的事迹。

　　3月19日，下班前我给她写的材料如期完成，在我的办公室她又看了一遍这个材料，很满意。她说："写材料是件苦差事，得犒劳一下你。"我说："你随便安排吃啥都行，我不挑食，什么都吃。"我的话中略带几分调侃："那我们就去吃海鲜，你是青岛人，肯定爱吃海鲜吧。"她说，我说："那是我的最爱，让你破费了。"在一家名为东港海鲜酒楼，我们共进晚餐，谈论了一些与材料无关的事情，这个时候她肯定知道我是一位单身男，她的家庭婚姻情况我不了解，也没有问及这方面的事情，她也丝毫没有透露这方面的信息，但直觉告诉我，她也是一位单身女。社会上有很多女强人，她们往往会有一个共性特点——那就是顾此失彼，注重了事业，忽视了家庭，事业家庭就像个跷跷板。贤妻良母型的女人，事业很难成功，正是"鱼和熊掌不可兼得"，因为你重视了家庭，肯定忽视事业，很难做到两全其美。女人做事多不容易呀，若遇一位好丈夫通情达理，全力支持，我想那也是她们所期盼的。反之男人也一样，都说成功男人的背后有一个默默无闻的女人。

一天下班后，在小北国酒店卡包里，第一次为她庆祝生日！我没有为她献上一束玫瑰花，没有为她点燃生日蜡烛，没有为她唱"祝你生日快乐"，但这里的气氛很温馨，她没想到我会记住她的生日。这次话题谈到了彼此的家庭，我们父母的经历有很多相似的地方，在那个极"左"的年代，都是受迫害的对象。在对历史人物和事件的评价上，我们能产生共识，互相都感觉到对方，就是要找的另一半。在以后相处的日子里，她遇到的困难我帮，我遇到的困难她助。听到她讲述带领职工创业的艰难历程，从选地号、批地号、绘图纸、买材料、建厂房，到找市场……太不容易了，吃了千辛万苦！

她说儿子几岁的时候，丈夫对她和孩子不管不顾，离婚是无奈的选择，后来孩子初中毕业，就送他去日本留学了，个人的问题也无暇顾及。唉，人的一生真是不容易，每天都要遇见不同的人，遇到不同的事。遇见的人，有的擦肩而过，成为路客，永不相逢。遇见的人，有缘相聚，走了一程，便分道扬镳，各奔东西；遇见的人，有的成为夫妻，相濡以沫，终身伴侣……人生遇到的人和事，林林总总。谁没有伴侣如意、家庭和睦、事业成功的渴望啊？！

作者与妻子在广州白云山公园

在以后的频繁接触中，我知道现在她的压力

很大，那家合作的日本企业不履约，原定"来料加工，产品全部返销日本"的路没了，企业濒临倒闭的危险，几百名职工的生存怎么办？另辟蹊径，找出路，希望寄托于广交会。

她每年都要参加春秋两季广交会，2003年我利用休工龄假的机会，跟着她去参加了秋季广交会，抵达的当晚，广交会会址附近的宾馆旅店家家客满，我们打车走了三四公里，她选择了一家酒店，每天住宿费要800多元，这家酒店也就是三星级的水准，广交会期间价格临时上浮，我不同意住宿这家酒店，在附近找了一家名曰"桂花旅馆"住了下来，安顿后让她在这里休息，我来到了广交会展区的附近，在这里熟悉一下地形，看到一个广州军区干休所的牌子，怀着侥幸的心理进去试一试，进了院儿，收发室里一位中年男子问我："老板，你有事吗？""招待所房间对外吗？"我问他："可以。"他用手指着院里面的一个房间，让我去找一位女管理员，走到这里还没等我开口，这位女管理员问道："老板住宿吗？"我说先看看房间，她拿起桌上的钥匙，"走，我领你去看看，价格有60的、80的、120的、还有150的，你看哪一种？"我回答："都看看。"看完之后，我决定住一天80元的房间，20多平方米，设有一张双人床，一个长条桌子和两把椅子，一个卫生间，一个两平方米的小厨房，房间明亮整洁，这80元还包括一日三餐，距离我们的参展床位只有300米左右，回来吃饭休息都非常方便，一日三餐饭菜做得都很干净可口，饭菜就是太素了，这太划算了，这是原来看的那家宾馆价格的十分之一！我之所以做这个选择，是因为看到她挣钱的不容易。后来参加广交会，我们都住在这里，住宿这么便宜的地方，我估计参加广交会的人，绝大多数是不知道的，一些国企或央企参加广交会的，凡是公款消费的人，即使知道他们也都不愿意住这样的地方。广交会的规模宏大，这里云集了祖国各地的名优产品，展厅分好多个，每个展厅又有好多个床位，参加展会的企业成千上万，各地政府的商务部门，把控着企业参展的资格，不是随便就可以参加的，有着严格的准入条件。参展的中外客商，接踵而至，我们还有周边的几个展位的商品，都是来看的多，实际订的少。我们展位对过，是一个玻璃工艺制品"风铃"展位，各式风铃，玲珑剔透，声音悦耳，老板是一位中等身材的中年男子，跟随他的还有一位，戴着眼镜大学生模样的女孩儿做翻译，几天的时间，没看到他吃午餐，每天眉头紧锁，我们看着也跟着着急，午餐的时间到了，只见他每天都给女孩买一个 28 元的盒饭，这盒饭看上去挺好吃，里面还有一个鸡腿，而自己出去吃一个面包，有时嗑点瓜子，让我俩看着都有些心酸。一天他们的摊位终于来了几个外国人，逐个产品看，然后拍照，接着就是砍价，最后签单。我俩判断，这个老板中午一定会犒劳一下自己，果然他给自己也买了盒饭。我们的订单还可以，我第一次感觉到做生意的艰难和不易，也感觉到爱人肩上的担子沉甸甸的，她这么拼搏不光是为了自己，是一种责任感的驱动，也是为了企业和那么多职工，说到底是为了更好解决这一些人的吃饭问题！

绿野琴声

我是一个不善于用语言来表达感情的人，特别是亲人之间，不愿去说，只愿去做。我暗自下决心，用我不算太宽的肩膀，作为她坚强的依靠，要为她遮风挡雨，哪怕是枪林弹雨，我也在所不辞；用我不算太粗的胳膊，要为她撑起生命的保护伞，让她不再受伤害，为她创建一个温馨的港湾。从这个时候开始，我们彼此有了更深入的了解。5月的一天清晨，我俩漫步在江畔，垂柳依依，青草的芳香使空气变得十分清新，望着那一泓东流的江水，我们的心情十分畅快。这时有两只喜鹊从我们头上飞过，落进了不远处的一棵白杨树上鸟巢，"这是什么鸟？"她问我，我对她说："这是喜鹊，喜鹊是一种吉祥鸟，人们常说喜上眉梢。"她说："我们在一起就应该是件喜事和好事。"后来在这里看到了两只大喜鹊带着几只小喜鹊在飞，大喜鹊叫着，不知道它们对孩子说些什么，动物也有情感，它们不就是幸福的一家吗？

对我们彼此而言，都确信对方就是我们选对的那个人。各种说不清的因素使我们走到了一起，这也许就是人们常说的缘分吧。她为人坦诚直率，甘于奉献，不求回报，我们彼此的性格有很多相似的地方。我的亲朋好友对她都给予很高的评价，在结束第一段长达17年的婚姻后，我俩开始了新的生活，最高兴的就是双方的老母亲，台湾的舅舅和舅妈们也一直关注着我的生活，我成了家，亲人们也就放心了。她与妯娌和妹妹们相处得似一奶同胞的姐妹。她的姐妹和朋友，对我也都给予非常高的评价，说我是她们老公学习的榜样，说我俩是郎才女貌，从外在形象到内在素质非常搭配。大家都催促着要吃我们的喜糖，一催再催，我俩真是不想办婚宴，怕大家破费。如果不办，真辜负了这些亲朋好友的一片爱心，一个惠风和畅的中午，我俩在宾馆设下几桌酒席，在大家的祝福声中，组成了一个新的家庭，我们的生活得到了亲朋好友的点赞，大家也都非常羡慕我们的生活质量，都说这是我俩共同奋斗的结果！

第四十节　花的精神

　　早春时节，妻去参加广交会了，由于工作的原因，我没有陪同前往，妻妹陪她，但心中很是牵挂，我俩只能是晚上闲暇下来通个电话，了解一下彼此和家里的情况，她告诉我一切都好，不要惦记她们。广交会展出的商品质量都很好，问我和家人都需要什么告诉她，我说就需要你们平安回来就行了，这个期间广州的人多，什么人都有，要注意安全。接着我的话题，她跟我说刚到广州的当天发生了一件事儿，她们刚下飞机，手机刚打开，就打进来一个电话，"喂，您好！是李老板吗？我是小王啊，以前广交会上我们认识的，我现在和助理在停车场等你们。"妻子的妹妹说这挺好，到这还有人接，广交会上接触的人太多了，妻子也想不起来了，他是谁？听声音还有点熟悉，是广州当地人的口音，应该是参加广交会的熟人，要不然怎么能知道我的电话呢？她俩提着拉杆箱向停车场走去，那边有两个二三十岁的小伙子，正向她们挥着手，走到车跟前两个小伙子热情地将拉杆箱装进了后备厢，彬彬有礼地打开了后座的车门，请她们上车，这个年龄大的小伙子先开了口："李老板，我们先去喝下午茶吧？然后再送你们去酒店休息。"车行驶到离广交会不远的一家酒店门前停了下来，开车的这个小伙子告诉她们："箱包就不要拿了，我们先进去喝茶。"妻子对他说："箱包必须拿下去，这里有我们随身用的东西。"她同时用眼睛示意了一下妹妹，到了2楼她们刚坐下，司机去了卫生间，这时王老板的电话响了起来，他接通电话说了几声，"我的手机没电了，李老板用一下你的手机。"妻子将手机递给他，只见他拨通电话，一边说一边往外走，且神色慌张地瞅了妻子她们一眼，见状妻子一把夺回了手机，这个自称王老板的人撒腿就跑，好惊险，原来这是两个骗子。妻子对我说："参加广交会的人太多了，也记不住这些人长得模样了。"

广交会结束了，她也快回来了，一个周日我闲着没事儿逛到了花市，看中了一盆儿结了 7 个蓓蕾的小花树，我想把它作为献给爱人的见面礼，待她回来的时候一定是花开正艳，满屋芬芳，这比献鲜花更别致，更有纪念意义，也更令人回味。由于"非典"的影响，凡从疫区回来的人都要隔离两周。我急了，到时花一定凋谢了，用心良苦的初衷只能变成一份遗憾。熟料，我们已经团聚半个月，这盆花才懒洋洋地开了第一朵，一朵洁白的小花，却惹来满屋馨香，沁人心脾，几天后，这朵花由白色渐变黄色，很像爆开的玉米花，一周就凋谢了，就在这时又一朵开了，在以后的一个多月里，就这样，这一朵败了那朵开，释放着芳香，让人不胜惊喜，这些有灵性的花儿，好像在跑接力赛，你把信息传给我，我把信息传给她。

这些我叫不出名字的平凡小花，也有一种团队精神，她们传承着美丽，散发着芬芳，可敬可爱可歌可泣，只可惜她的生命历程却这样的短暂，但她们美好的容颜和芳香，将永远珍藏在我的生命里。后来我到卖花人那里，他说这花叫牡丹栀子，但说像这盆花这样，持续开放的情况，他还未遇到过。虽然，这些花谢了，但这盆花树仍郁郁葱葱，正孕育着新的生命，让人憧憬，现在她又结出几个骨朵了，含苞待放，我对这七朵花儿的印象刻骨铭心，不知道有没有花的名字叫接力花，我愿意叫她们接力花。

第四十一节　下派锻炼

我参加工作后，先后在政府的多个部门任职，市委青干班结业后，组织上安排我下派到街道挂职锻炼，起初母亲和家里人都很不理解，他们都以为我犯了什么错误，被变成"大集体"工人了。刚开始我负责计划生育工作，后来接任城管工作，这项工作有点小权力，但我不会用，也不想乱用，一位即将退休的老同事对我说："主任哪，这个职务给你白瞎了，要是换别人可就不像你这样了，烟酒不用说了，票子有的是，你这人心太软了，太善良了。"他的这番话我没有作答。老百姓找到我，我能办的事儿尽量都帮着他们办，每个人为生存都不容易，我最憎恨的就是那些"吃拿卡要"的官员。城管工作也有一定的风险，特别是拆除一些私搭乱建（违章建筑），与业主沟通无效只能是强拆，有些人装傻充愣，有的还认为自己就是黑社会进行威胁，对我来说雕虫小技，无济于事，作为主任必须身先士卒。冬季到了，清雪是一个大问题，清雪主要是靠人力，我负责的这个地段是通往国宾馆的必经之路，市里要求必须随下随清，有时清扫队员们清雪通宵达旦，我也参与其中，不愿意袖手旁观，既是指挥员又当战斗员，觉得他们工作确实很辛苦，环卫工人真的不容易。我从小吃过苦遭过罪，这些对我算不了什么，但妻子看在眼里疼在心上，她盼望着我下派锻炼的时间能早一天结束。接任城管工作之后，首先去看了清扫队员的休息室，当我踏进清扫队的第一步，看见有一位清扫队员，是位老太太在那蹲着，歪着脖口里接着自来水喝，自来水管道好像也堵塞了，龙头流出的水流很小。走进休息室后，一股难闻的气味扑面而来，队长告诉我，夏天的时候就好一些，能打开门窗，空气流通就没有这么大味儿了，天凉了窗户就不开了。清扫队员几个人用一个格的柜，柜子后面还塞了很多他们清扫垃圾时捡来的旧鞋，这里的环境太差了，没有厕所，清扫队长是一位年龄将近 60 岁瘦削的老太太，她对我讲："平时我们上厕所，都要骑车到大概 300 多米医院的洗手间，清扫队的四周都是居民楼，我们女同志要是急了，大家就为她围起一个圈，遮挡住来自周边的视线，上厕所是我们的一件大事。"我决定在能力范围内，尽快地为他们改善工作环境和条件。首先在清扫队的一面墙上打了柜，分成 100 多个格，每名清扫队员分一个，存放自己的东西，在外间又修建了两间水冲式厕所，重新改造了自来水管道，建了一个长约 3 米的水槽，上面安装了有 6 个龙头，家里一块闲置的镜子也派上了用场，镶嵌到了水槽的上面，一个标准的卫生间建成了，清扫队的环境面貌焕然一新。后来我了解到他们的工资收入还很低，从政协委员的角度给市长写了一个提案，希望能适当提高环卫工人的工资和待遇，在提案中我写道"环卫工人他们作业时间长，劳动强度大，工资收入低（每月工资不到 300 元），思想觉悟高"。市长看到提案后，马上签批，建议市区财政从本月起，每月为每位环卫工人增加 100 元工资，这些环卫工人别提多高兴了。环卫工人们在街路上清扫作业，车来车往还有一定的风险，我还建议给他们办理了人身安全保险。

这一年的"六一"节刚过，我组织清扫队的所有队员，近百人男女老少去郊外春游，那天他们的衣着焕然一新，平时他们是城市的美容师，扮靓了城市，却脏了自己。今天一些年轻的姑娘和小伙我都认不出来了，这正应了那句话，"人靠衣服马靠鞍"我成了明星，大家都要分别与我合影留念。住宿一个三星级宾馆，这是化公司的一个职工培训基地。大家都很亢奋，别说三星级就是一星级宾馆，他们也没住过。我认为在他们身上花些钱也是应该的，他们付出多得到少，为他们做点事，我的心情也特别愉悦。他们一再地赞誉我，作风扎实，深入实际，体察民情，感谢组织上派来一位下派锻炼的好干部。

第四十二节　儿子留学新西兰

2002 年的 6 月，儿子叶晗从警官学院毕业了，原来他有做警察的愿望，在毕业前夕想法发生了变化，对我说："爸，我想到四叔那里去，我们班同学有很多都到国外去了，有的也去了新西兰。"儿子的选择我尊重，原来我也有这个想法，把他送到新西兰读大学，因为弟弟已经在那里定居了，儿子吃住都可以在他叔叔家享受免费的，在这之前，弟弟对我们兄弟姐妹都说过，谁家的孩子要去那里读书，都可以在他家享受免费的食宿待遇，因为他的经济状况很好，有这个能力。在为儿子办理出国留学手续的过程中，一波三折，一天已经办好了护照，还有户口本、身份证，装在文件夹里，不知道怎么都弄丢了，只好重新补办了丢失的这些证件，这让我很沮丧，妻子安慰道："晗是个福将，好事多磨，别上火。"弟弟工作特别忙，我们委托了一家中介机构，一位滕姓的女士热情地接待了我们，她们帮助办了相关的留学手续。我俩紧接着又领儿子去沈阳，做出国前的体检。就在不久前，妻子的一位在沈阳的同学少宽来北江探亲，我们还热情接待了他，开车带他逛了几个景点，然后在一家老字号的饺子馆为他接风，席间相互介绍了各自的家庭生活情况，他说中学毕业后就去参军，部队转业后，被安排到沈阳市一家燃气公司任副总。

接着我们又去北京，新西兰驻华使馆，递交了儿子的护照，回到家以后，在焦急的等待中，等到了让我们都感到十分气愤的结果，使馆签证官与我通话时说："因为他的叔叔姑姑，都有过被拒签的历史，他们向使馆提供的签证材料有些不真实，所以他的签证，我们没有受理，抱歉请谅解！"就在这位签证官准备撂下电话的时候，我克制住愤怒的情绪，把一句"你们这是混蛋逻辑"咽了下去，对她讲："你们的这种推理和判断是错误的，过去中国是个封建国家，一人犯罪株连九族，他叔叔、姑姑的不予签证，你们不能作为根据，来以此类推，如果我儿子遭到拒签，我们将向国际法庭提起诉讼，谁无理拒签，谁要担责的。"距此不久，我们收到了儿子的护照签证，太高兴了！事后我觉得做任何事情，都不能轻言放弃，努力了可能就会出现希望的曙光，努力了事情可能就会出现转机，这件事就是我们努力维权的结果！努力争取的结果！我们也经常听到一些朋友出国护照被拒签，有的不跟你说明拒签理由，很霸道，有些国家的签证官的确很任性，真让你无奈，幸亏我们遇到的这位签证官女士还是通情达理的，否则不知要费多少周折，也应了妻子那句话，儿子是个福将！接下来我们就为儿子做出国前的准备工作。

　　10月24日这一天，风和日丽，晴空万里，我们家人开着两辆车，送母亲和儿子去沈阳，朋友安排在王府宾馆住宿，25日早餐后，赴沈阳桃仙机场，到了机场接着就办登机牌和行李箱安检托运，有两个行李箱超重，只好打开，把超重的部分拿出来，都是些儿子的衣服，唯一的办法就是让儿子都穿在身上，里面穿薄的，外面穿厚的，也足有10来层，他一定很难受，我让儿子再坚持一会儿，到飞机上再脱下来。这个时候看儿子，脸上冒出了汗珠，多穿的衣服让他变成了一个小胖墩儿，看到儿子变成这个样子，我有一种窒息的感觉。因为新西兰的物价是中国的5倍，为了节省钱，只好把他用的衣服都给带上。我们大家目送着母亲和儿子过了安检，向这一老一小挥着手，直至消失在我们的视线中。"儿行千里母担忧"，母亲对孙子的万里之行，放心不下，一定要把他送过去。26日早晨松青打来电话，告诉母亲与儿子已顺利抵达奥克兰，他们全家到机场接应，弟媳和他们的大女儿，为母亲和儿子献上了鲜花，场面好温馨，接着弟弟安排到奥克兰的一家大酒店，为母亲和儿子接风。这是母亲第二次去新西兰，儿子第一次离家远行。临行前我对儿子讲："爸爸就是一个普通的公务员，工资收入满足不了你交学费的要求，以后在那里的生活费你不用花了，吃住都在叔叔家，但是学费得靠自己勤工俭学去挣!"儿子说："爸，你就放心了，我会努力的!"后来与儿子的通话中，他说在饭店刷过盘子，到果园摘过果，很多活都干过，这也是多数在国外的留学生普遍有过的经历。也在叔叔的公司打过工，我知道儿子吃了很多苦，挨了很多累，自己解决了学费的问题。起初母亲在新西兰的时候，还能帮着照顾儿子的生活起居，还想着儿子的生日，我们非常放心。一晃几年过去了，儿子还没有拿到绿卡，后来儿子与我通话说，新西兰的生态环境的确很好，但在新西兰拿到绿卡并不是一件很容易的事情，现在感到压力很大，勤工俭学挣点钱就得交学费，为了交学费，也延长了他的毕业时间，他准备回到国内发展，我没有同意。周边也有一些朋友和同事的孩子，在新西兰奋斗了几年，觉得拿到绿卡无望也都回来了。我的想法是让他再坚持一下拿到绿卡，再回来也不迟，今后或许能做一点国际之间的经贸生意。

我知道儿子内心很想家，很想我们，就办了护照，准备去新西兰看看他，等到的结果是护照拒签。这个结果让我感到很失望，在那段时间里，每天头很疼，一量血压，高压180mmHg，低压90 mmHg。医生对我讲，这就是着急上火的结果，高血压的后果很严重，告诉我必须调整好心态，就是最好的治疗办法，但还是要服用一些降压药，进行调整监控。这次护照被拒签，真的让我很无助很无奈！

母亲和弟弟松青在新西兰

松青一家在喂鸟儿

第四十三节　编故事骗母亲

全家到秦皇岛看望母亲

　　拍这张全家福的时候，我们家少了一个人！2006 年 5 月 25 日早晨，我俩去修配厂修车，然后我回到单位，妻子打来电话，说弟弟松明在单位突发重病，已送往化工医院。我们马上赶到这里，诊断结果出来是脑出血，医生在征得我们同意后，立刻做了开颅手术。病情很严重，全家人也都赶到了医院，我告诉在新西兰的小弟松青，他马上买了机票，27 日下午就到了医院。经过几天的治疗，弟弟的病情已趋向好转，6 月 4 日傍晚，我们两口子在西春发酒店为岳母庆祝生日，突然接到电话，说松明正在抢救中，妻子的外甥李浩马上开车送我们到医院。抢救工作已经结束，弟弟的身上、头上插着许多管子，很多仪器都运行着，我们都围站在病床周边，只见弟弟的眼睛还快速地转着，眼角流出了泪水，我们在猜想，或许弟弟心里非常明白，而此时此刻的他却无力用语言表达出来，看着弟弟我们心里都非常难过。18:55弟弟停止了呼吸，我们8个兄弟姐妹他第一个掉队，大家悲痛万分！我们大家都忙于处理弟弟的后事，夜里10点左右雷雨大作，或许苍天也在为这个善良朴实的老实人表达哀思吧！

在弟弟去世的前几天，我们经常带母亲到医院附近的公园，她不知为什么总到这里来，弟弟去世的消息，全家人决定还是不告诉她，白发人送黑发人，是件很残忍的事情，我们都怕母亲承受不了，再发生意外。我还编造了一个故事欺骗母亲，告诉她"松明去了非洲的一个国家，叫阿尔及尔，在地中海的南岸，那里的通信极不发达，他去那里可以多赚一点钱，需要几年的时间，然后再回来，你就不用惦记他了。"一次我和妻子开车带她出去兜风，路过一个报亭，她让我去买一张世界地图，我只好遵命。带她到郊外兜了一圈，中午到了酒店，一位年轻的女服务员走过来，给我们找到座位后，又给每人倒上一杯水，然后递过菜单，我说不急，等一会儿再点。妻子帮母亲摘下了帽子，脱下了外衣，我在餐桌上展开了地图，手指着阿尔及尔的地理位置，告诉母亲，弟弟就在这里工作。这时母亲疑惑地问我俩："他去这么远的地方，又走这么长时间，为什么不来告诉我？"我说："他当时走的特急，来不及看您，走晚了赶不上那班飞机了，这是单位领导临时决定的，原来确定的那个人家里突然有事去不了了，就这么一个名额，大家都抢着要去，最后名额给了他。"这个时候母亲一边用手帕擦拭着眼角的泪水，一边对我俩说：

"他不想我，我想他，他家里的事都安排好了？"我对母亲讲："有我们大家呢，你就放心吧。""可怜天下父母心！"大弟弟对于母亲来说是最孝顺的儿子，每逢休息的时候，他都会做一些母亲最爱吃的东西送过来，同时也邀请我们大家都过去喝点小酒，在单位他和同事的关系也相当融洽。冬天到了母亲家里的暖气不是很热，他马上就会把母亲接到自己家里，就怕母亲挨冻再感冒了，弟弟对母亲的关心可谓无微不至。对母亲的孝道，我们兄弟姐妹是各尽所能。每逢周六或者周日，母亲也盼着我俩过来，开车带着她出去兜风，之后到酒店美餐一顿。

第四十四节　戒烟

　　2006 年 7 月 1 日，对我来说是一个不寻常的日子，一个难以忘却的日子，一个让母亲和妻子及家人都高兴的日子，我戒烟了，果断结束了 36 年的吸烟历史！

　　那是 1969 年我刚上中学的时候，学校操场周边都是我们挖的战壕，在战壕里面不远处，再挖一个"猫耳"掩体，里面可容纳一两个人，称为"防空洞"。下课的铃声一响，我和班里一些淘气的男同学就跑到这里玩，背着老师和班里其他同学开始学吸烟，觉得很好玩儿。今天吸我买的握手牌香烟（每包一角五分），明天吸你买的蝶花牌香烟（每包二角），后天吸他买的经济牌香烟（每包九分），当时我们抽的最贵的烟是迎春牌的（每包两角八分），这是科长级别才能抽得起的。这个时候我们抽烟，大家并没有烟瘾，只是出于好奇，把它当成了玩耍的一个内容，就这样沾染上了吸烟的恶习！

　　午休我们都喜欢到战壕去吃饭，然后再吸支烟，有一天午休还发生了意外，突然就听到"轰隆"一声，我斜对面的一个猫耳洞坍塌了，两名吃饭的同学被埋在了里面，这时一名同学要去找铁锹，我说这不行容易伤到他们，指挥着 10 来名同学，大家换着班儿用手往外扒着土，经过五六分钟的奋战，终于把两名同学救了出来，他俩还没有忘记找回埋在泥土里的饭盒，之后又给我们每位同学敬上了一支烟。

　　那个时候虽然我是"黑五类（地富反坏右分子）"子弟，没有人欺负我，人缘不错，是班级男生当中的核心人物，在班级和学校里是有名的，放学后经常教同学们拳击和摔跤。当时我们很多男同学都这样认为，会吸烟的学生，别人都认为你很厉害，也不敢欺负你，哥哥和我抽烟只能是在家以外的地方，也不能让熟人看到，因为父亲对我们有严格的要求。

记得我们家刚下放到北江市的时候，父亲也吸过一段时间烟，估计可能是因为工作和生活环境断崖式下沉，造成他内心压力过大的原因才开始吸烟的。那时家里的生活条件还算可以，父亲吸的都是有品牌较高档的香烟，他每天只吸几支，买回的香烟他都要再装到一个带有打火机的烟盒里，有时还往香烟里塞进一两粒仁丹，可能是为了气味儿更清爽吧，还有几个有机玻璃做成的过滤嘴，后来父亲果断地戒掉了烟。我们的吸烟多少也受到了父亲的影响，父母的言行举止潜移默化地影响着孩子们。直到 1980 年父亲去世后，我们才在母亲面前放肆起来，或者说原形毕露，我们兄弟都吸起了烟，母亲、妻子也多次劝导我戒烟，大舅和大舅妈来大陆探亲的时候，还有"教师团"的老师们和不少亲朋好友也都曾劝我戒烟，我知道大家用心良苦，更理解他们善意的初衷，在这个过程中我也多次试图戒烟，尝试了许多方法，坚持几天或几个月，结果都是前功尽弃，我分析戒烟失败的直接原因，是缘于酒桌上的应酬，当朋友、同志、同学递过来一支烟，第一次、第二次的拒绝，第三次不好意思再拒绝，盛情难却，抽吧！"烟酒不分家"，这是酒桌上司空见惯的语言。戒烟失败的原因有很多，倒不如说只有一条，就是控制力差，不要怨任何人。

吸烟的时候不知道，戒烟之后才感觉到，吸烟的人口腔里都有一股难闻的烟臭味，吸烟越多的人口味越重，令人不爽！

荏苒时光七十年

2006 年 7 月 1 日对我来说是个特殊的日子，经过冥思苦想，从这一天开始我结束了 36 年的吸烟历史，果断戒烟到现在，一直没有再吸烟，感觉好极了，清爽极了，那难闻的烟味儿从身上消失了。过去在家里吸烟危害家人，在单位吸烟危害同志，在公共场所吸烟危害他人，让别人被动地接受你的二手烟，很不道德，这是个小道理也是个大道理，我突然醒悟。再好的烟，再贵的烟，它都有毒，更不是炫耀的资本，它对身体而言，有百害而无一利！我戒烟了，母亲和妻子都特别高兴，都说我身上那种难闻的气味没了，原来铁青的脸色也变得红润起来。在台湾的大舅和大舅妈知道了，也为我竖起了大拇指。

朋友你若想戒烟，我送你四个字——"毅力意念"，用毅力就是坚决果断，持之以恒；用意念在头脑中强化吸烟的危害。我周边的很多朋友他们也都想戒烟，但尝试了许多办法，没有成功。戒烟没有任何灵丹妙药。你要有戒烟的想法，告诉周边的人，让他们支持你，监督你。或者你就默默无闻地把烟戒掉了，人，最大的敌人就是自己，相信你一定能成功！

第四十五节　台湾行

2007 年 4 月 4 日到 4 月 26 日共 22 天，辗转南方几个城市，然后又出境出国，折腾了一圈儿，最后才驶向目的地台湾，当时去台湾只能是这样。

4 月 12 日，我和马友联先生乘大巴去曼谷国际机场，飞机经过两个小时抵达中国香港，接着又换乘飞往中国台湾的班机，下午 5:30 抵台湾桃园机场。

13 日，参观了蒋介石先生居住时间较长的一处官邸，然后乘大巴赴台中南投县，参观了中台禅寺。这座寺院于 1990 年规划始建，历时 10 年建成，耗资数 10 亿元台币，气度恢宏，堪称现代宗教建筑史上的经典！寺内没有一丝烟雾，空气清新，室内的建筑、雕刻、壁画，都蕴含着丰富的艺术内涵。中台禅寺获 2002 年第 23 届台湾建筑奖和第 20 届国际灯光奖，下午参观了著名的风景区日月潭，它由日潭和月潭组成，也位于南投县，是台湾最大的天然湖泊，置于玉山和阿里山之间，海拔 760 米，周长 35 公里，潭水深 30 米左右，常态面积 7.93 平方千米，潭水碧绿清澈。

14 日，上午我们游览了著名的阿里山景区，车在盘山路上穿行，到了路边的几处茶园小憩，每处都有"美丽的阿里山姑娘"敬茶，茶叶味道都不错，真是名山出茗茶呀！阿里山中古树参天，云雾缭绕，在大巴车行驶的过程中，我发现了一只小猕猴，样子乖巧，在高处的电线上行走，它发现车过来，马上躲了起来，自我保护意识还挺强的呢。我突然感悟到，野生动物在大自然中，要生存下来有多么的不容易！要面对人类活动的侵袭，居无定所，还要面对风霜雪雨，食物匮乏的季节，不可抗力的自然灾害……

有一棵古树上又长出了下两代，成为阿里山森林中的一大奇观，可谓树中的三代同堂，人们叫它"三代木"。

离开阿里山乘坐大巴于晚上 8 点到达高雄，在台湾的亲人们早已在我住宿的宾馆前等候了多时，我接着坐上大舅开的车，前往一家名曰"寒轩大酒店"与亲人们共进晚餐，席间的气氛亲切温馨。餐后亲人们带我又去欣赏了高雄的又一美景——爱河，两侧色彩缤纷的灯光，把她装点得绚丽夺目，几艘往来的游船，满载着游客，欢声笑语和爱河融为一体。接着我们都去了大舅家，亲人见面有说不完的话，不知不觉时间到了凌晨一点，我催促大家赶紧休息，依依惜别后，我没回宾馆，事先与领队打了招呼，就住宿在大舅家，二舅、三舅的家也没有时间去拜访了，留下的遗憾，只有在大陆与台湾直接三通时再弥补吧！大舅让我冲个澡，早点休息，大舅妈则把我脱下的衣服拿去洗了，并在床头放上了新的内衣和外衣，大舅和大舅妈接待我的准备工作，做得相当充分。早晨当我醒来的时候，大舅妈已经为我准备了一桌可口的早餐，这一夜，大舅、大舅妈为了我几乎一夜没睡。早餐后，大舅、大舅妈开车送我到松柏大酒店与团队会合。接着前往台东的一处温泉宾馆，大巴车沿海岸线前行，太平洋的海水近处看碧绿可人，由近至远过渡到深蓝色，温泉到了，游客们纷纷换上了泳

与大舅、大舅妈分别前合影

衣，尝试着温泉，温泉的水温适宜，为满足客人的不同需求，有洗、淋、冲、泡等各种形式的洗浴。它置于崇山峻岭之中，旁有小溪潺潺流水，这里幽雅宁静的环境适合休闲度假。

16日，早餐后乘大巴车沿海岸线北行游览了几处景区，住宿花莲大酒店。

17日，早晨我们继续向台北方向行进，抵后参观了台北国父纪念馆，在这里我驻足冥思，深切缅怀民主革命先行者孙中山先生的丰功伟绩，我们大家经常提到的"振兴中华"，这个鼓舞亿万中国人民的口号，就是孙中山先生于1894年11月24日在美国檀香山建立兴中会时提出的。依次又参观了蒋中正纪念堂。台北"故宫博物馆"，位于市郊双溪北侧，始建于1962年，1966年启用，是仿照北京故宫样式设计建造的宫殿建筑，蓝色琉璃瓦屋顶，米黄色墙壁，风格清丽典雅，馆内共有藏品约70万件，每三个月更换一次。与我同去的马友联先生，他的姐姐马友德和外甥俞明、俞智都生活居住在台北，晚上在圆山大饭店为我们饯行。

18日，早晨天下着小雨，我们乘大巴车去桃园机场，于中午飞抵香港，结束了为期一周的台湾行。

母亲第一次去台湾探亲的时间是1999年3月，这是她自1949年与父母和弟弟分开50年后，第一次踏上祖国的宝岛，我想若是早些年母亲能来到这里，外公还健在，那该有多好啊！8年后又轮到了我到台湾探亲，回到家里我马上去看母亲，向她汇报了这一次台湾行的全过程，以及舅舅家每一位亲人的情况，我问母亲："您还想去台湾吗？""我想你舅舅舅妈和孩子们，以后有机会我当然愿意再去。"母亲对我说。

第四十六节　去中央社会主义学院学习

记得 21 年前清明节那天，也就是 1988 年 4 月 4 日上午，广州市区天气阴沉，下着小雨，我们打着伞陪三舅在街路上走着，三舅出生在台湾，这是他第一次回到祖国大陆，看到什么都觉得好奇，当路经"广东省社会主义学院"门前时，他站到了竖着的牌匾旁边，让我给他拍了张照片。对"社会主义"这个名词他很感兴趣，奇怪的是他还会唱"社会主义好"这首歌曲，"歌虽然唱的社会主义好，但目前大陆在各方面，比照台湾还要落后许多年啊！"三舅说。"社会主义学院是研究社会主义理论的吧？"三舅问我，我敷衍了一句"是吧"，因为更多的我也说不清楚。怎么会想到 21 年后我又成了中央社会主义学院的学员呢？当然要好好学习和研究一下社会主义理论与实践的问题。

2009 年 8 月 28 日下午 4 点，我开车从家出发，前往北京中央社会主义学院，参加为期一个月的第 22 期民主党派干部进修班。一路上有妻子的陪伴，我开累了，她还可以替我开一会儿，中途在辽宁阜新住宿。

29 日早晨 6 点，继续前行，中午到秦皇岛松青家用午餐（他在这里买了一套海景房）下午朝北京方向继续前行，在车上我设置了语音导航，4 点刚过，这时语音导航提示"您已到达中央社会主义学院，路径导航结束，谢谢使用！"

中央社会主义学院的住宿条件很好，每位学员一个独立的房间，卫生间也很宽敞，房间内配有彩电、冰箱和保险柜，一日三餐均为自助，荤素搭配，品质上乘。

31 日，在中央电视台工作的卢山，邀请我俩到中央电视台看民族器乐颁奖晚会，文艺圈的一些名流参加了晚会，可谓群英荟萃，看到了熟悉的老前辈阎肃，他精神矍铄，谈笑风生。

阎肃先生与我和妻子合影

9 月 1 日上午，在中央社会主义学院，举行了民主党派干部第 22 期进修班开学式，首先全国政协副主席兼中央统战部部长杜青林与各民主党派中央领导、中央社会主义学院的领导与学员们合影，然后开学式，唱国歌、杜青林讲话，下午入学教育。我们这些学员来自全国各地，分为 A、B 两个班，每班 40 多人。学校组织我们两个班的同学在一起开了一个座谈会，每个人都做了自我介绍，会后我向每位同学赠送了《松涛文集》，逐个签了名，作为见面礼，同学们都谦逊地表示要认真地拜读。在以后每天的教学活动中，为我们授课的都是在国内非常有名的专家、学者、教授，学院给我们这些学员的业余生活也安排的丰富多彩，星期天的时候，学校安排我们坐大巴去了北京郊区的一处水果采摘园，这里有苹果、梨、葡萄等 10 来种水果，每样水果我都采摘了一点，然后称重再付款，回来放到了冰箱里，一直吃到学习班结束。

学习期间，中央社会主义学院还安排我们全体学员赴贵州，开展了一次社会实践活动。9 月 16 日抵达贵阳，贵州省社会主义学院安排了午餐，之后安排到贵州省委冠州宾馆住宿，下午 4 点贵州省委统战部安排座谈，向我们介绍了贵州省情和民主党派工作情况，原中共中央总书记胡锦涛曾在贵州担任过省委书记，他对民主党派工作和扶贫工作高度重视，后来中央把贵州作为民主党派扶贫的实验区。

17 日早 5:00 起床，8:00 乘大巴赴贵州的天星桥和黄果树瀑布，不到两个小时抵达天星桥，其实这里根本没有桥，导游麦子介绍，是因为有条河在经过天星便流入地下河，所以这里地上都可谓之"桥"。午餐后去黄果树瀑布，"黄果"是什么？我问导游，他说就是"橘子"，我是一个做事求甚解的人，不懂不装懂。看瀑布要乘 340 米长的电梯斜着下降，再前行数百米，瀑布的落差 77.8 米，宽 100 多米，好壮观！在瀑布周边的地方，空气湿度极大，好像下着毛毛雨，那是水流撞击岩石的杰作。下午 3 点，我们又乘大巴车前往织金洞酒店，车在逶迤的山路上缓慢前行，路的两侧均是悬崖峭壁，经过 4 个小时才抵达。

18 日，早餐后乘大巴车，约 10 分钟抵达织金洞参观，截至目前它是我见过最壮观的溶洞，洞长约 6 公里，洞的最高处 150 米，我拍了许多视频，午餐后乘游船，游览了裸洁河，它是乌江的上游，约两个小时抵达黔西南，新二乡化屋村考察，这是民建中央的扶贫点，是个苗族村，当地统战部安排了晚餐，有 3 位同学过生日，晚餐后篝火联欢，这里的孩子们为我们表演了歌舞。

19 日晴，早 8 点从化屋出发，赴毕节先去了民盟中央的扶贫点考察，午餐后在中央社院毕节教学科研基地举行了挂牌仪式，然后有一位老师讲了多党合作在毕节的试验区。

20 日小雨，早 8 点从毕节宾馆出发，赴贵阳机场，下午 3:40 班机起飞，于 19:40 到达首都机场，后返回中央社会主义学院。

23 日晚上，社会主义学院安排我们去人民大会堂看"复兴之路"大型歌舞，气势恢宏，众多明星出演。

26 日晚上，为期一个月的学习即将结束，中央社会主义学院领导宴请我们全体学员。

27 日上午 10:00，应邀去民革中央机关，全国政协副主席、民革中央常务副主席厉无畏、民革中央副主席何丕洁以及组织部的旦召颖同志，与我们几位同学座谈，之后共进午餐。下午 3 点到中央统战部座谈，6 点中央统战部宴请我们全体学员，为期一个月的学习结束了，不虚此行。

这一个月我最惦记的就是母亲，我向妻子询问这一个多月母亲和家里的情况，她说："就发生过一件事儿，怕影响你学习就没告诉，有一天凌晨 3 点多，保姆醒来发现母亲不在床上，等了一会儿，还不见母亲回来，她马上看了卫生间没有，楼下周边也没有，于是她马上告诉了我，兄弟姐妹各家全部出动，在市区内主街路寻找母亲，最后是二妹晓凤和二妹夫郝强，在通往大弟弟家的路上看见了她，正步履蹒跚地走着，把她接回了家。"发现母亲的地方距离我们家大概有七八公里，后来我们大家分析，她还是对大弟弟的突然不见，有些疑惑，想一探究竟！事后我和妻子一直在想，如果当时告诉母亲，弟弟的不幸离世，对她的伤害一定是很大的，或许随着时间的推移，也就淡忘了对弟弟的思念，也不至于让她在痛苦的揣测中度过每一天！

第四十七节　在游艇上的婚礼

2010 年下半年的一天，儿子电话告诉我，他处了一个女朋友叫杨冰，是北京人，是天津医科大学毕业的，到新西兰继续研读。是家里的独生女，她父母是上海下乡到北大荒的知青，回来安置在北京工作。在这之前，我虽没对儿子处女朋友提出过什么具体要求，但也说过一件事，那就是女孩儿的母亲最好不是上海人，因为很多人都在说找媳妇你要遇到上海的丈母娘，那可不是好惹的，上海的丈母娘往往都是非常

松青主持婚礼（西服革履者），右侧两对新人，儿子儿媳（右前）

刁蛮的，特别会刁难姑爷，今天告诉你应该这么做，明天告诉你应该那么做，往往弄得姑爷左右为难，模棱两可，这也许是一些人的偏见，还得实践看。这个问题真让我说中了，儿子是在一次大学生音乐会上认识的这个女孩，她的母亲是地道的上海人，那次音乐会，儿子获得了大学生吉他比赛第一名，可能是儿子的才气加上英俊的外表，俘获了这位女孩的芳心，真是怕什么来什么。地域之间是存在文化习俗、观念等各方面的差异，但是所有的事情也不能绝对化，

人与人之间重要的还要做到会交流、沟通，通过交流和沟通来化解矛盾和分歧。但问题严重的是女孩的母亲不同意这门婚事，第一是儿子当时还没有取得绿卡，第二是儿子的年龄比女孩小了几岁，第三是儿子也没有什么经济基础等等，女孩的母亲就是不同意，但女孩就是铁了心了，非儿子不嫁！儿子呢，也横下了心，非这个女孩不娶。最后女孩的母亲妥协了，无奈地接受了这个事实。

11月18日，儿子发来信息要我的身份证号，要与女友登记结婚用，并说下周三去取结婚登记证。22日，松青来电话告诉我，给儿子还有他儿子、两个儿媳4个人开了会，给每个媳妇9999元纽币（人民币约合 5 万元），代表我们祝愿

儿子叶晗、儿媳杨冰

他们的婚姻幸福长久，下午儿子和儿媳打来电话，告诉我们明天他们将举办婚礼，我们只能表示祝贺，遗憾的是不能参加！24 日在新西兰奥克兰的一艘游艇上，这两对新人的婚礼隆重举行，四弟松青为他们主持了这场婚礼，婚礼的费用都由松青承担，作为叔叔能为侄子做这一切，我身边的人听了都非常感动。弟弟觉得他做这些都是义不容辞的，真是血浓于水，让我们感动不已。事后儿子将婚礼的录像及照片发给了我们，场面温馨浪漫，热烈典雅，别具一格，真是让我们好高兴、好激动！

第四十八节　为两个孩子筹办婚事

2011年2月21日上午，我俩与一家房屋装修公司的老板到新房子，研究房子的装修方案。房子的东侧是市政府，这个房子的地理位置，算是市里最佳的了，我们乘电梯来到了4楼，我们之所以选择这个楼层，是经过缜密考虑的，如果偶遇停水、停电或其他不可

预见因素都不会受到太大影响，虽然是4楼，但它相当于6楼，因为1楼和2楼每层的高度都在6米。第一次来到了我们的房子里，望江的感觉

后排田娜、李政达，前排左起田娜父母与我和妻子合影

太好了，松花江水在我们眼前自西向东流去，正是"一江春水向东流"。7月10日，房屋装修完毕入住，今年我们的两个孩子在八九月间将举办婚礼答谢宴和婚礼，届时新房还将作为他们的婚房。

8月18日，我俩乘10点的动车赴北京，下午5点抵达，我俩拎着拉杆箱，急切地向出站口走去，马上就要见到阔别9年的儿子，心情很是激动，我的眼睛迅速地扫描着出站口外，在向里张望的人中，终于看到了儿子和儿媳，他们4人都向我俩挥着手，刚出出站

口，手中的拉杆箱马上被孩子接了过去。人的一生中能有几个 9 年呢？晚上我们选择一家湘菜馆和这两对孩子共进晚餐，分别与他们商订了举办婚礼答谢宴和婚礼的相关事宜，心情特别愉悦。

8 月 26 日下午 5 点，在北江市国际大酒店为儿子叶晗和儿媳杨冰举办了新婚答谢宴，亲朋好友三百余人参加了宴会，亲家杨云龙和亲家母倪晓君也前来助阵，我和儿子先后讲话致谢，接着我俩带着儿子和儿媳逐桌敬酒，向大家表示衷心感谢，场面温馨热烈！

大舅和大舅妈为两个儿媳，专门定制了施华洛世奇的水晶项链。

9 月 15 日上午，大儿子李政达和儿媳田娜的婚礼，在天主教堂举行，然后在电力宾馆举行婚礼宴会。这是一个中西仪式相结合的婚礼，场面庄严神圣，充满了温馨浪漫的色彩！政达留学日本，在东京学习生活了 8 年，他与日本人谈话，都以为他是一个地道的东京人呢。回到北京后结识

李政达、田娜驰骋在雪野

了刚大学毕业的女友田娜，她家是河南驻马店的，在此之前我的一位表弟还善意地提醒我："找儿媳不要找河南的，特别是驻马店的"。我对他说："还真让你给说中了，大儿媳田娜就是河南省驻马店的。"此前亲家田国友和亲家母佟妮还对我们讲起田娜小时候的一个故事，当时她只有五六岁，他们夫妇带着她去外地，在车上他们都睡着了，醒来后发现坐过了站，他们夫妇都遗憾地说，怎么我们都睡着了，这时田娜自责道："都怨我刚才睡着了。"多懂事的孩子啊！

她和她的父母朴实善良，通情达理，我们相处的特别融洽，其实人群中哪里都有左中右！偌大的一个树林，你说什么鸟没有？

在不到20天的时间里，我俩张罗为两个孩子举办了婚礼答谢宴和婚礼，真是有些劳心，同时也感觉作为父母，为孩子们完成了人生的一件大事，也有一种如释重负的感觉，心里没负担了！帮孩子们成了家，生活的路在他们的脚下，作为父母，希望他们的生活越来越好！

儿媳杨冰是位贤妻良母，为我们生育了两个孙女和一个孙子，这3个孩子个个聪明伶俐，人见人爱，他俩周边的朋友都劝他们多生几个，儿子和儿媳跟我们诉说培育几个孩子的辛苦，好在有我的亲家和亲家母全力支持，他们退休后办理了新西兰的绿卡，卖掉北京的房子，在奥克兰距儿子家约3公里的地方，又买了一所房子。

12月16日，儿子在QQ上给我留言："爸：我的绿卡已经拿到了，在这边一切都很顺利，您不要再为我担心了！在外面喝酒应酬时，注意尺度少喝，健康最重要，儿子。"这寥寥的几十字留言，让我太高兴了，这绿卡一等就是9年，太不容易了！我马上将这个消息传递给家人、同志、朋友，让大家与我分享这份快乐，因为儿子的事大家都非常关注。儿子大了也知道关心我了，以前只是我告诉他应该怎么做事，他从来没说让我怎么做。

2012年3月27日，儿子晗发来信息："爸妈：您们的孙女儿出生了，七斤一两，孩子很健康！给她起名叫叶玥婷。"孩子健康比什么都重要，我们渴望早一天见到孙女！

第四十九节　首赴新西兰

2012 年 9 月 3 日，我俩乘动车到龙嘉机场，开始了首次新西兰探亲之旅。经过 4 个小时飞机抵达广州白云机场，午夜 12 点又换乘赴新西兰奥克兰的飞机，在浩瀚的太平洋上空，经过 12 个小时的飞行抵达奥克兰。弟弟松青、弟妹卢比还有他们的两个女儿丽娜和开拉、儿子和儿媳抱着我们从未谋面的、出生才 150 多天的大孙女玥婷前来接应，她用疑问的眼光看着我俩，好像在问你俩是谁？我俩是最想见你的人啊！抱过来亲亲，此时每个人的脸上洋溢着幸福和喜悦的笑容。接着儿子开车带我们去了奥克兰的一家山东餐馆，第一次品尝到南极小龙虾，鲜美极了，南极那里绝对是一片洁净的海域！之后回到了儿子家，一栋造型很别致的别墅，房子周边大概有500 平方米的绿地，绿地周边是高约 1.5 米的木制围栏，绿地当中还有几棵橘子树。房子和土地使用期为 999 年，看到儿子家的这一切我们感到特别欣慰，这是儿子和儿媳他们努力打拼的结果！住房是人生的一件大事，只有安居才能乐业。

5 日早餐后，我俩将带来的"游泳池"充了气，儿子往里注了温水，大概能有一立方米的体积，为孙女穿上了泳衣，浮在泳池里的孙女感觉还不错，用两只小手不停地拍打着水面。

孙女有自己的独立房间，婴儿床周边有半米高的围栏，在床头还安置了摄像头，儿子和儿媳在他们的房间就可以及时地观察到大孙女的情况。一天黎明时分，我起来后发现大孙女的房间有声音，我推开门借助微弱的光亮，看到大孙女儿已经醒了，她躺在床上十指合拢，好像信佛的僧人在作揖，好奇怪，当我走到床边后，她先是聚精会神地看着我，突然间她发出了笑声，手舞足蹈的，认出了我这张熟悉的面容，我俯身把她从床里抱了出来，回到我们房间，她在床上别提多高兴了，嘴里一直在不停地和我们说着什么，奶奶抱起她，跟她搭着话，看到孙女这样的高兴，我们当爷爷奶奶的更高兴，这不就是天伦之乐吗！

午餐后，弟弟和儿子带我们去逛奥克兰市区王子码头，又去了几家商场，晚上儿子开车，去接在奥克兰读书的外甥女曼琳，到弟弟家共进晚餐，大家其乐融融。弟弟家一栋二层的小别墅，一楼有几个收藏室，收藏的物品分别是老式钟表，羹匙……房子后面有一些橘子树和柠檬树都结了很多果实，他们很少吃，吃水果都去买，不可思议！

6日，早餐后儿媳带着孙女,我们去了一处幼儿早期教育的场所，大约有20个不到一周岁的孩子，不同肤色，在这里接受国家提供的免费音乐教育。中午杨冰带我们在一家粤菜馆用了午餐，之后去了"一树山"公园，简单地向我们介绍了这个地方的历史，这里是当年英国殖民者与新西兰毛利人在此签订租售土地的地方。公园占地120公顷，整个公园除了道路外，都覆盖着茵茵绿草，错落有致的大树，巨大的树冠像撑开的一把超大遮阳伞，烈日下为人们提供了庇护，多处有可供游人直接饮用的自来水龙头，用手轻轻一摁，里面出来的水流，正适合人们饮用。还有免费为游客提供的烧烤炉具，在这里用电用气都是免费的，有些游客在树荫下绿草上躺着休息，还有人在草地上踢着足球，没有"绿草禁止踩踏"的提示标语！这就是不同国情，我国人多若不限制，草地肯定会变成斑秃。我在草地上也来了一个空翻，感觉真好，登上山顶，俯瞰整个奥克兰市区，好奇妙！

7日早餐后，松青带我们去了一家名曰"中国城"的商场，里面经销的都是中国货，来这里的也都是中国人。经营状况不太景气。在松青家午餐后，他去政府部门办事，两个侄女儿又带我们去看了她们的学校，大侄女丽娜还担任班长。在这里弟弟给我们讲述了一个真实的故事：有一年他回国探亲，在祖国大概停留了有一个月的时间，回到新西兰后，小侄女的老师，向弟弟讲述了前几天小侄女开拉，在放学的时候她独自到墙角哭了，老师问她怎么了？她说我想爸爸了。一天学校放学的时候，弟弟站在校门外等着接她，开拉无精打采地走着，当她看到爸爸的一瞬间，撇掉了书包，飞也似的扑到爸爸的怀里，掉着眼泪，嘴里说着："我想爸爸了！"让弟弟好感动，我们听了也为之动容，多可爱的孩子。之后去了弟妹卢比家，看望她的父母和兄弟姐妹，给他们带的礼物，对号入座。她们家是岛人，和当地毛利人差不多，但我们看不出他们有什么区别。

8日，早餐后帮儿子清理车库，叫车库其实已变成了他们的仓库，整个地面摆满了东西难以下脚，儿子和儿媳的车都停在院子里，根本用不到车库，他们平时工作忙，也没时间整理。傍晚弟弟的朋友培杰和严华夫妇，在一家名为"芳邻"的华人餐馆为我们接风，他们夫妇是从东北移民到新西兰的，培杰和弟弟很合得来，他们有着相似的经历，餐后邀请我们去参观了他们买下的一家农场，并规划着未来，他们的生活过得很滋润。

9日，上午儿子儿媳带我们去咪什倍海滨公园，中午在那里享用了西餐，他们为松青5岁的女儿开拉准备了生日礼物，在新西兰把5岁、18岁、21岁视为三个重要生日。

11 日上午，杨冰带我们去了一个游泳馆，游泳馆的环境非常好，游泳的人很少，在这里游泳的有几个岛人或者是毛利人，他（她）们的身体都特别健壮，毛利人或岛人有些人平时不工作，享受着国家每个星期发放的最低生活费，在他们的头脑中没有工作挣钱的概念，游泳馆完全免费开放，我们在一家日本餐馆午餐。

12 日早晨，弟弟开着一辆摩托车过来，放在儿子这里让我骑，这辆车的价格不菲，比普通小轿车还要贵。上午去侄女丽娜的学校，看她们的舞蹈表演，这里学校的一些老师也有纹身、纹脸、纹头的习惯（男老师），我们看上去很不舒服，这就是不同地域文化的差异，但他（她）们都觉得很美！之后去了杨冰的工作单位，奥克兰最大的一家医院，医院的环境一尘不染、听不到任何嘈杂声，医疗设备也都是最先进的。下午她带我们去了佛光山寺庙，这里很清静，来的人也不多。

13 日临近中午，杨冰带我们去奥克兰北岸转了一圈，午餐在一家上海人办的餐馆名曰"石头门"，这条街的名字叫"倒霉街"，据说过去这里的治安曾不好过，很多人在这里丢过东西。下午去了一处火山公园，它遥对着一处树山公园，我们头上蓝天白云，脚下绿草鲜花，让人心旷神怡。

14 日早餐后，儿子叶晗带我们去了一处景区——鸟岛，车程用了一个多小时，鸟岛顾名思义，这里是鸟儿的乐园，放眼望去岛上鸟儿铺天盖地，大多是白色羽毛，可能都是海鸥吧，也有一些比它们大的鸟儿。我们选择了一处绿草地，席地而坐，儿子儿媳呈上了带来的美味佳肴，午餐开始。之后又去了一个离这不远的地方，儿子叶晗用一个网状笼子，里面放了一个鸡骨架，然后用绳子把它放到悬崖下海水里，诱捕螃蟹，我到悬崖下采了一些青口（海虹）。在回来的路上，我们又去了一家游泳馆游泳，游泳馆的环境卫生都非常好，游泳后还有很多独立的淋浴间可用。回到家晚餐后，我看了一些在超市带回来的免费中文报纸，愉快的一天就这样结束了！

15 日早 5 点，儿子和儿媳就起来准备午餐了，今天我们一家 5 口人要远行。6:30 从家出发，去一个离家较远的景区。路上我发现往来的车辆，约 90% 都是日本产的，且多为丰田牌轿车（我到过的一些国家，看到很多民众都在开日本车），我想日本的汽车制造业，当真成了该国的一个支柱产业。无论生产制造什么东西，只要做好和做精才能有市场。行驶了约 3 个小时抵达一处火山公园，在这里泡了温泉，许多植物都被熏成了黄色，在公园入口处，杨冰告诉我们新西兰有一种鸟，发出的叫声"kvkv"的，所以人们管它叫 kv 鸟，是新西兰的国鸟，它没有翅膀不会飞，有点儿像一只半大的小鸡，身上的羽毛呈褐色。大孙女跟我们一天了，没有哭闹，还经常露出灿烂的笑容，让我们好开心。回到家里休息一会儿，叶晗带我俩去逛夜市，很热闹，异国他乡的夜市感觉有些异样，在这里我们选择了一些小吃品尝。

16 日小雨，早晨松青接我们去西区的一个跳蚤市场转了一圈，然后又带我们去游泳，两个侄女陪着我们玩得特别开心，晚上带我们又去了奥克兰天空塔，它是观光及电台广播塔，塔

南岛樱花

高 328 米，是南半球最高结构的建筑物。它里面有娱乐城（赌城）松青拿出一些纽币，让我俩在赌博机上小试一把运气。地下停车收费也是很贵的，我们玩了大概就是两三个小时，收费 17 纽币（人民币 85 元），很心疼花了这么多钱，弟弟却不以为然，因为他的收入还是很可观的。之后又逛了夜色中的皇后大街。

　　17 日早晨，松青送我们去奥克兰机场，他为我俩办理了赴新西兰南岛游，日月光旅行社的老周带团，他集老板、导游、司机于一身。儿子和儿媳为我们准备了点心和水果，还给我们准备了一张消费卡，上面存了很多钱，告诉我俩想吃想用想买什么就随便花，不要舍不得。经过一个多小时的

库克雪山库克湖

航行，抵达南岛基督城，地震的痕迹依然可见，游览了几处公园和一处博物馆。此时正逢樱花绽放的时节，当然游人都要驻足拍照了。于晚上 7 点乘大巴前往住宿地，一路上忽晴忽雨。

　　18 日早餐后，去库克雪山，山顶均被白雪覆盖着，当地人叫它"长白云"。午餐自己负责，下午前往水果小镇。

　　19 日上午，乘车去佛峡湾，途经镜湖，名副其实，湖面平静的如同镜子一般，倒映着一碧苍穹、宁静的山峦、绿草鲜花，那飘浮的白云在镜湖中游动着，静中有动，山峦呵护着镜湖，镜湖映照着山峦，山峦是哥，镜湖是妹，山山水水亦有情，真是妙不可言。大

南岛镜湖

巴约 3 个小时抵达码头，接着乘游轮约一个小时到达入海口，岛礁上有几只海狮躺在那里，十分惬意懒散，享受着日光浴。导游讲这里是世界上最潮湿的地方，降雨量用米来形容，年降雨量在 6 米以上，树木的枝杈上挂满了厚厚的苔衣，此时正值这里的早春，回来的路上，山顶的积雪正在融化，多条溪流欢快的下泄着，她们要投入海的怀抱！眼前呈现出一幅"疑是银河落九天"的画卷。

20 日，全天在皇后镇，这里的垂柳特美，又长又柔。上午参观了蹦极、葡萄酒窖，下午坐缆车，晚上在文华酒店用餐，赶上导游老周的生日，他是中国台湾人，20 年前从台湾来到这里谋生。他中等的个儿，体态微胖，皮肤略黑，小眼睛，年龄近 50 岁，在车上为游客备了很多小食品药物等，服务的品质上乘，和游客们相处得很融洽。我赠送他一个生日礼物——《松涛文集》。

21 日，上午老周开车带我们去了几座小镇和一座城市但尼町，南岛印象最深刻当属但尼町，这里街路整洁，行人衣着不凡，每个人都有与众不同的气质，特别是一些青年男女，他们就是城市的一道靓丽风景，商店里陈列的商品高档讲究。

傍晚导游带我们去观赏小企鹅，管它们叫小企鹅，是因为它们的身体略小于鸭子。人们在这里为它们建造几十个木制小房子，每只企鹅都是以家庭为单位居住的，导游指着大海的方向告诉我们注意观察，这里的海水可谓波涛汹涌，真佩服这些小生命的英勇顽强，一会儿我们在浪花里发现了几只浮在上面的小企鹅，正奋力朝家的方向游来，它们上了岸，蹦蹦跳跳的，拽拽哒哒的，各回各的家，也有走错门的，重新找回家，在家的企鹅还出来接应，一会儿企鹅就都先后回来了，还有一只企鹅在岸边焦急地眺望着大海，期待着家人的平安归来，夜色降临了，它还在那里等待着……目睹这一幕，我看到几位女游客好像落泪了，但愿它的家人能早点平安归来！我们的视线也模糊了，动物也一样有亲情！

22 日上午，经过几座小镇，参观了一处驼羊饲养场，之后返回基督城机场，在这里和旅游团里的一些游客朋友，相互交换了通信地址，飞机经过一个多小时的飞行，于下午 5:10 抵达奥克兰，松青接我们到他家用晚餐后，儿子开车接我们回家，新西兰南岛旅游画上了圆满的句号。

23 日晚上，儿子儿媳的朋友宋英新、王开夫妇携全家在皇冠酒楼为我们接风。以后的几天里，儿子忙于工作，基本上是儿媳带我们去逛景区和购物。

儿子和儿媳考虑得特别周到，他俩对我俩说："你们来时有为你们饯行的，回去时肯定还有为你们接风的，那么多亲属朋友，还有你们用的，回去时一定要把新西兰的特产带足。"于是儿媳就带我们去很多家商店，买了奶粉、鱼油、卵磷脂等，在奥克兰的一家名曰"太平超市"买了 10 张羔羊皮和几十瓶绵羊油，小羔羊皮每张都在人民币六七百元，回到家里我在打包的时候，发现多了一张羔羊皮，于是我就对大家说："他们多给了我们一张羔羊皮，怎么办？"妻子、儿子、儿媳都在等待着我的处理意见，让我说该如何处理，我说："马上给人家送回去，营业员一天能挣多少钱？卖丢了一张她是要理赔的。"我的意见得到了家人的赞同，于是儿媳开车带我们又去了这家店，我进去把这张羔羊皮还给了她们，营业员向我表达了谢意。回到车上妻子和儿媳都问我，她们应该奖励一点小礼物给咱们，我们不在乎，但是她们应该这样做，于是她们进店索回一小瓶绵羊油，方觉心理平衡了些。

叶晗忙于工作，这些天午餐都是杨冰带着我们，每天品尝不同国家的风味饮食，它们各具特色，这方面也让我们开阔了眼界，一饱口福。晚上回到家里，几个中文频道的电视节目，都是关于钓鱼岛的报道，偶尔也看看外语频道。

27 日，今天是大孙女的半岁生日，上午杨冰送我们到一家游泳馆，她带着孙女去参加一个幼儿训练，中午她带我们去一家韩国馆用餐，儿媳的孝道我们体会到了。

30 日早餐过后，我们去奥克兰博物馆参观，馆里藏品不多，参观后在这里体验了地震海啸的感觉，晚上松青安排在奥克兰的全家人到"北京烤鸭店"聚餐，共度中秋节，席间我们话父母忆往事，谈起台湾的亲人，正是每逢佳节倍思亲啊！

10 月 2 日，今天是儿子 28 岁生日，上午杨冰带我们去买菜，为儿子准备了生日蛋糕，这是 10 年来第一次为儿子过生日（因为儿子一直居住在新西兰）。

上午松青接我们全家去大超市，在这里卖什么的都有，转了半天，我选择了一棵斐济果树，回家栽到了儿子的园子里，然后我们又去了动物园、鸭子湖，在弟弟家用完晚餐后，他又安排我们去打高尔夫球，月色中的高尔夫球场别有一番景象。

10 日午后与儿子在家的绿地里补种一些草种，知道我们马上要回国了，英新和王开又邀请我们去他家吃烤肉，为我们饯行。应邀参加的还有老何（石家庄的）、阿忠（广州的）、小胖（沈阳的）（他们之间的称谓），也都是儿子的好朋友，我觉得这几个孩子非常可怜，因为他们还没有拿到身份，只能靠给人打零工维持生活，背井离乡无依无靠，他们有的签证日期已过，一旦官方发现就会被遣返，这种生活实在是不好过，拿到新西兰的绿卡并不容易，这些孩子们的压力都很大，还不想告诉自己的父母和家人，我觉得他们还不如早点回到国内发展，对这些孩子们的窘境我们很是同情，但是爱莫能助啊！

12 日上午，儿子开车带我们去了百公里以外的一处海滨，这里的海水特别清澈，正是这里风景独好，没看到有其他游人，儿子到一处悬崖处下了捕鱼的笼子，在这玩了将近两个小时，笼子里捕到两条鱼和两只螃蟹，有一条鱼叫作"青衣"，肉质鲜美，据说它的价格不菲。

13 日，晚上松青在兴龙阁酒店安排龙虾宴为我们为饯行，同时也为杨冰父母从北京回来接风，晚餐后松青、卢比，还有两个侄女邀请我们去她们家住宿，大侄女丽娜为我们布置了房间，并在卫生间为我们准备了洗漱的用品，小侄女开拉要求和我们睡在一起，这两个 10 岁左右的侄女亲情浓浓，我们倍感幸福！

14 日，在松青家午餐，杨冰父母为我们准备了丰盛的饯行晚餐，严华和她的女儿明轩送来了饯行水饺，我们感受着亲情友情的温暖和厚爱，餐后稍事休息，接着大家就一同送我们到奥克兰机场，新西兰时间午夜 11 点飞机起飞，经过 12 个小时抵达白云机场，北京时间下午 1:30，我们到了龙嘉机场，德鹏开车接我们回家，结束了为期 40 多天的新西兰探亲之旅。

从新西兰回来没有多久，我又去北京参加民革第十二次全国代表大会，民革中央派车到火车站内接我，住宿北京饭店 5041 房间，晚上民革中央副主席修福金、张伯军在南京饭店宴请我们十几位代表。在人民大会堂部分党和国家领导人与全体代表合影，经过近一周的时间，会议圆满完成了各项议程，这次大会选举了新一届的民革中央主席万鄂湘、齐续春等副主席，并修改了章程。会议还传达了中共十八大精神。

2014年2月11日，杨冰在奥克兰生下第二个女儿——叶鑫媛，去新西兰探亲的二妹晓凤微信告诉我，并发来了一些图片，儿子也打来电话告知，很高兴大孙女有了玩伴。

4月9日，儿子给我发来照片，两年前我在他家园子种植的那棵斐济果树，不多不少结了两个果子，正好两个孙女每人一个。

松青和我在奥克兰海滨

第五十节 再赴新西兰

2014 年 11 月 27 日，这次赴新西兰是我独自一人，中午大哥大嫂在家为我准备了饯行饺子，下午李冰送我乘动车到龙嘉机场，晚上 6:05 乘飞机赴广州。

当日午夜在白云机场乘南航飞机赴新西兰，经过近 12 个小时抵达奥克兰，松青带丽娜、儿子一家四口到机场迎接。

29 日上午，儿子全家带我逛商场，给我买一件羊绒衫，两个孙女特别乖，第一次见到小孙女她已 10 个月了，大孙女跟我特别亲，小孙女总是用审视的目光看着我，突然出现在她面前的这个人，"你是谁呀？"好像她心里在问。午餐在一家名曰"马车会"的粤餐馆，晚餐到松青家，卢比、丽娜、曼琳大家为我准备了西餐，亲人相聚，其乐融融。

30 日，儿子儿媳出去给国内的亲属购物，

3 岁时的大孙女叶玥婷在自家的绿地上

下午带我去看圣诞大游行，晚餐后与儿子去公园散步，这里的环境让人赏心悦目，我们父子俩聊了很多，心情也特别舒畅。

12 月 2 日上午，今天儿子儿媳要带我远行，起早做出发前的准

备，临近中午出发，中途在服务区午餐——麦当劳，之后去附近一处绿地公园休息，下午 4 点抵达岛屿湾宾馆，住宿海景套房，价格不菲，景色极佳！对儿子儿媳妇这种安排，我不愿意，舍不得让他

们花这么多钱，儿子儿媳问我："您觉得满意吗？"

"那当然是无可挑剔。"我说。"那就值了，我们就想让您玩得开心。"夫妻俩异口同声。

儿子一家在奥克兰王子码头

3 日早餐后，我们去北塔，它位于新西兰的最北端，距奥克兰 500 多公里，儿子驾车行驶在一号高速公路上，抵达北塔后我们下车，大家都舒展一下身体。在海边有一些指示方向的标语牌，指向的都是一些国家的名字（英语），感受一下这里的风光景色，接着儿子开车原路返回，途中的景色可谓风光旖旎。一号高速公路是新西兰南北岛的交通大动脉，全长 2047 公里，其中在北岛部分是 1106 公里，南岛 941 公里，又返回到岛屿湾宾馆住宿休息。

4 日，在宾馆儿子儿媳做了早餐，9 点我们乘坐一艘游艇去了 10 多个海岛景区，看了

奥克兰一处公园

海豚表演，晚餐后返回家。这几天不知什么原因，我突发咳嗽，儿媳给我准备了止咳药，必须按时服用，其中午夜还要吃一次。我睡着了，午夜醒来的时候，发现儿子坐在我的床边，"你怎么还没睡呢？"我问儿子，儿子说："等您吃完药我就去睡。"儿子如此孝顺让我好感动。小羊跪乳，乌鸦反哺，儿子知道感恩，我当然很欣慰。

8日下午，与松青、培杰去农场，看我们的到来，有一只叫"宝宝"的小马走了过来，我给它喂了食，这里还有几只小羊和几只羊驼。之后去了培杰家，他拿出珍藏多年的茅台酒，严华忙碌着为我们准备晚餐。

10日上午，与儿子全家去天空塔，之后乘电梯到51层和60层，俯瞰了奥克兰全景，中午在这里自助西餐。

16日，今天我要回国了，在新西兰的家人都聚到儿子家，为我饯行，大家送我到奥克兰机场，大孙女舍不得我离开，我已经过了安检，不知道什么时候，她从下面钻了过来，抱住我的大腿，哭着喊着："我

在培杰的农场丽娜、开拉喂小马"宝宝"

不要爷爷走，我不要爷爷走。"这就是骨肉亲情，我只好安慰她说："过一段时间爷爷会再来看你。"大孙女还不到3周岁，这个时候在

周边的旅客和工作人员都把目光聚焦到我们身上了，很多人也都为之动容，工作人员打开了闸机门，儿子进来抱出了孙女，她哭得好伤心啊。午夜 12 点飞赴广州。

17 日，妻子李冰开车到机场接我，对她来说真不容易，她不善于在高速公路上开车，回来的时候我开车，一边开车一边询问着母亲和家里的情况，下午 3 点抵家。

第五十一节　带母亲回故乡——青岛

2015年5月10日，今天是母亲节，这些年我一直有一个愿望，那就是在合适的时间，一定带着母亲回到我出生的地方去看一看，再听母亲讲一讲当年的故事，青岛这座美丽的海滨城市，也是母亲出生的地方，母亲节前夕，我把这个想法对妻子李冰讲了，她非常

和母亲回青岛

赞同。从去年开始，母亲的身体每况愈下，大哥大嫂肩负起照顾母亲的重任，母亲这个时候走路已经很吃力，给她买了轮椅，陪她出去散步的时候，若累了就可以坐上轮椅，推着她走。大哥大嫂虽然都退休了，他们也都60岁左右的人了，照顾母亲不容易。除周六周日，平时都要由他们照顾母亲，兄弟姐妹大家达成了共识，每月我和在新西兰的弟弟拿大头，几个妹妹只是象征性地拿一点钱给大哥大嫂。

我俩把这个想法告诉了母亲，她听了特别高兴，说非常想回去看看。我们还邀请了大哥大嫂一同前往青岛观光，也是对他们照顾

母亲的一种感激和报答，我们的这个想法也对弟弟妹妹们讲了，大家异口同声表示赞同，认为我们这个想法太好了，让母亲再回到自己的故乡看一看，她一定非常开心，特别高兴！我俩承担这次旅行的全部费用，弟弟妹妹们也都执意要表达一下心意，我们拗不过，只好接受了。

下午我们一行 5 人从家里出发，包了列车的一个软卧车厢，两点随着列车的一声鸣笛，我们赴青岛的旅程正式开启。母亲躺在下铺，我们大家分别与她唠嗑，不知不觉夜幕已经降临了，我回到了隔壁的硬卧车厢，在列车有节奏的行进中，我很快就进入了梦乡。

列车于 11 日下午 3 点多抵达青岛北站，在站内我们接着又换乘动车，经过 10 多分钟抵达青岛站，这时伴随我们一路的雨也停了，青岛同属于母亲和我的第一故乡，雨后的青岛格外清新美丽。这也是有生以来第一次陪母亲回故乡。母亲坐在轮椅上，也格外的兴奋，用手指着青岛站前的两个大字，并大声地喊出"青岛"，看到母亲这么高兴，我们四人更高兴了！这个时候我在想，要是父亲健在那该有多好，我幻想着我们陪着父母，喝着青岛啤酒，吃着海鲜，望着海景，听他们讲那过去的故事！母亲这个时候也像外婆一样，患了阿尔茨海默症，但街路上广告牌匾上的字还都认识，有时候也有意识读给我们听，她毕竟受过高等教育，也会两门外语。阿尔茨海默症也像渐冻症一样，有个逐渐加重的过程。在车站广场的一处，让他们暂时在这里休息等候，我和妻子去附近联络住宿的酒店，看了几家，觉得一个名曰"鑫丰源宾馆"的环境、价格还可以，接着就办理了住宿手续。

12 日早餐后，我们准备去武昌路和黄台路，这一行 5 人，若是打一辆出租车还坐不下，打两辆还不方便，最后决定还是坐公交车，我们乘 214 路公交车到了武昌路，这里是我出生的地方，我出生时的那个门牌号已经没有了，到过这里就行了，我觉得就像完成了一项任务，这里的景色不错，我们拍了几张照留作纪念。下午我们又去了黄台路××号，这是一栋乳白色的三层小别墅，过去母亲和外公外婆舅舅们曾经居住生活的地方，这栋楼现在仍然有人住，但它已经不属于母亲了，新中国成立后这栋楼就被政府没收了，后来什么人住进了这里，母亲也不知道，弹指一挥间，66 年已经过去，这里发生的一切都成了历史，过去母亲常给我们讲述昔日和父母及弟弟在这里生活的故事。但现在发生的很多事情她都记不住了，有些时候我们问母亲，你早餐吃的什么？她的回答总是两个字"饺子"。我们在这栋别墅的外面拍了几张照片，录了一段小视频，我们商量着准备进去看看，后来觉得不妥，不应该打扰现在的主人，来过了，看过了，我们也就心满意足了，我知道母亲是一直想回青岛再看一看，也算帮母亲圆了一个梦。

13 日早晨，风清气爽，我们用轮椅推着母亲去了栈桥，我问母亲："您还记得这里吗？""栈桥，我小的时候常来这里玩。"母亲说话的声音显得高亢，有些激动。在栈桥上往来的游客熙熙攘攘，其中有很多还是外国游客。青岛的变化真是日新月异，每一栋滨海大厦各具特色，都是国际一流设计师的杰作，这里的每一栋楼都是扮靓城市的重要角色，它们都是不可或缺的。在几十年的发展进程中，特别是改革开放以后，青岛已然成了国际上著名的大都市。

回忆起 25 年前与同志绍复公出到青岛，他对我说："青岛这么好的地方，你们不住这里到东北去干什么？"他的这个问题让我无语，问题还是他自己找到了答案，"当时你还是个小孩呢！"接着我俩到海边拾了一些海货，到饭店带料加工，用裙带菜还做了一个汤，弹指一挥间此事已成过往！

晚上住在金海商务宾馆。离这大概六七百米的地方，有一处海鲜市场，我和妻子去买了 10 来种新鲜的海货：螃蟹、大虾、虾耙子、大海螺，还有几种贝壳类的小东西，带料加工做熟之后，回到宾馆大家饱餐一顿，黄海的海鲜就是鲜！母亲特别爱吃海鲜。

14 日早 5 点起床洗漱，参加振翔旅行社组织的赴蓬莱、烟台、威海的两日游，6:30 出发，于中午抵达蓬莱，午餐后去看"八仙"，之后去烟台，于晚上 7 点抵达，住宿好旺角宾馆，一路下来我们觉得有点累，但母亲还是兴致勃勃。

15 日早餐后，去郊外的仙菇顶景区，回到威海市区午餐，之后参观了"定远舰"，它是于 1895 年 2 月 4 日夜，被突入港内的日军"第 9 号"鱼雷艇偷袭受伤，9 日"定远舰"被日军占领的炮台炮火重创，次日"定远舰"被自爆，"定远舰"是个活教材，它让我们牢记历史，不忘国耻。我又联想起，1941 年 12 月 7 日清晨，发生了日本偷袭美国在太平洋珍珠港海军基地的事件，偷袭别人，是日本侵略者一贯善用的手段。之后到韩国服装批发城选购服装，这里的服装特别便宜，可谓"物美价廉"，我买了几件 T 恤才 100 多元，在别的地方可能一件都买不来。妻子和嫂子也给母亲挑选了几件，试穿之后非常满意，买下！于 18 点返回青岛金海商务宾馆。

16 日上午我们去买了一些青岛的特产，下午 2:30 乘机场快线到机场，飞机 20:15 起飞，大哥大嫂坐在母亲的左右，我俩坐在他们的前排，母亲通过座位的空隙用手拨弄着我的头发，她想让我们转过来跟她说话，于是我俩回过头来，就跟她聊了一会儿，经过两个小时的航行，抵达龙嘉机场，二妹夫郝强到机场接站，到家已近午夜 11:30。

为期一周的青岛行结束了，一路上母亲的状况特别好，非常顺利，每每回忆起来这段时光，倍感亲切！

第五十二节　东镇之声

叫"东镇"这个名字的地方或许很多，我说的这个东镇，很多人并不知道和了解，它就是现在的松原市，据说孙中山先生称这里为东镇。

为参加纪念孙中山先生 150 周年诞辰，由民革吉林省委和中共松原市委在松原举办"东镇之声"文艺晚会，我们应邀参加。原来准备开车前往，查询了一下 267 公里的路程，坐小车太累，研究决定还是坐大巴更舒适一些。2016 年 9 月 25 日中午，与文才、德鹏乘大巴赴松原市，在这里看见了市台办主任赵冬，知道她来我们就一同约定前往了。台湾高雄市国际同济会合唱团为了纪念国父孙中山，从千里迢迢的台湾高雄来到大陆东北的松原，这份情怀难能可贵，同胞情谊，血浓于水！

这个合唱团都是一些退休的老者，他们和松原市歌舞团先后表演了文艺节目，就

与民革中央原副主席郑建邦在长白县

节目的质量而言，他们远不及松原市歌舞团，服饰也显陈旧，我想这与台湾现阶段经济发展状况有直接关系，我本想和他们搭讪搭讪，因为舅舅们也生活在高雄市，觉得他们很亲切，或许他们当中有人还会认识舅舅或其他亲人，由于时间紧张，这只能成为一个想法。

26 日上午，在松原市宾馆，座无虚席，由民革中央副主席郑建邦作台情报告，郑建邦先生是研究台湾问题的专家，他的报告生动鲜活，目光深邃，对台海形势的分析透彻，高屋建瓴，展示出一位学者和领导人的风采。他说关于台海问题，习近平总书记的一系列重要讲话，就是解决台湾问题的定海神针，他的报告赢得了大家的多次掌声！

2007 年 4 月，我第一次去台湾，这一晃 9 年过去了，与台湾亲人见面时的情景，那里的山山水水还时常浮现在我的眼前，仿佛这一切就在昨天。那次我只去了大舅家，由于时间匆忙，二舅、三舅家没去拜访。我想若是邓小平和蒋经国两位先生，他们的生命再延长 5 年或 10 年，邓小平先生提出的"一国两制"的伟大构想或许已经变成了现实！我们去台湾看望舅舅和亲人们，台湾的亲人回大陆看望我们，海峡两岸的中国人能自由地往来那该多好啊！

第五十三节　母亲离世

去年的母亲节，我们带母亲重返了故乡青岛，应该说是一个英明的决定，如果没有实现，我将遗憾终生。从 2016 年年初开始，母亲的病情每况愈下，我们兄弟姐妹竭尽全力，配合医院为母亲治疗，结果还是无济于事!

11 月 3 日早晨，母亲的病情进入危重状态，用救护车把母亲送到位于市区西南部的和平素食安老院。晚 9：50，母亲逝世!（新林念佛堂 136 号房间，享年 82 周岁）进入午夜后，安老院来了一辆大客车，车上下来几十人，大多年龄在 60 岁左右，且多数是女性，她们都信仰佛教，是来为母亲祷告的，这也是一种爱心行动的表达吧，让我们全家人好感动! 母亲逝世的消息，告诉了在台湾的三位舅舅，在新西兰的弟弟松青、妹妹晓丹和儿子叶晗以及在外地的侄子、外甥女。

11 月 6 日上午，我开车到龙嘉机场，于 9:40 大舅、二舅抵达，下午 1:25 儿子抵达机场，3:15 妻子李冰抵达机场。外甥女路一平中午返京，侄子叶杨下午返上海，唉，这一天家里人来来往往的!

7 日，今天在宾馆召开民革市委第十次代表大会，会议由我主持，因为明年我即将退休，组织没有再安排我任何职务，感觉很轻松。母亲去世的消息，我没对机关的同志们讲，也告诉兄弟姐妹们不要声张，母亲生前就是一个愿意助人而不愿意给别人添麻烦的人。

11 月 8 日早晨，为母亲举行了葬礼，与父亲合葬在一起，大舅、二舅还有我们兄弟姐妹的全家，都参加了葬礼，我由于特殊原因没有参加，儿子参加也代表了我，母亲这一辈子，特别是前半生，年少时与父母弟弟痛苦离别，寻亲 39 年后，见到了母亲和弟弟，没想到的是 39 年前与父亲的分离，竟是一次诀别！她和父亲结婚后，他们相敬如宾，相濡以沫，相伴 28 年的父亲又英年早逝，她含辛茹苦，历尽了坎坷，在那个物资极其匮乏的年代，她精心呵护着我们这 8 个孩子，没有一个人掉队，用她瘦弱的身躯扛起了家庭的脊梁，帮我们都能成家立了，她是一位伟大的母亲，不平凡的母亲，有着传奇经历的母亲！大家也都回馈母亲的养育之恩，晚年让她过上了幸福生活，我们孝敬母亲的日子太少了！正是"树欲静而风不止，子欲孝而亲不待"。

11 日早 3 点起床，4 点多出发，我俩送松青经北线去龙嘉机场，一路上风雪交加，雨刷器在快速地擦拭着挡风玻璃上的雨雪，一路超车，总算抢在安检前送弟弟到达了机场。

12 日上午，开车带大舅、二舅去郊外欣赏雪景，也舒缓一下他们因母亲去世的沉重心情。

13 日早餐后，送大舅、二舅到龙嘉机场，今天他们返回台湾。

母亲这 82 年的坎坷人生之路，有荆棘、有苦涩，也有甘甜……

第五十四节　灰色毛衣

母亲和她的四个儿子

在我童年的记忆中，父亲有件灰色的毛衣，穿在身上特别神气。当然，我们每个孩子都有自己的毛衣、毛裤、毛袜、毛手套，这些毛织品都是母亲夜以继日，一针一线完成的，有时我们一觉醒来已是子夜，看到母亲不知疲倦地编织着，劝她早点休息，她说不累，让我们赶快睡，明天不要耽误上学。我们再一次醒来，是被母亲挨个唤醒的"快快起来，洗漱、吃饭，上学别迟到了"。年复一年，直到我们成家，有了自己的新娘，老娘才停止了手中的针线活。斗转星移，一晃母亲已进入耄耋之年，她的 8 个子女（4 男 4 女，1、2、3、4 都是男孩，5、6、7、8 都是女孩），如今我们兄弟姐妹在天南海北，都有了自己的幸福小家，有了自己的孩子。母亲老了，再也不能为我们编织衣物了，这件事自然落到了我们这 8 个家庭的"主妇"的手上，她们像母亲一样用心用爱编织着生活。人们常说："儿媳妇像婆婆，姑娘像妈"，这话真不假！这些年来，我们兄弟的媳妇、妹妹，为老人、为丈夫、为孩子，也辛勤地编织着。如今很少有人再穿手工编织的毛衣了，代之的是羊毛衫、羊绒衫等机织品。去年在我生日的前夕，妻子就张罗着给我准备生日礼物，问我喜欢什么，我说你给我织一件灰色毛衣吧，妻子不解地看着我，说："你有那么多羊绒衫不穿，谁现在还穿手织的毛衣了，你这个人真奇怪。"我告诉她："这叫与众不同"！为了满足我的心愿，在一个阳光明媚的星期天，妻子开着车带我去选购毛线，先后去了中百商厦、福绥科贸商城、江北百货大楼、中东新生活、

东方商厦都没选中，看过的这些毛线我认为不是细就是粗，有的颜色不纯正，妻子倒是很有耐心，对我说："周日反正也没事，就当锻炼身体了"。她这番话安慰了我，依我早都不选了。这个时候我深刻

母亲和她的四个女儿

地体会到，一个男人的另一半，贤惠、温柔、善良对他有多么重要！正是"家有贤妻男人不贪横事"！最后在温州商城买到了我理想中的灰色毛线。回到家我告诉妻子，"你不要急，一天织一点，一个月或两个月织完就行，别累着，要学会控制、要有定律！"结果这件事她还是没听我的话，一天下班回家，妻子让我试试毛衣，我穿上后，她开始指挥我，"往前走两步，转过来。"接着她又左看看右瞧瞧，这还不到 10 天的工夫，我就穿上了非常合身的灰色毛衣，"你去照照镜子，感觉一下。"妻子对我说，"我找到了所希望的那种感觉，你送我的生日礼物最珍贵，一针一线都是情，一经一纬都是爱！"我觉得妻子很像母亲。为了照顾好母亲的晚年生活，我们先后请了 9

位保姆，她们平均工作几个月就离开了，换一次保姆母亲就需要适应一段，因此我们决定以后不再找保姆，因为我们都工作，只能是周六、周日陪伴和看护她，每当和我们在一起的时候母亲都特别开心，妹妹们决定在处理好工作的前提下，谁有时间谁来看护，现在我们回报母亲的养育之恩，也是一种幸福，是天伦之乐！回首往事母亲为我们做的太多，过去我们每个子女的生日母亲都想着，给我们做的手擀面特别好吃。而我们为母亲做得太少。都说母爱伟大，就是因为母亲对子女的付出是甘心情愿的，不图回报，希望子女"好"，是她最大的心愿！

（谨以此文纪念母亲逝世四周年）

第五十五节　妻子陪我去日本

2016 年 12 月 12 日小雪，母亲去世后，我的心情一直很沉重，妻子决定带我出去散散心，换届后机关的工作有了新的领导，不需要我再去操劳，有了一种如释重负的感觉，挺好！下午乘动车赴龙

嘉机场，于晚 8:30 乘春秋航空公司的班机赴日本大阪，在飞机上我对她讲起 36 年前的一件往事，三舅做海员时，曾到过日本静冈县清水市的一家公司，在这里往山东青岛寄过信寻找母亲，后来母亲去山东青岛，亲属把这封信给

日本富士山远眺

她后，按着这个地址，我往这家公司打了国际长途电话，对方回应，查无此人。

　　3 个小时后抵达大阪，又乘大巴经过两个小时到了宾馆，凌晨 3 点才睡觉，这是我第一次来日本，妻子这次是陪我来的，她原来的企业就是中日合资的，日本她已往来多次了，但以前每次来都是工作，匆匆忙忙的，没有闲暇时间看风景。

　　13 日早餐后出发，参观了清水寺、金阁寺、平安神宫、祇园。天一直下着小雨，去清水寺的路上有许多结伴而来的日本中小学生，

孩子们身着校服，秩序井然地走着，也是一道靓丽的风景，寺的道路两侧都是商家店铺。

14 日早，乘大巴去白川村，这里有几十家民宿，现在都改成商用，屋顶都是用草苫的，参观完准备出发，因一位游客的迟到，推迟了 40 多分钟。迟到的女孩是个摄影家，为了拍摄出佳作，她不惜弄脏衣服，坐、卧、蹲、躺各种姿势都用上了。她上车后，全车人的目光都投了过去，女孩给大家来了一个九十度的鞠躬，哭诉着说她刚才找不到这辆车，大家愤怒的情绪马上就被化解了。

大巴行进途中，经过 20 左右个隧道，天上偶尔飘落一些雪花，山野中的雾凇特别妖娆，导游宁静是一位性格非常开朗的姑娘，路上一直为我们讲述着日本的故事，特别介绍了日本不同面额纸币的故事，从一万元介绍到一千元。在车辆行驶过程中，宁静还简单地介绍了日本社会的现状，车子房子已经不是显示富有的阶段了，的确路上很少见到排气量大的车，更多见到的是两厢轿车，节能减排已经成为日本民众的一种自觉行动，在他们眼里，10 万元的车和 100 万元的车并没有什么区别，都不过是代步工具而已；50 平方米的住房和 500 平方米的别墅并没有什么区别，都不过是放床睡觉的地方，现在日本人更注重生活的品质。

临近中午抵达高山之上的三之町古街，品尝了飞弹大包子，之后去松本城，这时暮色已降临，夜色中一对情侣白天鹅从远处游了过来，吸引了众人的目光，接着又出现了一对鸳鸯，还有一些水鸟在觅食嬉戏，它们好像在为游客们上演着一个浪漫的爱情故事！之后乘大巴去一处温泉小镇，我们住宿伊东中园宾馆，这里的温泉宾馆林立，建筑造型都很具特色。

15 日，早上晴空万里，上午去富士山，远观景色不错，大巴抵达山脚下，导游介绍这里是一合木，由于前几天下雾已封路，不能登山，只能拍照，阳光太足，照相的效果并不好，即使效果不好，大家也要拍照留念，否则白来一趟。之后又去了忍野八海，其实就是 8 个涌泉，里面的水是流动的，十分清澈，绿色的水草，游动的鱼儿，景色的确很美，值得一看。接下来又参观了御殿场，奥特莱斯、住宿芙蓉阁。

16 日早晨，拉开窗帘，富士山映入眼帘，它好像镶嵌在窗框之中的一幅油画，美妙绝伦！今天参观了几处景点，后去了秋叶园电器店、银座，东京的确可谓国际大都市，住宿市松酒店。

17 日，今天的行程依次是横滨中华街，在这片区域中有几百家商家店铺，多为中国人经营，山下有一处临海公园，鲜花绿草点缀着它的美丽，之后去了滨明湖，住宿名古屋常滑。

18 日的行程，大阪城公园，巨石砌成的围墙很壮观，之后去了心斋桥商业区，这里的人流熙熙攘攘，好热闹。

19 日，先后去了临空奥特莱斯购物场，它的风格与新西兰的相似，之后赶往关西机场，一直等到下午 6 点才登机，到龙嘉机场后乘大巴到高速口，静萍在这里接我们到家已是午夜，历时 8 天的日本行结束了，在几个城市留下了我们的足迹，脑海中印下了日本的几个地方。

第五十六节　三赴新西兰

2016 年 1 月 6 日早晨，儿媳的母亲打来电话，告诉我们杨冰又怀孕了，有了老三，让我们喜忧参半，心情很复杂！亲家杨云龙和亲家母倪晓君都是上海人，还是一同下乡到北大荒的知青，从北大荒回来后，都被安排在北京工作，他们见多识广，亲家母的担心不是没有道理，孩子多了肯定会影响到他们的工作和生活，问我对他们生第三个孩子的意见，我的想法是，孩子们的事由他们自己决定，这就是我的态度，我们的建议只能供他们参考。之后我给儿子打了电话，证明了这件事，儿子说："他们也没想再要孩子，这两个孩子就让他俩感觉有些吃不消了，但已经有了，毕竟是个小生命，就一定要生下来，国外也不提倡堕胎！"

4 月 22 日，松青发来微信，告诉叶晗他们的第三个孩子是男孩，这肯定是儿子把杨冰的体检情况告诉了他四叔，并没告诉我，可能要给我一个惊喜吧！

9 月 5 日，儿子发来微信图文"爸：孩子大人都好，一切顺利，体重 8.12 斤！给他起名叫叶家杨。"儿子他们女孩

大孙女叶玥婷放学了

男孩都有了，我们有了孙女和孙子，当然非常高兴，知道这个消息的亲朋，也跟着我们高兴，说儿子他们是事业家庭双丰收，小妹晓丹调侃说："叶晗小样还儿女双全呢！"我告诉母亲："您有从孙子了。"她会意地笑了，这也算是四世同堂了！有了孙子，我俩也急切地想去看看这个小家伙！

2018 年元旦，三妹晓红和妹夫宝强邀请家人聚餐，为我俩赴新西兰饯行。

2 日，大哥大嫂为我俩践行，下午 2 点外甥高思佳开车送我们去龙嘉机场，18:35 班机飞赴广州白云机场，又于午夜换乘飞机，直飞奥克兰。

二孙女叶鑫媛

3 月 8 日记：我俩从 1 月 2 日到 3 月 7 日，这一段时间生活在新西兰，与在那里的弟弟、儿子全家共度春节，历时两个多月很开心，感受到浓浓的亲情。从 2013 年前后，弟弟和儿子先后从奥克兰的南区搬到东区，东区的环境比南区更好一些，这里被称为富人区，在这里居住的白人较多。弟弟的海景别墅很壮观，有时我们和弟弟坐在二楼的露台，一边品茶一边赏景：辽阔的天空、飞翔的海鸟、蓝色的大海、往来的轮船、绿地中的鲜花，美不胜收，诗情画意，生活其中幸福无比，这不正是弟弟打拼奋斗想要的生活吗！

弟弟松青赴台探亲的时候，曾邀请大舅、大舅妈、二舅、三舅等在台亲属到新西兰旅游，并说明自己有接待能力。大舅他们来东北探亲的时候，向我们求证了松青的情况，"松青他是不是吹牛？住在奥克兰的富人区海景大别墅，住豪宅，开名车！"我说这个问题还得您去实地查验。此后不久，大舅、大舅妈、二舅

大舅、大舅妈到访新西兰与弟弟儿子全家

探亲旅游，前往了新西兰，在奥克兰体验了弟弟豪宅、名车和家里的温泉，品尝了南极的龙虾、鲍鱼等美味佳肴，欣赏了那里的湖光山色，体会到浓浓的亲情，临行前儿子儿媳也为舅爷舅奶饯行，并给他们带上新西兰的鱼油特产等。回来后大舅对我们讲，实际的情况比松青说的是有过之而无不及，令他没有想到外甥会取得如此骄人的业绩。没有人会随随便便成功的！硕果是汗水浇灌出来的，我想弟弟松青取得如此成就，正应了那句话——天道酬勤！

风帆之都奥克兰，矗立的天空塔

儿子的二层别墅也很不错，坐落在一条马路的尽头，房前屋后的面积有 1000 多平米，房子和土地的使用期限也是 999 年。园子里有橘子、柠檬、斐济果、柿子、李子、葡萄等近 10 种水果树（还有的果树我叫不出名字），树下一片绿草地。绿地中儿子为孩子们安装了秋千和蹦蹦床，南面是一片郁郁葱葱的翠竹墙，高约五六米。大孙女玥婷已经 6 周

岁，二孙女鑫媛4周岁，孙子家杨2周岁，3个宝贝非常可爱，每天清晨，大孙女、二孙女醒来的第一件事，就是结伴来到我们的卧室外敲门，大孙女来到我的床头，跟我贴贴脸，二孙女来到奶奶的床头，跟她贴贴脸，每天都是这样，这不就是天伦之乐吗？我们享受着这种幸福的滋味！

一天晚饭后，我俩准备出去散步，这时天气有点阴沉，大孙女玥婷见状对我俩说："爷爷奶奶，你们要带上雨伞，一会儿可能要下雨，要是路上遇到小朋友跌倒了，你们就把他扶起来。"她还怕我俩找不到回家的路，把一支笔和一张纸交给我，让我画下沿途的主要标志物，让我们早点回家，多善良多懂事儿多可爱的孙女啊！儿子家的葡萄树结了很多葡萄，还没等我们吃呢，让一些鸟儿快吃光

玥婷弹琴累了歇一会儿

亲家亲家母和儿子一家

了，我给剩下的葡萄都罩上了塑料袋，结果无济于事，这鸟的智商还很高，它把嘴钻到里面吃，只好罢园！只摘了一小盆，这个品种叫玫瑰葡萄，特别好吃，洗净后，我让两个孙女来吃，大孙女玥婷说："爷

爷您也吃。"二孙女鑫媛吃了几粒后，觉得好吃，便对我说："爷爷你去。"后来大孙女学她"爷爷你去"，二孙女有点意识到自己做错了，还显得有些不好意思了，她还太小才4周岁，还不明辨是非呢，两个孙女这一幕幕让我俩至今记忆犹新！这3个孩子性格各异，大孙女玥婷文静，钢琴、绘画、游泳都很出色；二孙女鑫媛漂亮爱动，像个淘小子，聪明悟性好；三孙子家杨性格中性，虽小做事深思熟虑，不轻举妄动，像他的爸爸。这3个孩子有专职司机——他们的外公我的亲家杨云龙，每天又接又送。到家孩子们不下车，只好后面背一个，前面抱两个，真的好辛苦；很多时候孩子们的一日三餐，都是亲家母倪晓君解决，希望孩子们铭记外公外婆的养育之恩。一天亲家开车送他们回来，我说："亲家你的车擦的真干净。"他说"我都好几年没擦了。"可见新西兰就是干净！

大孙子叶家杨做手工

这些日子里，弟弟经常邀我俩去他们家用餐。儿子和儿媳绞尽脑汁，不是带我们去这就带我们去那，每天都让我俩开开心心的。亲家和亲家母的家，距离儿子家约3公里，这些天的晚餐，经常是他们做好了开车送过来，地道的上海菜，色、香、味俱佳，标配六菜一汤。一天晚餐的时候，大孙女说："外公外婆做的菜，让我们吃得好开心呢。"孙女的这句话也道出了我们的心声，儿子和儿媳工作忙的时候，接送这 3 个孩子的任务也由他们承担了，亲家和亲家母他们太给力了，我俩自愧不如，万里之遥，爱莫能助！

今天晚餐后我们就要启程回国了，离开孩子们很是不舍，我俩亲吻了 3 个宝宝，儿子儿媳将整理好的 4 个大箱包装上了车，我俩也上了车，我们再一次环顾儿子家的一草一木，都觉得特别亲切。

再看看二楼的玻璃窗前，宝宝们在外公外婆的陪护下，都站在那里，向我们挥着手，我们降下车子的玻璃窗，也向他们挥手告别，几个孩子都哭了，我们的眼泪也涌了出来，儿子安慰我们道："想他们以后你们随时就来。"车子移动了，离开了孩子们我们心里的滋味很不好受，我想孩子们的感觉也一定这样。

李冰在奥克兰一公园

中午到龙嘉机场，承发开着一辆七座别克商务车接我们回家，大哥大嫂为我们接风，在以后将近两个月的日子里，要给我们接风的亲朋老友接上了龙，让人家破费，也让我俩深感不安，大多婉拒了，原因大家都理解。因为和他们平时联系密切，这次一走两个多月，大家都问我们在哪里？只好回答，大家都约定回来给我们接风。亲戚在走动，朋友在交往，在已过去几十年的岁月里，我们确实结交了一些真心朋友，友情也与日俱增。

晚上文才夫妇、蒋辉夫妇在阿拉伯饭店为我们接风。要给我接风的一些好朋友大家相互都认识，我建议"合并同类项，实行 AA 制，得到了大家的理解和赞同"，逢好朋友著名画家孙树锦来长春，志伟、吉成、东泽、宏伟、钦升、志娟、金山、绍复、李军等 10 余人一同聚餐，触景生情，席间我为大家唱了一首郭峰的歌——《永远》。

妻子李冰那边，她所在的市老干部弘歌合唱团的朋友，大家也都要为她接风，也邀请我参加，大多也被她婉拒。还有她在松韵艺术团结识的四位姐妹，她们热爱生活，热爱歌唱，性格相同，结为金兰之好，没有旧时那个仪式，妻子给她们起了一个好听的名字—"五朵金花"，这几个妹妹的接风更是拒绝不了的。

左起：孙桂芝、李艳、徐敬波、刘薇、李冰

同志、朋友、家人真挚的情和爱，让我们难以忘怀！正是"有谁知道情义无价，能够付出不怕代价"！

一晃几个月的时间过去了，世林一直说给我们接风，阴差阳错，不是我有事儿，就是他有事儿。我们的父辈，世林的父亲是我父亲的表哥；到了我们这一辈，我是世林的表哥，我们的这种亲情一直延续着。他经营的一家粮油公司颇具规模，又开办了一家名曰"维也纳国际酒店"，表弟世林，诚实做事，低调为人。看到他非常忙，我一拖再拖，赶到宏伟一家从欧洲回来，接风一并进行。

左起：宏伟、王文、志伟、作者、世林、吉成、钦升

朋友聚会

第五十七节　探亲旅游在宝岛

2018 年 11 月 25 日至 12 月 2 日，历时 8 天，我们同胞兄弟姐妹，5 家 10 人去台湾环岛旅游探亲，与其说是旅游探亲，倒不如说是探亲旅游。改革开放以后，赴台湾探亲旅游也是我们大家多年的夙愿，这次赴台另一个重要原因，看望大病初愈的大舅，在我和妻子的倡导下得以成行，除了在新西兰的小弟松青和小妹晓丹外，大家积极响应。

11 月 25 日早 5：30 在火车站集合，开始了探亲旅游的行程，接着乘 6:30 的动车赴龙嘉机场，在机场巧遇教育系统同志铁红一行 20 多人，也乘同一班机赴台教育考察。中午 12 点起飞，经 3 个多小时的飞行，抵达台湾桃园机场。此时东北已是

作者和爱人在爱心桥合影

白雪飘飞朔风凛冽的时节，而这里却是绿野遍地、花香鸟语的时候，季节的反差，分明就是冬和夏。除了我以外，家人们都是第一次踏

荏苒时光七十年

上祖国的宝岛,好兴奋!接待我们的台湾导游吴锦泽,小伙子热情开朗,语言幽默,普通话说得很标准,他简单地自我介绍后,带着我们乘坐大巴,前往第一个目的地,透过车窗,那高耸挺拔的椰子树,尽显南国植物的妖娆风姿。一会儿的工夫就到了台北著名的"鼎泰丰"餐厅,品尝了10多种不同风味的包子,享用了丰盛的包子晚餐,餐厅就坐落在101大楼的一层。之后参观101大楼,顾名思义,地上楼层共101层,另有地下5层,占地面积153万平方米,建筑面积39.8万平方米,高509.2米,它始建于2002年,历时大概3年的时间建成,位于87层是其心脏部分,有一重器金属球置放在这里,重达660吨,以预防强风、地震和平衡楼体,此球可谓镇楼之宝。101大楼可谓台湾标志性建筑!到爱琴海温泉宾馆住宿已近午夜。正逢台湾县市长选举结果揭晓,国民党击败民进党,"绿地变蓝天"!

11月26日,天气阴,偶有小雨,早餐后,我们乘大巴去渔人码头,在情人桥和一个"心"造型前拍照,每一对情侣,每一个家庭排着队,争先恐后等着拍照。来到这里的每一个人,每一对情侣,都希望爱情甜蜜,白头偕老。

紧接又去士林官邸公园,蒋介石、宋美龄曾在这里生活过几年,自然留下了他们生活的许多故事。官邸景色宜人,树木花草繁茂,彰显着亚热代植物的风采,这些都得益于辛勤劳作的园丁们。

午餐后,去台湾"故宫博物院",这里的藏品大概有70万件,其中有4万多件藏品的身份有待确认。展出的藏品只是其中的一部分。我们看到的藏品大部分是瓷器,难怪外国人叫我们"China",我们可以粗略地算一下,参观完这些藏品需要多长时间。这些藏品它们的历史源远流长,每件藏品都有它的故事和主人。是蒋介石1949年从大陆带它们过来的,先生与它们密切相关。我们走马观花、浮光掠影用了近两个小时，听导游介绍博物馆和个别藏品的情况。之后乘大巴用两个小时到南投，住宿范特奇堡大酒店，晚餐后我们去小镇街里散步，回来时买了一些当地的水果品尝。11月27日，晨雾氤氲，我们乘大巴去清境农场。天偶尔下一点小雨，感觉还是挺好的，牧场里有几十只绵羊在吃草，到这里来观光的游客络绎不绝，经清境空中步道返回大巴车。午餐后去日月潭，抵达后又乘坐游船欣赏这美丽的湖光山色。潭水碧波荡漾，潭的周围山峦叠翠，置身于这美景之中，让人赏心悦目。品尝了导游推荐的老太太茶叶蛋后，来到嘉义仁义湖岸大酒店晚餐并住宿。11月28日，早餐后乘大巴赴

阿里山景区，导游介绍从酒店到那里大概有50多公里，因为都是盘山公路需要两个多小时抵达，沿途茂竹秀林，尽显南国山峦之美色，云雾缭绕在山间。导游介绍阿里山景区有18座大山，大多在海拔2000米以上。我们参

在台北"故宫博物院"门前的家人合影

观了神树、三代木等主要景区，导游又特别安排坐了小火车，之后带我们去了一个茶庄，品茶购茶，然后下山午餐，后去高雄，这是我们这次台湾行的主要目的地，两个小时后抵达高雄市区，在爱河边大家拍照留念，高雄市区的建筑，高大雄伟，名副其实。我们乘坐游船，游览了高雄港。这里过去曾是世界第三大港，现在停泊在这里的军舰、货轮绵延到视野的尽头。不知不觉夜幕降临了，五颜六色的灯光上岗了。今晚的住宿酒店是高雄的地标性建筑85大楼。

大舅、大舅妈、二舅、大表弟早已等候在这里。

两岸亲人在高雄

接着我们分乘几辆车前往一个自助餐厅，台湾的亲属除在外地工作的，都等候在这里。自助餐品质上乘，螃蟹、大虾……真可谓饕餮盛宴。餐后我们匆匆赶到大舅家，我代表一行 10 人，说明了这次台湾探亲旅游的目的，看到大舅的身体恢复得非常好，我们很高兴，大舅、大舅妈、二舅、二舅妈、三舅，表弟、表弟妹、表妹、表妹夫及两个可爱孩子，大家欢聚一堂，相互倾诉着亲情。每个人脸上都洋溢着幸福快乐和温暖的笑容。外公外婆和母亲虽然不在了，但是这种血脉亲情将与我们的生命同在，亲情永恒！大舅拉着我的手，到他的卧室单聊了一会儿，对大家的到来他非常高兴，并提到在新西兰创业的弟弟松青，大舅说："他是你们家的开路先锋。"大舅妈楼上楼下地找着，恨不得把所有的好东西都给我们带走，二舅为我们准备了台湾名酒"大高粱"，三舅除准备礼品，又给我们每个人发了红包，虽然大家都没收，但心里暖暖的。与此同时，我和妻子把大家带来的东北特产和儿子从新西兰寄来的优质奶粉送给亲人，这难得的一见，大家有说不完的话，唠不完的嗑。夜色渐浓，此时已近午夜，为了不影响大舅休息，和表弟表妹们明天的工作和孩子们上学，我们决定早点回宾馆，二舅、大表弟、表妹、表妹夫送我们回宾馆，睡觉已是午夜，这短暂的亲人聚会，它将永远定格在我们的记忆中。11 月 29 日早餐后，导游带我们去了购物店，然后去了大鹏湾，午餐在那里吃了烧烤。之后乘大巴去了白沙湾海滩，大家都挽起裤脚，下海戏水，玩得好开心。接着乘大巴沿着太平洋边缘的公路，约 3 小时到了台东的温泉宾馆，我们在房间内泡了温泉。11 月 30 日早餐后，乘大巴去绮丽珊瑚店，近 2 个小时，午餐牛肉面，还有水饺。下午去花莲，大巴行驶的过程中，阿泽播放了一部影片《老兵》反映的是几十年前，一个大陆青岛男青年被抓壮丁去台湾，此时正逢新婚妻子生子，这一别就是几十年，改革开放他回来时，看到了儿子和孙女，妻子已去世 3 年，正是"人有悲欢离合，月有阴晴圆缺，此事古难全"。

外公外婆和舅舅们来到台湾，从此台湾成了母亲日夜思念的地方！这样的故事不知有多少个！希望每个离散的家庭都能花好月圆！沿途又去了几个濒临太平洋的景点，经过北回归线，大家纷纷拍照留念，在这里我买了些热带水果莲雾和释迦给大家品尝，记得很早以前，大舅回东北探亲时，跟我提起过这两种水果。午餐自助火锅很丰盛，晚上住宿花莲民宿。12 月 1 日，早餐后乘大巴去太鲁阁国家公园，然后去苏澳新乘坐小火车回台北，观看了台北国父纪念馆的卫兵交接仪式，午餐在台北非常有名的洪师傅牛肉面，马英九先生曾推介过这家店。然后乘大巴去机场附近的酒店住宿。12 月 2 日早 3：30 从酒店出发去机场，此时夜色正浓。我们乘坐的班机 6：50

从桃园机场起飞，经过 3 个多小时抵达龙嘉机场，历时 8 天的探亲旅游生活圆满结束！回顾 8 天环岛旅游，总体印象良好。那里的气候温和湿润，山清水秀，台北、高雄城市建设得不错。和台湾的民众接触的不多，只是和餐饮服务业的人员少有接触，觉得台湾民众素质很高，国学传承得好，关于台湾更多的信息是通过导游阿泽获取的。

今年是大陆改革开放 40 年，这 40 年，平均每年 GDP 的增长速度都在 10% 左右，2010 年中国的 GDP 超过日本，已跃升为世界第二经济体，变化天翻地覆，人民的生活也由温饱过渡到了全面小康。再看台湾，几十年前被称为"亚洲四小龙"之一，1987 年台湾开放大陆行，台湾亲人带来的一次性打火机都成了送给亲朋好友的礼物。1988 年蒋经国先生去世后，台湾社会好像在原地踏步，台湾人民的收入也无大的变化。"我劝天公重抖擞，不拘一格降人才"，我们期待着赴台自由行的早日开通，因为那里有我们的亲人！

我们期待着台湾社会的全面进步，因为我们都是炎黄子孙！我们期待着中华民族的伟大复兴！

第五十八节　去冲绳

2019 年 2 月 3 日早晨，我们在北京小可（李政达）家出发，同行的还有小可之妻田娜及其父母，我们一行 6 人，乘网约车前往北京西站，下午 4:00 乘火车赴厦门，列车于 4 日上午 10 点抵达，然后前往码头登上歌诗达新浪漫号邮轮，开始冲绳之旅，邮轮在辽阔的东海上劈波斩浪，经过一天多的航行，于 6 日上午 8 点抵达冲绳岛，我们都是第一次来到这里。冲绳位于琉球群岛，是该地区面积最大的一个岛屿，全岛面积 1206.49 平方千米，人口约 123 万，行政划分上属于日本冲绳县，该岛为冲绳县的政治经济中心。来这里旅游的人很多，中午用餐出现了困难，小可学的日语在这里派上了用场，他找到一个小餐厅，我们品尝了冲绳的特色小吃。自从踏上这个小岛，我有一种哥伦布发现新大陆的感觉。这里气候宜人，空气清新，鲜花绿草，亚热带植物很多，街路十分洁净，有"东方夏威夷"之美称。我们参观了几个著名的旅游景点，我的记忆中仅存了一个"万毛座"。据说 18 世纪时，当时琉球王国的一位君主到此地一游，对此处的壮观景色赞叹不已，因而命名为"万毛座"意思是一个大得足以容纳几万人的草场。一处临海悬崖，其上面是一片辽阔绿草地，在崖上眺望，海天一色，景色壮丽无比！

7 日，我们在邮轮的商场中观赏着商品，我对手表情有独钟，柜台里摆放的一款西铁城牌光动能手表吸引了我，这款手表不用换电池，靠用光的驱动，它就会一直行走，一劳永逸，令我心仪。各类手表我已有 10 几块了，在我迟疑中，小可、田娜见我喜欢，当即买下，这块表价格不菲，不想让孩子们花钱，既然买了，也是孩子们的一片心意，只好笑纳！我管这块表叫"永动机"。

8 日临近午夜，我们在邮轮上一酒吧，喝了鸡尾酒并唱了歌。9 日上午邮轮抵达福建厦门，我们又去了鼓浪屿景区，在这里我的足迹多次覆盖着，一会儿导游又带我们去了厦门的几家购物店，在一处卖玉石的店里，有一个 20 多岁的愣头小子，用手揉着惺忪的眼睛，他说售货员刚出去，他临时盯一会儿，说店是他家开的，他家还有玉石加工厂，是他爸爸让他到这里来卖玉石的，告诉我们大家都不要买，他说："玉石是什么？其实就是块破石头，一文不值。"他的这番话逗得大家哄堂大笑，这不就是个傻小子吗？有这样败坏自己家生意的吗？我们大家都觉得不可思议，有几位女游客忍俊不禁。他这样下去，估计他的玉石一天也卖不出一块，我们猜想这小子有病，这时小可把我们领到后边，对我们说，这是他们销售的一个套路，叫作"装傻充愣"，让大家感觉他很实在，以骗取大家的信任，这种事情我们几个还真是第一次遇到，一行 6 个人都做了观察员，后来发现他还真卖出 10 几块千元左右的玉石，不知是游客的善心起了作用，还是他"装傻充愣"发挥了功力！

第五十九节 "小公主"们回来了

2019年6月1日，妻子在网上为3个宝宝购买了儿童节的礼物，有小提琴还有架子鼓等。7月初儿子和儿媳就要带两个孙女回来探亲了，为了培养两个孙女的爱好，在这一个多月的时间里让她们学习一点东西。

7月12日早7点，我俩从家出发，经高速南出口去龙嘉机场接他们，心里特别高兴，孙子这次没回来，考虑他太小，回来也记不住什么，在新西兰有外公外婆的悉心照顾，我们大家也就放心了。

"大公主"玥婷

接到他们后，见到两个小公主，我俩同时给她俩献了束鲜花，让两个孙女有一种仪式感，大家的心情也和鲜花一样美丽，回来时因高速公路维修只能走北线国道，中途下起了雨。松青和卢比带着开拉于下午也从新西兰回来了，晚上我们安排全家人在附近的老爷岭酒店聚餐！儿子给每家都赠予了他们从新西兰带回的特产礼物。在以后的日子里，儿子的大爷和大娘安排他们吃了"猪大全",大姑和姑父安排他们在家吃了"农家乐",二姑和姑父安排他们吃了松花湖的"三花一岛",三姑和姑父在家制作了特色菜肴。大姨李晶和小姨李梨及小姨父卢大千安排他们到热带雨林,又吃饭又唱歌,晚上叶晗的姐姐叶翠和表弟高思佳,又安排儿子和儿媳撸肉串喝啤酒,这么多的亲人,浓浓的亲情,着实让儿子儿媳很开心。

这两个孙女,在新西兰上午上学,下午儿子还要送她们去参加一些课外学习活动,儿子说她们都非常愿意去,这些活动都是寓教于乐。奶奶为这两个孙女的活动也作出了安排,我送大孙女玥婷去学钢琴,她送二孙女鑫媛去学小提琴。两个孩子乐此不疲。为了照张全家福,奶奶带她俩去了一个名曰"蓝色火焰"的

"小公主"鑫媛

发型工作室,发型师们都围拢了过来,对两个孙女儿的美丽和那种特有的气质赞不绝口,7月下旬的天气已经很热了,烫发的感觉就更热了,我看她俩的面目表情还都美滋滋的,我们心里就是一个高兴!

29日今天儿子一家4口要去迪拜玩几天,中午在位于北京路的清河传家饺子馆为他们还有杨冰专程从天津赶来看望他们的同学一并饯行!

8月9日上午,李冰带二孙女鑫媛去另一处学小提琴,鑫媛是个既聪明又调皮的小家伙,离开父母变得很乖,电梯门开后,她做出

一个动作请奶奶先走，知道讨好奶奶，她学琴也认真，学完琴奶奶奖励她，带她去了一个大超市，让她点了一些喜欢吃的食品带了回来。

8月10日中午又在清和传家饺子馆为儿子一家钱行。然后我和儿子开车经高速去龙嘉机场，李冰带儿媳还有两个孙女坐动车到机场，一个月的时间风驰电掣般过去，他们回到了万里之遥自己的家，也不知道下次见面在何时？！我想他们下次再回来探亲时，一定会见到大孙子了，两个孙女又会长大许多。

全家福

第六十节　应邀去温州乐清看望老友

　　2019 年 10 月 10 日晚 7 点，我俩乘列车从北江出发，经过 40 多个小时，于 12 日上午 9 点多抵达宁波，之后在汉庭宾馆住宿，下午我俩乘地铁到客运中心，买了明天去乐清的汽车票，之后去鼓楼转了一会儿。

　　13 日上午 9 点多，到达客运中心，乘汽车去乐清，于下午 1 点多抵达，老童还有他的二女儿阿萍和 3 岁小孙女妞妞在高速公路口等候我们，乐清，这是我们这次出行的主要目的地。老童年龄和我相仿，我们相识于 1989 年，他原是温州一家企业的老总，有了 3 个女儿之后，已经超生了，还想要个儿子，于是又

我与好友童朝新在温州雁荡山

生了一个，这是个儿子，让他圆了传宗接代的梦。俗话说，有得就有失，作为党员领导干部，因为超生他被开除了党籍和公职，后携家带口来到东北谋生，背井离乡很不容易。当时我在政府工作，给了他一些力所能及的帮助，后来我们成了好朋友，他在这做了 10 多年的电器生意，后来又回到了温州，他多次邀我们到温州，这也是满足一个好友的心愿吧，我们也想过来看看他和家人。老童不会开

车，为了方便我们的出行，他调回了在常州工作的二女儿阿萍，作为我们的司机和向导，阿平性格开朗，是个大块头。现在老童他们住在乐清市里，老童的妻子在家里为我们准备了海鲜大餐，每只螃蟹都 100 多元，让我们一饱口福，席间我又询问了一下他三个女儿和儿子的情况，老童告诉我，他们都结婚了且有了孩子，三女儿阿丹大学毕业后到加拿大定居了，生活得不错。他的宝贝儿子目前在越南工作。他也退休了，社保开支了，但他闲不住，在乐清市里又开了一个草药铺，生意还挺红火。餐后我们去了翁阳镇前湖戴村老童的老家，1999 年我第一次来乐清就住在这里，当时还是一栋平房，如今鸟枪换炮了，在这里盖起了一栋八层楼，原来已建到十层，九层和十层属于违章建筑，当地政府责令其拆除了。每层的装潢风格迥异，各具特色。周边的居民楼都在四五层，或者五六层，他的房子属于鹤立鸡群，独领风骚。晚餐后阿萍开车带我们去了附近的海涂观赏，退潮后的海涂很辽阔。

14 日早餐后，阿萍开车，老童陪我们去了号称东南第一山的雁荡山。上午去了大龙秋，在景区用了午餐，下午去了岩峰景区。

15 日上午，我们去参加老童的大女儿阿禾美发店开业庆典，之后阿萍开车，老童带着他的小孙女陪我们去了洞头大门岛，晚上朋友李金明安排在一家酒店聚餐，然后他又安排我们去歌厅唱歌，他是 20 多年前来乐清时结识的朋友。

16 日，老童带我们吃完早餐后，李金明和一位庄姓朋友开车带我们去了黄檀洞景区，在这里午餐，品尝了南方的农家菜，真的很好吃。

17 日早 5 点起床，早餐后，老童夫妇为我们准备了丰盛的食物，足够几天路上吃的，煮好的新鲜螃蟹把腿都拍裂了，便于我们食用。6 点多阿萍开车，老童送我们到白石火车站，依依惜别。我们乘动车到了桐乡，接着坐大巴去了乌镇，然后又坐人力车去逛了一下乌镇老街，回到桐乡后，又乘动车去苏州，住宿格林联盟宾馆。

18日，今天我们随团游览了留园、寒山寺等4个景区。

19日，今天随团去了周庄，古时称泽国，有"中国第一水乡"之称，体会了置身于南方水乡泽国的感受——小桥、流水、人家，这里的游人如织，我俩选择了一家餐馆午餐，晚上回到苏州格林联盟宾馆住宿。

20日，早4点多起床，约滴滴快车去北广场汽车站，乘大巴去上海浦东机场，安顿后我俩乘磁悬浮列车到市区，又换乘公交车到陆家嘴东方明珠广场，转了一会儿之后回到浦东机场宾馆住宿，早7点乘班机返回龙嘉机场，圆满完成了这次乐清探友之旅。

附:

我的工作瞬间

陪同全国人大常会原副委员长、民革中央原主席万鄂湘视察

访问宝贝回家寻亲网站

陪同政协吉林省委副主席、民革主委郭乃硕到贫困县调研

到白城调研

走访贫困户

到机关干部下派的牧场参观

民革教育总支向农村贫困校捐赠图书

援助苏登河小学

在丰满发电厂坝上（原址）

美丽的湿地

后 记

这部小说的创作历时 5 年，现在终于完成了，如释重负！在这个过程中，我觉得就像跑了一场马拉松，与它不同的是我时写时停，最长的时间一个季度没动过笔，就是不想写。这部书完成于 2021 年的上半年。2022 年 3 月以来，由于疫情宅在家里不能出门，对这部书稿我又重新进行了修改，就好像将多米诺骨牌推倒重来。我对自己的要求有时也很宽松，一切顺其自然。我不是每天都宅在家里写作，那样做怕影响身体健康，虽然退休了，我还被省市的一些社会团体聘请，担任了一些职务，做一些公益事业，也觉得挺有意义的！退休后我众多的爱好中选择了"写作"，"爱好是最好的老师"！面面俱到，没有那个时间和精力，只能是有取有舍。一些和我走得比较近的同志和朋友，也都非常关心我退休后的生活，问我在家做什么。我回答："在写我家经历的故事。"在以后又见面的日子里，这些人无一不在追问，你的书稿写到什么程度了？他们当中很多人对我创作的这部作品很感兴趣，充满期待，想早日一睹为快！有的人只是寒暄一下而已，因为我知道他们并不喜欢看书。还有一些人期待着和我合作，把这部小说改编成为电影、电视剧剧本。大家的过问，也成了驱动我写作前行的动力！

市委统战部副部长兼台办主任赵冬女士，对我创作这部小说给予了很大的鼓励和支持，并给我提供了一些可资借鉴的参考书。

在省作协从事专职创作的作家格致女士，也给我提出了一些具体建议。

妻子李冰是这部作品的第一位读者，近水楼台先得月，在成稿前，她给了我一些具体建议，言之有理的均被采纳！她的挚友刘薇对样稿的审阅更是一丝不苟。

写作之初我在电脑键盘上打字，后来又改用了语音转文字的麦克，一手摁鼠标，一手拿麦克，写作速度也明显加快。一天我在老干部大学上课，一位快递小哥打来电话，告诉我民革市委机关的徐欣妍处长寄来一样东西，是讯飞智能鼠标，用它写作更快捷更简单了。只需右手操控鼠标，这边说话即刻文字就显示在电脑屏幕上，后期的写作都是靠它完成的。在机关工作的同志都知道，写材料是个苦差事，有些人管它叫"爬格子"。有的时候我写到午夜，有的时候午夜醒来，夜以继日。我创作的这部小说，其中的故事都是真实发生过的，透过这些故事，我们可以清晰地看到，中国人民在中国共产党的领导下，从站起来、富起来到强起来的过程，荏苒时光七十年，可歌可泣！我50年的日记，是这部小说写作的源泉，历史就是历史，历史就应该还原其本来的面目。2021年是中国共产党成立100周年，我应邀去了一些地方讲党课，学党史，忆党史，更觉中国共产党的伟大，人民的伟大。我国实现了第一个百年奋斗目标，历史性地解决了绝对贫困的问题，中国已经全面建成了小康社会。2020年初暴发的新冠肺炎疫情，中国共产党领导中国人民，从容应对，"天不言而四时行，地不语而百物生"。在中国共产党的领导下，下一个百年目标一定能提前实现，一个富强、民主、文明、和谐美丽的社会主义强国将展示在世人的面前。

2022年11月22日于吉林